Unfinished Portrait

未完成的肖像

〔英〕
阿加莎·克里斯蒂 著

黄芳田 译

著作权合同登记号 图字 01-2016-8670

图书在版编目(CIP)数据

未完成的肖像/(英)阿加莎·克里斯蒂著;黄芳田译.—北京:人民文学出版社,2016
(阿加莎·克里斯蒂"心之罪"系列)
ISBN 978-7-02-012117-5

Ⅰ.①未… Ⅱ.①阿…②黄… Ⅲ.①长篇小说-英国-现代 Ⅳ.①I561.45

中国版本图书馆CIP数据核字(2016)第245188号

Unfinished Portrait
Copyright © 1934 The Rosalind Hicks Charitable Trust.
All rights reserved.
AGATHA CHRISTIE® and the Agatha Christie Signature are registered trade marks of Agatha Christie Limited in the UK and elsewhere.
All rights reserved.
Agatha Christie, a Mary Westmacott novel.

本书译文由台湾远流出版事业股份有限公司授权使用

责任编辑	甘 慧 杜 晗
装帧设计	汪佳诗
封面插画	晚 门

出版发行	人民文学出版社
社　　址	北京市朝内大街166号
邮政编码	100705
网　　址	http://www.rw-cn.com
印　　制	山东德州新华印务有限责任公司
经　　销	全国新华书店等
字　　数	220千字
开　　本	890毫米×1240毫米 1/32
印　　张	11.5
版　　次	2017年1月北京第1版
印　　次	2017年1月第1次印刷
书　　号	978-7-02-012117-5
定　　价	39.00元

如有印装质量问题,请与本社图书销售中心调换。电话:01065233595

目录

前言 · 001

第一卷　岛

第一章　花园里的女子　· 003

第二章　唤起行动　· 008

第二卷　画布

第一章　家　· 019

第二章　出国　· 043

第三章　奶奶　· 067

第四章　去世　· 090

第五章　母女　· 106

第六章　巴黎　· 128

第七章　成长　· 142

第八章　吉姆和彼得　· 164

第九章　德莫特　· 185

第十章　婚姻　· 204

第十一章　为人母　· 230

第十二章　和平　· 247

第十三章　伴侣关系　· 254

第十四章	常春藤	·262
第十五章	发迹	·277
第十六章	丧亲	·289
第十七章	灾祸	·295
第十八章	恐惧	·321

第三卷 岛

第一章	屈从	·335
第二章	内省	·339
第三章	溃退	·344
第四章	从头开始	·352

特别收录

● 玛丽·韦斯特马科特的秘密　罗莎琳德·希克斯·355

前言

我亲爱的玛丽:

把这稿子寄给你,是因为我不知道该拿它怎么办。想来,说真的,我是想要让它面世吧。人真的是这样的。我猜想道地的天才是把画作堆藏在画室里,从来不给任何人看。我向来都不是这种人,但话说回来,我也从来不是天才,只不过是拉瑞比先生,一个还算有前途的年轻画家而已。

亲爱的,你最清楚断绝自己喜欢做又做得好的事是什么滋味,而你所以做得好,是因为乐在其中。这也是为什么你我会成为朋友的原因。可你懂得写作这回事,我却不懂。

你看了这份稿子以后，就会明白我已经听了巴奇的劝告。还记得吗？他说："试试新的媒介体。"这是一幅肖像，可能是差得要命的肖像，因为我并不懂得运用文字。要是你说它不好，我就会认为它是不好的，但要是你认为起码还有一点点我们两个都认同的艺术基础形式的话，那么，何不让它出版呢？我在书中用了真名，不过你可以改成假名，有谁会在意呢？迈克尔不会的。至于德莫特，他才不会认出自己呢！他没这本事。总而言之，就像西莉亚说的，她的经历是很平常的，大有可能发生在任何人身上，事实上也经常发生。我感兴趣的倒不是她的经历，而一直都是西莉亚本人。对，她本人……

话说我本来是想要把她捕捉到画布上的，但却办不到，所以就试着用另一个方法，不过所运用的媒介体却是我不熟悉的文字、句子以及逗点、句号等等，这些不是我的看家本领，我敢说，你一定会留意到，que ça se voit[①]！

你知道吗？我曾经从两个角度去看她。第一个是从我自己的角度。第二个，是在因缘巧合的二十四小时里，我曾得以不时地进入到她内心，从她的角度去看。这两个角度所见未必总是一致，因此对我来说就特别诱人又引人入胜！我很想当当上帝，知道真相。

小说家可以创造人物，当这些人物的上帝。他能随自己

[①] que ça se voit，法语，意谓"一看就知道了"。

喜好来处置他们，要不也是这样认为的；而笔下人物的确也会给他带来惊喜。不知道真正的上帝对人类是否也有同感……是的，我纳闷……

好吧，亲爱的，我不多扯了。你就为我尽尽力吧。

挚友

J.L. 上

第一卷 岛

有座孤岛

遗世独立

位于汪洋大海中央

鸟儿南飞

长途之中

在此栖息

它们停留一晚

然后展翅而去

飞向南方海洋……

我是座遗世独立的岛

位于汪洋大海中央

一只从大陆飞来的鸟儿

栖息在我身上……

第一章　花园里的女子

你知道那种似曾相识却又怎么也想不起来的感觉吗？

走在那条蜿蜒通往镇上的白色小路时，我就有这种感觉。从可以俯瞰大海的别墅花园里的高地开始走时，我就有这种感觉了，而且每走一步就愈加强烈，也愈加迫切。最后，沿着棕榈大道来到海滩时，我停下脚步。因为我晓得现在不弄清楚的话，以后就永远没机会了。盘旋在我脑海底的阴影，非得要现在把它拉出来探讨、检验一番，弄个清楚，好让我知道究竟是什么。我非得要把这东西确定，要不然就太迟了。

我做了人在意图回忆时一定会做的事：去翻寻既有的事实。

从镇上一路走来,尘土飞扬,太阳晒到我脖子上。这些没有什么。

这处别墅的园林凉爽又令人耳目一新,一株株大丝柏树矗立着,在天际线上勾勒出暗影。绿草小路通往高地,那里设置的可俯瞰大海的座位,以及当我见到已经有个女子占据那座位时所产生的惊讶和有点不高兴的感觉。

我手足无措了一下,她已经转过头来看着我,是个英国女人。我觉得应该说说话,聊点什么来掩饰我的却步。

"这上头景色真好。"

这就是我说的话,只不过是很平常的老套话。而她回我的话也完全就是个普通、好教养的女人会说的。

"心旷神怡,"她说道,"而且天气又这么好。"

"但是从镇上走来,这段路还挺长的。"

她表示同意,还说的确是风尘仆仆的一段长路。

就这么多了。只不过是两个在海外碰见的英国人礼貌客套了一番,他们以前没见过面,也不指望以后还会碰到。我往回走,绕着那别墅走了一两圈,欣赏橙色的小檗植物(要是这种植物是叫这名称的话),然后准备走回镇上。

全部的事实就这么多,然而,我就是觉得不仅止这样,老感到似曾相识却又想不起来。

是那女人的神态吗?不,她的神态完全正常而且很愉快的样子。她表现得看起来就像百分之九十九的女人会表现的样子。

只除了——没错,是真的——她没有看我的双手。

就是这样!把它写下来真是奇怪,我自己看了都觉得惊讶。要是有自相矛盾、荒诞可笑的说法的话,我说的这话就是了,而且即使无误地写下来也无法完全清楚表达我的意思。

她没看我的双手,要知道,我是习惯了女人看我的双手的。女人的反应很快,而且她们心很软,所以我已经习惯了她们脸上会出现的表情。祝福她们也去她们的。同情、谨慎,以及决定不要表露出她们已经留意到的,还有态度马上来个大转变——和蔼可亲。

但这女子根本没看到或留意到。

我开始进一步思忖起她来。怪的是,我转身背对她之后,就一点也没办法描述她了,只能说她长得还不错,大概三十多岁,就这样。然而走下山的路上,她的影像愈来愈浮现,活脱像是在暗房里冲洗底片(那是我早年的回忆之一:跟父亲在家中暗房里洗底片)。

我一直忘不了那种震撼。显影剂冲洗过一片空白之后,突然间,有个小黑点出现了,很快地加深、扩大。最让人震撼的就是那种没把握感。底片色调很快加深了,但还是看不出什么来,只是一片混杂的明暗。然后慢慢看出来了,知道那是什么:是树枝,或者某个人的脸孔、椅背等等,也知道底片倒反了没有,如果拿倒了,你就会转过来拿正,然后又看着整张底片从无到颜色开始加深,又再黑掉直至什么都看不到为止。

嗯,这就是我对发生在我身上的事所能想到的最好的形容。往镇上走回去的路上,我愈来愈清楚地看到那个女人的脸,见到她小巧的耳朵贴着头长着,还有从耳朵垂下的深蓝色耳坠,掠过耳上的浅金色波浪秀发。我见到她的脸孔轮廓、眉心宽度,眼睛是淡淡的清澈湛蓝色。我见到浓密的深棕色短睫毛,眉笔略微画过的眉毛,带点惊讶的感觉。我见到那张方方形小脸蛋以及紧绷的嘴。

整个五官脸孔不是突然地呈现,而是一点一点地,完全就像我刚才说的,如同冲洗底片的显影过程。

我没法解释接下来发生的。你看,显影过程已经结束了,我已经到了影像开始黑去的阶段。

不过,你也知道,这并非一张黑白底片,而是个活生生的人。因此这显影阶段持续了下去,从这表面往后(或者往里)深入,随便你怎么想都可以,起码,我所能想到最接近的说法就是这样了。

想来,其实我老早知道真相了,一直都知道,从我见到她的那一刻就知道了。这显影过程是在我心里发生的,这影像是从我的下意识显影到意识里……

我知道了——但是当时我并不晓得自己知道了什么,是突然间才醒悟!黑白突然出现!先是一个黑点,然后成了影像。

我转身沿着那条土路,几乎是跑回去的。我的体能状况不错,但当时在我看来还不够快。跑进了别墅大门,经过了丝柏树,跑上了那条卓径。

那个女子依然坐在我刚才离她而去的地方。

我跑得上气不接下气,喘着气扑过去坐在她身边。

"听我说,"我说,"我不知道你是谁,也不知道你的事。可是你千万不能做,听到吗?千万不能做。"

第二章　唤起行动

想来最奇怪的（这也是事后回想才看出来的），就是她并没有刻意做出老套的防卫，她本来大可以说："您究竟在说些什么呀？"或者"您根本不晓得自己在说什么。"又或者就只是冷冷看我一眼就算了。

当然她老早就超越了这个阶段，已经来到了最底。到了最底时，任何人说什么或做什么，都不会让她感到意外了。

她对那件打算做的事相当镇静、有理性，这才真是让人害怕的。你可以应付情绪反应，情绪是会平息的，而且情绪愈强烈的话，反应也就愈完整。但是冷静又理性的决定就很难了，因为是慢慢形成的，可没那么容易放下。

她若有所思地看着我，却什么也没说。

"起码,"我说,"你可以跟我说说原因吧?"

她低下头,仿佛认定这理由很正当。

"很简单,"她说,"这真的看起来像是最好的做法。"

"这你就错了,"我说,"彻彻底底错了。"

激烈的措词也不会惹她生气,她已经冷静到根本不会生气的地步。

"我已经想了很多,"她说,"这真的是最好的,简单又容易,而且很快,又不会……给任何人添麻烦。"

听到最后一句话时,我了解到她就是那种所谓"有教养的人",被教导"为别人着想"是可取之事。

"那……之后呢?"我问。

"人难免顾不到那么多。"

"你相信后面还有吧?"我好奇地问。

"我想,"她缓缓地说,"我是相信的。若说之后就一了百了,那几乎是好到不可能是真的。如果只是像安详地睡着了,而且干脆就不会醒过来,那就太美妙了。"

她蒙眬地半合上眼睛。

"你小时候家里的育婴室壁纸是什么花色的?"我突然问。

"淡紫色鸢尾花……缠绕在柱上……"她一惊,"你怎么知道我刚才在想这个?"

"我只是认为你会这样想而已,"我说下去,"你小时候心目中的天堂是怎么样的?"

"绿草牧地……绿谷……有羊和牧羊人。你知道,《诗篇》①上写的那种。"

"谁念给你听的?是你母亲还是保姆?"

"我保姆……"她露出一丝微笑,"那个好牧人。你可知道,我想我从来没见过牧羊人,但有块地上有两只小羊跟我们挺接近的。"她停了一下又说:"现在那块地都盖满房子了。"

于是我心想:"奇怪,要是那块地没盖满房子的话,现在她大概也不会在这里。"所以我就说了:"你小时候快乐吗?"

"噢!快乐。"迫不及待地肯定,没有丝毫怀疑的口吻。她接着说:"太快乐了!"

"这可能吗?"

"我认为是可能的。你瞧,人对于发生的事没有心理准备,永远没想到它们会发生。"

"你有过很悲惨的经历?"我试探地问。

但她摇摇头。

"没有……我不认为……不算真的悲惨。我的遭遇没什么不平常,那是曾经发生在很多女人身上的愚蠢、平凡经历,我不算是特别倒霉的。我是……笨而已。对,就是笨。而这个世界却没有余地留给笨人。"

---

① 此处指《圣经·诗篇》第二十三篇。

"亲爱的,"我说,"听我说,我知道自己在说什么。我也曾经处在你现在的情况里,跟你一样觉得活着没意思。我知道那种盲目的绝望会让你只看到一条出路,但我要告诉你,孩子,会过去的。创痛不会持续到永远,没有什么是永远持续的。只有一样东西是真正的安慰和治疗——时间。你要给时间一个机会。"

我苦口婆心,但马上发现自己犯了个错误。

"你不明白,"她说,"我知道你的意思,我也曾经这样感觉。事实上,我还努力过,可是没有结果。但是之后我很高兴没有奏效。这次是不同的。"

"跟我说说看。"我说。

"这次来得相当慢。你知道……挺难说得清楚。我三十九岁了,身体很健康强壮,很有可能会活到起码七十岁,说不定还更久。可是我就是受不了,如此而已。受不了还要活三十五年那么长的空虚岁月。"

"但这些岁月不会空虚的,我亲爱的。这就是你弄错的地方。人生会再盛放出花朵充实这些岁月的。"

她看着我。

"这就是我最害怕的,"她低声说,"我根本不能面对这样的想法。"

"你其实是个懦弱的人。"我说。

"对。"她马上认了。"我向来都是个懦弱的人。有时候觉得好笑,别人竟然都没有我看得清楚这一点。对,我害怕、害怕、害怕。"

一阵沉默。

"毕竟,"她说,"这也很自然。要是火堆迸出的煤渣火星烫到了一只狗,这狗以后就一直会怕火,永远不知道什么时候又会迸出火星烧到它。说真的,这是经一事、长一智。十足的傻瓜才会认为火不过是种又善良又温暖的东西,不知道烧伤或者煤渣火星为何物。"

"这么说来,其实,"我说,"你怕的倒是自己'不会面对幸福'的可能性了。"

这样说听起来很怪,但我却知道并没有听起来的那么怪。我懂得关于神经和精神方面的事,我有三个最要好的朋友在战争中罹患弹震症[①],知道生理残缺对一个男人来说是什么滋味、会对他造成什么影响。我也知道人可以是心理上残缺的,当伤口愈合之后,那种残缺是看不到的,但仍然在那里,会有个弱点、缺憾,使你残废、不完整。

我跟她说:"这一切都会随着时间成为过去的。"嘴上这样保证,心里却没那把握,因为表面上的治疗其实没什么用,疤痕已经太深。

"你不会冒这个险,"我接下去说,"但你会冒另一个险,一个庞大无比的险。"

---

① 弹震症(shell-shocked),因为耳闻、目睹炮弹爆炸,因而受到惊吓并产生的精神病。

这回她说话少了些冷静，反而带着点迫切。

"可是这完全不同，完全不一样。那种险是你知道怎么回事而不愿去尝试的；另一个未知的险反而有点诱人，那是挺大胆、冒险的事。毕竟，死亡可以是任何一种情况……"

这是头一回我们之间真正说到这字眼：死亡……

然后，她像是头一次产生好奇心似的，偏过头来问："你是怎么知道的？"

"我也说不上来，"我老实承认说，"其实我自己也经历过，嗯，某些事情。所以我想我能体会。"

她说："原来是这样。"

她没有表现出对我经历了什么感兴趣，我想就是那时，我暗自发誓一定要舍命陪君子。因为，跟你说，我也受够了妇人之仁的同情和温柔。我需要的——虽然当时并不知道这点——并非受，而是施。

西莉亚可没有一点温柔，也没有任何同情，她挥霍、浪费掉了全部，就像她所见到的自己，在这点上她是很笨的。她太不快乐了，以至于再也没有任何怜悯留给别人。紧绷的嘴是受尽苦痛折磨所产生的。她也很快就了解、瞬间就知道"曾有事情发生"在我身上，我们同病相怜。她对自己没有怜悯之情，当然更不会在我身上浪费怜悯之情。在她看来，我的不幸，最多只不过是能让我因此猜出表面上看似无法猜测之事。

那一刻，我看出了她是个孩子，她的真实世界其实是那个包围着她的世界。她刻意要回到童年世界里，在那里找到避难所，躲开现实世界的残酷。

她这种态度大大激发了我，这正是过去十年里我所需要的。说来，我需要有个行动的召唤。

嗯，我采取行动了。我不放心留她独自一人，所以就没离开她，像跟屁虫般紧黏着她。她欣然跟我走回镇上，因为她也很明理，晓得当时自己的意图已经受阻，达不成了。她并没有放弃，只不过将行动往后推迟而已。这点即使她没说，我也知道。

其他细节我就不赘述了，这又不是纪事表，所以没必要描述那个别致的西班牙小镇，或者我们一起在她旅馆里吃的那顿饭，以及我偷偷命人把行李送到她住的那家旅馆去等等。

不，我只写重点部分。我知道得要紧黏着她，直到某事发生，直到突破她心防，让她投降为止。

诚如我所说，我紧跟着她，寸步不离。当她要进房间时，我说："给你十分钟，然后我就进来。"

我不敢给她更长的时间，你要晓得，她房间在四楼，搞不好她会不顾"为别人着想"的教养，结果虽没从悬崖跳下海，却从房间窗口跳楼，事后让旅馆经理为难。

嗯，后来我进了她房间，她已经上了床，靠在床上坐着，浅金色头发往脑后梳去，没再遮到脸上。我不认为她看得出我们这样做有什么奇怪，我自己就没看出来。旅馆方面怎么想,我不知道,要是他们知道我那天晚上十点钟进了她房间,第二天早上七点才离开,我想,一定会只想到一个结论。但我管不了这许多了。

我是去救一条人命,还管他什么名誉。

嗯,我坐在她床上,然后我们谈起来。

我们谈了个通宵。

一个奇怪的晚上,我从来不知道会有这样奇怪的夜晚。

我没有谈她的苦恼事,不管那是什么事。我们反而从头开始谈起:壁纸上的淡紫色鸢尾花,空地上的小羊,车站旁边山谷里的报春花……

谈了一阵子之后,就只有她在讲,我没说话了。对她来说,我已经不存在,只不过是个宛如人类的录音机,让她对着讲话。

她就像在对自己,或对上帝讲话般谈着,你明白的,就是没有一点情绪波动或强烈的感情,纯粹只是在回忆,东扯一点西扯一点,逐渐组成人生,犹如把重点事件连结起来。

当你细想,就会觉得我们人选择去记住哪些事是个挺奇怪的问题。说选择,当然是一定有,不管你是否意识到。不妨回想一下童年时代,随便哪一年好了,你记得的大概有五六件事,也许都不是重要的,但为什么偏偏在三百六十五个日子中,你只记得它们呢?其中有些事甚至可能在当时对你根本没多大意义。然而,不知怎地,这些记忆却很持久,在之后的那些年里一直跟着你……

就是从那天晚上起，我说自己透视到了西莉亚的内心世界。我可以从上帝的立场去写她，诚如我前面所说过的……我会努力这样做。

你瞧，她跟我说了一切，包括要紧的和不要紧的，她也没想要从中说出个故事来。

她没这样打算，可是我却想要！我像是窥见了某种她看不见的模式。

我离开她时是早上七点，她终于翻过身去，像个小孩般睡着了……危险期过去了。

仿佛她肩上的重担卸了下来，转移到我身上，她已经安全了……

那天将近中午时我送她上船，看着她走了。

我就在那时产生了念头。这件事，我的意思是，让整件事情体现出来……

也许我弄错了……也许这不过是件平常小事……

总之，我现在不会写下来……

除非等到我尝试过做上帝而失败或成功了。

试着将她捕捉到画布上，用新媒介体……文字……

将字词串连成句……

不用画笔，不用一管管颜料，完全不用我所熟悉的东西。

这是一幅四度空间的肖像，因为，在你那行的技巧里，玛丽，还用上了时间和空间……

第二卷　画布

"把画布架好。这里有个现成的主题。"

第一章　家

西莉亚躺在小床里,看着育婴室墙壁上的淡紫鸢尾花,她感到快乐又想睡。

小床的床尾围着屏风,这是为了遮住保姆那盏灯的灯光。西莉亚看不到屏风后面,保姆就坐在那里读《圣经》。保姆的灯很特别,是盏圆鼓鼓的铜灯,有粉红色的瓷灯罩。这灯从来都不会发出异味,因为负责客厅和卧室的女仆苏珊很细心。苏珊是个好女孩,西莉亚知道的,虽然有时犯了"横冲直撞"的毛病,一旦犯时,她身旁总免不了有些小摆设会遭殃,被她碰翻而打破。苏珊是个大块头的女孩,手肘色如生牛肉。西莉亚老把她的手肘跟"手肘加油"(意谓

"苦干")① 这个神秘词语联想到一块儿。

听得到细语声,这是保姆在小声念着书,听在西莉亚耳中很有催眠作用,她的眼皮逐渐下垂……

房门开了,苏珊端着托盘走了进来,尽量设法不发出声响,但那双鞋子却又响又会发出吱嘎声,使得她力不从心。

她用低沉的声音说:"保姆,对不起,这么晚才把你的晚饭送来。"

保姆只是说:"小声点,她睡着了。"

"哦,我肯定绝对不想要吵醒她。"

苏珊从屏风一角探头偷窥了一下,呼吸声很重。

"真是可爱的小宝贝,可不是?我的小外甥女就赶不上她一半懂事。"

从屏风角转回身时,苏珊撞到桌子,汤匙掉到了地板上。

保姆温和地说:"苏珊,乖孩子,你得小心点,不要横冲直撞的。"

苏珊悲哀地说:"我绝对不是有心的。"

她踮着脚尖走出房间,这一来,鞋子吱嘎响得更厉害。

"保姆!"西莉亚小心翼翼地叫着。

"什么事?亲爱的。"

"我没睡着,保姆。"

---

① 此处"苦干",原文是 elbow grease,跟"手肘"(elbow)用字相同。elbow grease 意谓"要动手苦干,所以手肘需要加点油,好像机器得上油,才能禁得起不断使用"。

保姆不理这暗示,只是说:"没睡啊?亲爱的。"

然后停了一下没声音。

"保姆?"

"嗯,亲爱的。"

"保姆,你的晚饭好吃吗?"

"很好吃,亲爱的。"

"有什么吃的?"

"有白煮鱼和糖浆塔。"

"哦!"西莉亚欣喜若狂地叹了口气。

停了一下没有动静。接着,保姆从屏风后面现身了。她是个灰发小老太太,戴了睡帽,帽带系在下巴底下。她手上拿了叉子,叉尖有很小块的糖浆塔。

"喏,你马上乖乖睡觉去。"保姆语带警告地说。

"哦!好的。"西莉亚热切地说。

真是极乐世界!美妙天堂!那小口糖浆塔到了她嘴里,好吃得难以置信。

保姆又消失在屏风后面。西莉亚翻过身朝着她那边,见到在火光中闪现的淡紫鸢尾花。口中仍留有好吃的糖浆塔味道,房间里有人发出窸窣声音,听起来很令人安心。太令人心满意足了。

西莉亚睡着了……

❖

这天是西莉亚的三岁生日,他们在花园里开茶会,有巧克力奶油泡芙,但是西莉亚只被允许吃一个,西里尔却吃了三个。西里尔是她哥哥,已经是个大男生了——十一岁。他还要再吃一个,但妈妈说:"够了!西里尔。"

跟着就是常见的对话。西里尔没完没了地说:"为什么?"

有一只红色小蜘蛛,小得不得了,爬过了白色桌布。

"你们看,"母亲说,"那是只带来好运的蜘蛛。它要爬到西莉亚那里,因为今天是她生日,表示她有很大的好运。"

西莉亚感到又兴奋又像个大人物。西里尔的质疑心遂转移到别的地方。

"妈,为什么蜘蛛会带来好运?"

好不容易西里尔终于离开了,留下西莉亚和母亲在一起。这下子妈妈整个是她的了。母亲隔着桌子坐在对面向她露出笑容,亲切的笑容,不是那种把你当成滑稽小女孩而露出的笑容。

"妈咪,"西莉亚说,"讲个故事给我听。"

她很爱听母亲的故事,那些故事跟别人讲的都不一样。当别人应邀讲故事时,讲的不外是灰姑娘、杰克与豌豆、小红帽等等。保姆就讲约瑟和他的哥哥们,以及在芦苇里的摩西[①](西莉亚总是把"芦苇"这个字眼想象成木屋里有很多公牛[②]),偶尔也会讲讲史垂顿船长在印度的幼小儿女的故事。

---

① 两者皆为《旧约圣经》里的故事。
② 芦苇(bulrush),此处用复数形 bulrushes,使西莉亚把它想象成 wooden sheds containing massed bulls(木屋里有很多公牛)。

可是妈咪就不同了！

首先，妈妈会讲什么样的故事，你永远不知道、一点头绪也没有。可能是跟小老鼠有关，或者跟小孩子有关，或者是讲公主的，反正什么都有可能……妈咪讲故事的唯一缺陷就是：她从来不讲第二遍。她说（西莉亚最搞不懂这点）自己不记得了。

"好吧，"妈咪说，"故事内容是什么？"

西莉亚屏住了气。

"是关于亮晶晶眼睛，"她提示说，"还有长尾巴以及乳酪的故事。"

"哦！我已经全部忘了。不讲这个了，我们另外讲一个新的故事。"她的视线横过了桌子，仿佛一下子看不到眼前的一切，明亮的浅棕色眼睛闪烁着，鹅蛋形脸孔露出了很认真的神色，抬起了小巧的鼻梁，全神贯注地想着。

"我想到了……"她突然回过神来，"这故事叫做'好奇的蜡烛'……"

"噢！"西莉亚眉飞色舞地吸了口气。她已经好奇得不得了，简直入迷了……好奇的蜡烛！

❖

西莉亚是个很认真的小女孩，思考很多关于上帝以及要做个神圣善良人的事。每次有许愿机会时，她总是说要做个乖孩子。呜呼！她无疑是个一本正经的小古板，不过起码她只对自己古板而已。

有时她也会生怕自己很"世俗化",(很让人心乱的神秘字眼!)特别是当她穿上浆烫过的薄纱衣裙,系上金黄色大缎带下楼去吃甜点时。但大致上来说,她对自己是挺沾沾自喜、感到满意的。她是上帝的选民,她得救了。

然而家人就让她操心得要命了。真的很糟糕,她对妈妈就不很肯定。万一妈咪进不了天堂怎么办?真是折磨得她很受罪的想法。

《圣经》上已经清清楚楚定下了戒律。星期天打槌球是坏事,弹钢琴也是(除非是弹诗歌)。西莉亚宁可殉道而死,也不愿在"主日"去摸槌球棍,不过在别的日子里获准去打槌球却是她一大乐趣。

母亲却在星期天打槌球,父亲也是。而且她父亲还边弹钢琴边唱歌,唱的是"他趁施先生去镇上时,拜访施太太,还跟她喝茶",显然根本就不是首神圣的歌!

西莉亚为此担心得要命,于是焦急地去问保姆。保姆是个热心的好女人,这下子左右为难。

"你父母就是你父母,"保姆说,"无论他们做什么事情,都是正当的,所以你千万不要想太多。"

"可是,星期天打槌球是不对的。"西莉亚说。

"没错,亲爱的。这样做是没遵守安息日。"

"可是那……那么……"

"这些事情不用你操心,亲爱的,你只要尽自己的本分就好。"

所以当家人要给她槌球棍,好让她"开心一下"时,她就继续摇头拒绝。

"你是怎么啦?"她父亲说。

而她母亲则悄声说:"都是保姆,她告诉她说这是不对的事。"

然后又对西莉亚说:"没关系的,亲爱的,如果不想打就不要打。"

但有时候她会很和蔼地说:"你知道,宝贝,上帝为我们创造了一个很美好的世界,希望我们开心。他自己的日子是个很特别的日子,在这天我们可以特别享受一下,只不过我们不可以要人家工作,譬如仆人。但是自己开心享受一下是可以的。"

然而奇怪的是,尽管她深爱母亲,她的看法却没有因为母亲而动摇。因为保姆知道事情是这样,所以事情一定就是这样。

不过,她没再为母亲担心了。母亲房间墙上挂了圣方济的像,床边还摆了本叫做《模仿基督》的小书。因此西莉亚觉得,上帝或许不会理会星期天打槌球这件事。

但是父亲就很让她忧心了,他经常拿神圣的事情开玩笑。有一天吃中饭时,他说了个关于牧师和主教的笑话。西莉亚一点都不觉得好笑,只觉得糟糕透了。

终于有一天,她哭了起来,呜咽地把她恐惧的心事讲给母亲听。

"可是，亲爱的，你爸爸是个很好的人，而且很虔诚，每天晚上都像个小孩一样跪下来祷告。他是世界上最好的人之一。"

"他笑那些神职人员，"西莉亚说，"而且在星期天玩游戏，还唱那些很世俗的歌。我很怕他会下地狱、被火烧。"

"你对地狱的火懂得多少？"母亲说这话时，听起来很生气。

"要是你坏的话，就会下地狱被火烧。"西莉亚说。

"谁拿这些话来吓你的？"

"我没有被吓，我并不害怕，"西莉亚很惊讶地说，"我才不会去那儿呢！我会永远都乖乖的，将来上天堂。可是……"她双唇颤抖，"我想要爸爸也上天堂。"

然后她母亲讲了一大堆关于上帝的爱和善，以及他绝对不会那么不慈悲地让人永恒被火烧。

但是西莉亚一点也听不进去。明明就是有地狱和天堂，有绵羊和山羊。只要……只要她能相当肯定爸爸不是山羊[①]就好！

当然有地狱，也有天堂，这是生活中不可动摇的事实，真实得很，就跟米布丁，或者把耳背洗干净，或者说"好，请"以及"不，谢谢"这些事情一样真实。

---

① 源自《圣经·马太福音》第二十三章，末日审判时，天使将人类比作绵羊和山羊，被祝福的、证明自己是耶稣忠贞臣民的是绵羊，得以享永生，放在右边；山羊则是受斥责、不归附上帝王国者，放在左边。

❖

　　西莉亚做很多梦。有的梦很好玩又很古怪，所有发生过的事情都混在一块儿。有的梦特别美妙，梦中出现的是她知道的地方，但在梦境里却变了样。

　　很难解释清楚为什么这样的梦那么震撼，但（在梦里）的确如此。

　　梦中出现的有火车站再过去的那座山谷。在真实生活中，铁轨沿着山谷行进，但在那些美梦里山谷中却有条河，河岸上开满了报春花，一直延伸到树林里。每次她都会惊喜地说："哎呀！我从来都不知道——我一直以为这里是条铁轨。"结果取而代之的却是美丽的绿谷和闪耀的溪流。

　　梦中的花园最下面是块美丽空地，现实生活中那里却有栋很丑的红砖房子。但最令人兴奋的，是梦里家中那些秘密房间，有时可以从食品储藏室穿过去走到这些房间里，有时又非常出其不意地通到爸爸的书房。尽管被遗忘了很久，这些房间却总是还在，每次又见到时，都会兴奋不已。然而，说真的，每次它们都很不一样，不过找到它们时的那种莫名暗喜却总是一样的……

　　此外，就是那个可怕的梦了：头发扑了粉，穿着红蓝色制服，带着枪的枪手。最恐怖的是，当他从衣袖里伸出手臂时，竟然没有手，只有树墩般的手腕根！每次他出现在梦中，她会尖叫着吓醒。这是最安全的做法，因为这一来自己就很安全地躺在床上，保姆就在床边守着自己，一切都很好。

这个枪手为什么这么吓人,她实在说不出特别的理由。并不是他可能会开枪打她,因为他的枪只是个象征而已,并不真的有威胁。不,是他的脸孔有些什么,他那严厉无情的蓝眼睛,看人时的凶狠目光,让人怕得要死。

此外,还有白天想的事情。没有人知道当西莉亚安然走在路上时,其实她是骑在一匹白色名驹上(她对"名驹"的概念很模糊,想象中的名驹是匹如大象般庞大的马)。当她走在黄瓜菜园砖围墙的狭窄墙顶上时,她其实是走在无底深渊旁的悬崖上。她也是不同场合里的公爵夫人、公主、养鹅女郎、乞丐女孩。这一切使得西莉亚的生活变得很有趣,因此她也是所谓的"乖小孩",意思是她很安静,自己一个人玩得很开心,不会缠着大人要人陪她玩。

对她来说,那些送给她玩的洋娃娃从来都很不真实,每当保姆建议她玩时,她只是乖乖听话玩着,却不会玩得很起劲。

"她是个很乖的小女孩,"保姆说,"虽然缺乏想象力,可是人没有十全十美。史垂顿船长的大儿子汤米少爷就不一样了,老是用没完没了的问题来寻我开心。"

西莉亚很少提问题,她的世界大部分存在于脑中,外在世界无法激起她的好奇心。

❖

有一年发生了一件事,使得她害怕起外在世界。

她和保姆去采报春花。那是个四月天，天清气朗，蓝天飘着小朵浮云。她们沿着铁轨走下去（在西莉亚梦中，铁轨处是一条河），然后过了铁轨走上山，走进一片矮林，遍地报春花宛如一张黄色地毯。她们采了又采，那天的天气很好，报春花散发出甜美带点柠檬味的香气，西莉亚非常喜欢。

就在那时（颇像梦中枪手般），突然响起了凶巴巴的大吼声。

"喂！"那个声音吼说，"你们在这里干什么？"

那是个有张红脸的高大男人，穿着灯芯绒衣服，皱着眉头。

"这是私有地方。擅自进入会依法究办的。"

保姆说："对不起，我明白。但我并不知道这是私有土地。"

"好吧，那你们就离开这里，快点，现在就走。"她们转身要走时，那个声音又在背后说："我会把你们活活煮熟，没错，我会的，要是你们三分钟之内还不赶快走出这林子的话。"

西莉亚紧揪着保姆衣角，跌跌撞撞地往前走。保姆怎么不走快一点？那个人会追上来，会抓住她们，把她们放在大锅里活活煮熟的。她吓得要死……没命地往前走，吓得整个小身躯都在发抖。那人要来了……追上来了……会把她们煮熟……她恐惧得要命。快点！哦！快点！

她们出了林子走回到路上。西莉亚大大喘了口气。

"他……他现在抓不到我们了。"她喃喃地说。

保姆看着她,见她面如土色,吃了一惊。

"啊?怎么啦,亲爱的?"她心念一动,"他说要煮熟我们,你该不会是吓着了吧?那只是开玩笑说说而已,你知道的。"

基于每个小孩都有的"顺水推舟说谎"精神,西莉亚喃喃地说:"哦,当然,保姆,我知道那只是个玩笑而已。"

但过了很久之后,她才从当时那种恐惧心情中回复过来,而且一辈子也没怎么忘记。

那种恐惧感实在是真实得要命。

❖

四岁生日的时候,西莉亚得到了一只金丝雀,还帮它取了个颇通俗的名字:小金。小金很快就驯服,会栖息在西莉亚的手指上。她很爱小金。这是她的小鸟,她用大麻籽喂它,它也是她的历险同伴。一起历险的还有迪克的夫人,是个女王,以及她儿子迪基王子,母子俩浪迹天涯,有很多历险故事。迪基王子很英俊,穿金色天鹅绒衣服,袖子是黑色的。

那年后来又帮小金找了个太太,叫做"达夫妮",达夫妮是只大鸟,身上有很多棕色。它又丑又笨,会把水弄洒,栖息时会把栖木打翻,一直都没能像小金那么驯服。西莉亚的父亲叫它"苏珊",因为它老是打翻东西。

苏珊老爱用手去戳成双成对时的鸟儿，以便"看它们会怎么样"。结果鸟儿见了她就怕，一见她来，就会在鸟笼里扑来扑去。苏珊认为所有的怪事都很好笑，她看到老鼠夹上有一条老鼠尾巴时，就笑了半天。

苏珊很喜欢西莉亚，跟她玩很多游戏，譬如躲在窗帘后面，然后突然跳出来大叫一声。西莉亚却不怎么喜欢苏珊，她块头那么大，又那么横冲直撞的。她对厨娘龙斯维尔太太有好感多了。西莉亚叫她"龙斯"，这个体形极为庞大的女人堪称冷静的化身，从来不急急忙忙的，在厨房里一板一眼慢慢来，行礼如仪地做她的饭。她从不忙忙碌碌或慌慌张张，永远准时让饭菜上桌。龙斯很没想象力，每当西莉亚的母亲问她："你建议今天午饭吃什么好？"她总是给同样答复："嗯，太太，我们可以烧个好吃的鸡和姜布丁。"龙斯维尔太太会做舒芙蕾①、千层酥皮卷、奶油点心、法式回锅肉、各种糕点，以及最花工夫的法国菜，但她除了鸡和姜布丁之外，什么都不提议。

西莉亚很喜欢到厨房去，厨房就跟龙斯一样，非常大，非常宽敞，非常干净，而且非常宁静。坐镇在这片干净宽敞空间里的是龙斯，下颚隐约动着，她总是在吃东西，一点这个，一点那个，还有其他。

---

① 舒芙蕾，蛋奶酥。Soufflé 一字来自法语动词 souffler 的过去分词，意思是"使充气"，或简单地指"蓬松地胀起来"，据说这种烹饪方法在中世纪便出现了。

她会问:"喏,西莉亚小姐,你想要什么?"

接着那张大脸上缓缓露出笑容,她会走到碗柜前,打开一个铁罐,倒一把葡萄干或黑醋粟出来,放进西莉亚并拢的手掌中。有时候给她的是一片涂了糖浆的面包,有时是一小块果酱塔,反正总会有东西给她。

然后西莉亚就带着赏赐到花园墙边的秘密地方,躲在树丛里,成了躲避敌人迫害的公主,而忠心拥戴她的追随者则在深夜偷偷为她送来食粮……

保姆在楼上的育婴室里缝东西。能有个这样安全的好花园玩耍(没有讨厌的池塘或危险的地方),对西莉亚小姐真是好事一桩。保姆上年纪了,喜欢坐着缝纫、想事情,想史垂顿家那些小孩,现在都长大成人了,小小的莉莲小姐,现在也嫁人了,罗德里克和菲尔少爷,两个都在温切斯特……她的思绪慢慢追溯回到多年前……

❖

糟糕的事情发生了,小金不见了。由于它驯服得很,所以鸟笼都不关上的,它习惯在育婴室里飞来飞去。它会栖息在保姆头顶上,啄着她的软帽,这时保姆就会和蔼地说:"喏,喏,小金少爷,这样不可以的唷!"小金会栖息在西莉亚肩膀上,从她双唇间啄下大麻籽。它就像个被宠坏的小孩,如果不理它的话,就会闹脾气吵你。

这天很糟糕,小金不见了,育婴室的窗户是开着的,小金一定是从这里飞出去了。

西莉亚哭了又哭,保姆和妈妈两人都拼命哄她。

"说不定它会回来的,宝贝儿。"

"它只是去盘旋一下,我们把它的笼子放在窗口等着。"

可是西莉亚只是伤心地哭。她听人讲过别的鸟儿把金丝雀啄死的事情,小金一定已经死了,死在树下某处,她再也感受不到它那小小的鸟喙了。一整天她哭哭停停,不肯吃饭,也不肯吃下午茶点心。放在窗口的鸟笼一直是空的。

最后到了就寝时间,西莉亚躺在白色小床上,还是忍不住抽抽搭搭的,紧握着母亲的手。这时她更想要妈妈,而不要保姆陪。保姆曾表示或许西莉亚的父亲会再送她另一只小鸟,但母亲懂得她的心。她要的不是一只"鸟",毕竟她还有达夫妮。她要的是小金。噢!小金,小金,小金……她爱小金,可是它却飞走了,被啄死了。她用力握着母亲的手,母亲也用力回握她。

除了西莉亚沉重呼吸声之外,室内一片寂静。就在这时,忽然传来一阵细小的声音——鸟儿的啁啾声。

小金少爷从窗帘杠顶上飞了下来,原来一整天它都安静地窝在那里。

西莉亚一辈子都忘不了当时那种难以置信的狂喜感觉……

后来家里就有了一句俗话,每当西莉亚又开始担心起什么事情时,家人就会说:"喏,你还记得上次小金躲在窗帘杠顶上吗?"

❖

枪手的梦改变了，变得更吓人。

梦一开始的时候都很好，都是开心的梦，野餐或派对什么的。接着，就在正玩得开心时，突然间有种怪异感觉袭上心头，有些地方很不对劲……是什么？哎呀，那还用说，枪手在那里。可又不是他本人，而是其中一个客人是枪手……

最可怕之处就是这个，他可能是任何一个人。你看着他们，每个人都兴高采烈、嘻嘻哈哈地在聊天。接着，你突然知道了，可能是爸爸或妈妈，也可能是保姆或某个你刚才还在跟他说话的人：你抬头看妈妈的脸，那当然是妈妈，接着你看到冷冰冰的蓝眼睛，而从妈妈衣袖里伸出的……啊！好可怕！那可怕的树墩般的手腕。那不是妈妈，是那个枪手……然后她就尖叫着醒过来了……

可是又没办法跟任何人——不论是妈妈或保姆——讲清楚，因为说出来时听着就没那么可怕了。有人说："没事，没事，宝贝儿，你做了个噩梦而已。"然后拍拍你。没多久，你又睡着了，但你并不喜欢睡觉，因为那个梦可能又会出现。

西莉亚在夜里会拼命告诉自己："妈妈不是那个枪手，她不是的，不是的，我知道不是。她是妈妈。"

可是到了晚上，阴影袭来、噩梦纠缠时，就很难搞清楚任何事了。说不定所有事情都不像表面看到的那样，而你其实向来都很清楚这一点。

"太太，西莉亚小姐昨晚又做噩梦了。"

"什么样的噩梦，保姆？"

"关于带了一把枪的男人的梦，太太。"

西莉亚这时就会说："不是的，妈咪，不是带了枪的男人，是那个枪手，那个枪手。"

"你是害怕他会开枪打你吗？亲爱的，是不是这样？"

西莉亚摇头，打了个冷战。

她解释不清楚。

母亲并没有逼她解释的意思，反而很和蔼地说："亲爱的，你在这里跟我们在一起，很安全的。没有人能伤害到你。"

真让人感到宽心。

❖

"保姆，那是什么字？在海报上面，那个大的字？"

"'心怡'，亲爱的，'替你自己泡杯心怡的茶'。"

这情况每天上演，西莉亚对文字展现出贪得无厌的好奇。她已经认得字母，但她母亲对于孩子太早学会阅读有偏见。

"我要等西莉亚满六岁了才开始教她阅读。"

然而教育理论却未必总是能如愿实现。西莉亚五岁半时，已经能阅读育婴室书架上所有的故事书了，海报上的字也差不多全看得懂，虽然有时她也会弄混了字词。她会跑去问保姆说："请问保姆，这个词是'贪婪'还是'自私'？我不记得了。"因为她是靠眼见的字形而不是靠拼字来阅读的，她一辈子拼字都有困难。

西莉亚发现阅读很令人着迷，为她展开了一个全新的世界，这个世界里有精灵、女巫、怪物、巨魔等。她热爱童话故事，对现实生活中的儿童故事倒不怎么感兴趣。

她有几个同年龄的玩伴。她家位于偏远地点，当年汽车很少，而住家之间又离得很远。有个小女孩比她大一岁，名叫玛格丽特·麦克雷。有时是玛格丽特来喝茶，有时是对方邀请西莉亚去喝茶，每次西莉亚都会拼命哀求，她不要去。

"为什么？亲爱的，你不喜欢玛格丽特吗？"

"我喜欢她。"

"那为什么不肯去呢？"

西莉亚只能摇着头。

"她害羞，怕见人。"西里尔轻蔑地说。

"不想见别的小孩，这很奇怪，"她父亲说，"很不合情理。"

"会不会是玛格丽特捉弄她？"她母亲猜测着。

"没有！"西莉亚大声说着，涌出了眼泪。

她没办法解释，根本说不出口，然而事实却那么简单：玛格丽特的门牙都掉光了，讲起话来嘶嘶的，每个字都很快冒出来，结果西莉亚一直没能听懂她在说什么。最严重的那次，是玛格丽特陪她一起散步时。她说："西莉亚，我讲个好听的故事给你听。"然后就马上讲了起来，吱吱嘶嘶地说了"公醋和俗死的小矮能"故事。西莉亚痛苦地听完了。

玛格丽特还不时停下来问:"很胖的故事吧?"西莉亚一面很英勇地隐瞒事实上自己根本不知道这故事在说什么,一面还要想办法巧妙回答她的话。内心里,一如她所习惯的,只有求助于祈祷。

"噢!求求您,求求您,上帝啊!赶快让我回家,不要让她知道我听不懂。噢!拜托,我们赶快回家,求求您,上帝。"

她依稀感到,让玛格丽特知道自己讲话别人听不懂,是最残忍的事,所以千万不能让玛格丽特知道。

但这样憋着实在太辛苦了,所以到家时,她已经脸色惨白含着泪,大家都以为她不喜欢玛格丽特,其实正好相反。就是因为她那么喜欢玛格丽特,所以才受不了让玛格丽特知道真相。

可是却没有人明白,一个都没有。这点使得西莉亚感到很怪异又心慌,而且心里孤单得不得了。

❖

逢星期四有跳舞课。西莉亚第一次去上课时很害怕,练舞室里挤满了穿着丝裙的耀眼孩子们。

练舞室中央是戴了白色手套的麦金托什小姐,可说是西莉亚前所未见、最让她敬畏又让她着迷的人。麦金托什小姐长得很高,西莉亚认为她大概是世界上最高的人了(在后来的人生里,当她晓得麦金托什小姐不过比中等高度稍高一点之后,感到很震惊。原来麦金托什小姐主要是靠飘逸长裙、笔直挺胸的姿态以及个性,才产生出这样的效果)。

"啊！"麦金托什小姐亲切地说，"这位就是西莉亚。谭德顿小姐在哪里？"

谭德顿小姐是个面露焦虑的人，舞跳得很好，但却没有特色，这时像只急于讨好的小狗般赶快过来。

西莉亚被交给了她，不久就站在一排在练"伸展器"的小孩之中，伸展器是个两边有把手的宝蓝色松紧带。练完伸展器之后，就轮到神秘的波卡舞了，之后，幼小的儿童就坐下来看那些穿闪耀丝裙的人拿着铃鼓，跳一种花样很多的舞蹈。

然后，就宣布跳欧洲方块舞了。有个流露出顽皮目光的黑眼小男生赶快走到西莉亚身边。

"哎——你愿不愿意做我的舞伴？"

"不行，"西莉亚遗憾地说，"我不会跳。"

"噢！真可惜。"

可是过了一下，谭德顿小姐就朝她俯冲而来。

"不会跳？对，当然不会，亲爱的，不过你就会学到了。喏，这是你的舞伴。"

西莉亚跟一个沙金色头发、满脸雀斑的男生成了搭档。对面正好就是那个黑眼男生和他的舞伴。当他们跳到中央擦身而过时，男生责怪西莉亚说："呀！原来你是不想要跟我跳舞。我认为这真丢脸。"

她心中一痛，尔后的岁月里她对这种心痛更加清楚。得怎么解释呢？要怎么说"我是想跟你跳舞呀！我宁愿跟你跳舞。整件事搞错了。"

这是她少女时代体会到的第一个悲剧——配错了对象!

然而,方块舞的忽合忽分舞步把他们分开了,后来又在整排相连时碰到了一次,但那个男生只是深深责怪地看了她一眼,并紧握了一下她的手。

那个男生以后再也没有来上跳舞课,西莉亚一直都不知道他的名字。

❖

西莉亚七岁的时候,保姆走了。保姆有个比她还老的姐姐,姐姐的身体很差,所以保姆得回去照顾她。

西莉亚伤心得痛哭。保姆走后,她每天都写短信给保姆,内容混乱,拼字一塌糊涂,读起来困难重重。

她母亲委婉地说:"你知道,亲爱的,其实不用每天写信给保姆,她不会指望你天天写的。一个星期写两次就够了。"

可是西莉亚坚决地摇摇头。

"保姆可能会以为我忘掉她了。我绝对不会,永远都不会。"

她母亲去跟父亲说:"这孩子感情很执著,真要命。"

她父亲笑着说:"这跟西里尔少爷正好相反。"

住校的西里尔从来不主动写信给父母,除非是学校要他写,或者他有求于父母。但他的言行举止充满了魅力,以至于大家都很容易原谅他的小过。

西莉亚对保姆念念不忘的死忠，很让母亲担忧。

"这太不正常了，"她说，"她这年纪应该很容易就忘记的。"

没有新保姆来替补。苏珊负责照顾西莉亚，程度仅止于晚上帮她洗澡、早上叫她起床。穿好衣服之后，西莉亚就到母亲房间去，母亲总是在床上吃早餐，会给西莉亚一小片涂了果酱的烤面包，然后西莉亚就会把一只胖嘟嘟的小瓷鸭放在母亲的洗脸盆里浮水玩耍。父亲则在隔壁的更衣室里。有时他会把西莉亚叫进去，给她一分钱，这一分钱会按照嘱咐放进一个彩绘木制存钱盒里。硬币装满盒子之后，就会存进银行，等到有足够存款时，西莉亚就可以用自己的钱买样真正让她兴奋的东西。计划要买什么东西，成了西莉亚生活中的要务。每个星期她的最爱都不同。先说第一样，那是个玳瑁梳子，上面全是圆粒装饰，可以簪在母亲的黑发上。这是经过一家店铺橱窗时，苏珊指给西莉亚看的。"贵妇人就可能会插这样的梳子。"苏珊以崇敬的口吻说。然后还有一件白色的百褶丝裙，可以穿去上跳舞课，这是西莉亚另一个梦想。只有跳长裙舞的儿童才穿百褶裙。虽然要等到很多年以后，西莉亚才够大到能学跳长裙舞，不过，那天总会到来的。此外还有一只真正的金色拖鞋（西莉亚毫不怀疑世界上有这种东西），以及树林里的避暑屋和一匹小马。总之，等她"银行里的钱存够了"时，这些令她垂涎不已的东西，会有一样等着她的。

白天她都在花园里玩耍，滚着铁环（可以假装成很多东西，从驿马车到特快火车都行），小心翼翼又不太有把握地爬着树，在浓密的矮灌木丛中弄个窝，她可以躲起来躺在里面编织她的浪漫幻想。如果下雨，就在育婴室里看书，或者画《女王》故事集的画。吃过下午茶，到晚饭之前，是跟母亲玩很多开心游戏的时光。有时她们会把毛巾搭在椅子上变成一个个房子，然后在这些房子里爬进爬出。有时吹泡泡。你永远不会事先知道要玩些什么，但总是会有个很引人入胜又玩得很开心的游戏，那种游戏是自己想不出来的，只有跟妈妈一起玩才有可能的。

如今早上要"上课"了，这一来让西莉亚感到自己很重要。课程包括算术，由爸爸来教西莉亚。她很喜欢算术，也喜欢听爸爸说："这个孩子很有数学头脑，可不像你一样要用手指头来计算，米丽娅姆。"然后她母亲就笑着说："我向来对数字都很不行。"西莉亚先学了加法，然后学减法，学乘法很好玩，除法则看来很大人，而且很难。最后有一页页的"算术题"，西莉亚很倾心于算术题，都是些关于男生和苹果、田野里的绵羊、蛋糕、工作的男人等，虽然是些加减乘除，答案却都是男生或苹果还有绵羊等，所以就更加令人感到兴奋。除了算术之外，还有"抄书"，在练习本上抄写字句。母亲会在本子最上端写下一行字句，然后西莉亚就照抄，往下写、往下、往下，一直抄写到那一页底端。西莉亚不怎么喜欢抄书，不过有时妈妈会写些很好玩的句子，譬如"斗鸡眼的猫没法顺利抓老鼠"等等，让西莉亚笑得要命。

此外还有一页拼字功课要学，很简单的短字，西莉亚却得费很大功夫。由于求好心切，反而使她总是多加了很多不必要的字母到那个字里，结果搞得令人认不出那些字。

晚上，苏珊帮西莉亚洗过澡以后，妈妈会到育婴室来帮西莉亚"盖好被子"。西莉亚称之为"妈妈盖的被子"，然后她会尽量躺好不乱动，以便到第二天早上"妈妈盖的被子"还在。不过，到头来总是不曾如愿。

"要不要让灯开着，亲爱的？或者让门开着？"

但西莉亚从来都不要开着灯，她喜欢陷入黑暗中的温暖舒适感，觉得黑暗是很友善的。

"嗯，你不是那种怕黑的人，"苏珊经常这样说，"我的小外甥女就不一样，要是把她留在黑暗中，她会没命地尖叫。"

苏珊的小外甥女，西莉亚私下想了好一段时间，一定是个很不讨人喜欢的小女生，而且也很傻。干嘛怕黑呢？唯一会让人害怕的是梦境，梦所以吓人，是因为梦里把真实的事物搞得乱七八糟的。要是她梦见了枪手而尖叫醒来的话，就会从床上跳下来，沿着通道跑到母亲房间里，即使在黑暗中她也清楚知道路径。然后母亲会带她回房间来，坐着陪她一下，一面说："没有枪手，亲爱的，你很安全，相当安全。"接着西莉亚会再度入睡，知道妈妈的确让样样都很安全。几分钟之后，她就会漫步走入河边的那道山谷里采报春花，以胜利者的姿态对自己说："我就知道这里并没有铁轨，真的。不用说，这条河是一直在这里的。"

第二章　出国

保姆走了六个月之后，妈妈告诉西莉亚一个很令人兴奋的消息：他们要出国了，去法国。

"我也去吗？"

"对，亲爱的，你也去。"

"西里尔也去？"

"对。"

"苏珊和龙斯呢？"

"她们不去。只有爸爸、我还有西里尔和你去。爸爸身体不好，医生要他找个暖和的地方过冬。"

"法国暖和吗？"

"法国南部很暖和。"

"那里是怎么样的?"

"嗯,那里有很多山,山顶上有雪。"

"为什么山顶上有雪?"

"因为那些山很高。"

"有多高?"

然后她母亲很努力解释山有多高,可是西莉亚还是很难想象。

她知道伍德伯里的碧肯丘,走到顶上要花半小时,可是那根本算不上是座山。

一切都令人兴奋无比,尤其是旅行包。她有自己的旅行包,是深绿色皮制的,里面有瓶瓶罐罐,还有放牙刷、梳子以及衣服刷的地方,也有个小小的旅行时钟,甚至有小小的旅行用墨水瓶!

西莉亚觉得这真是她前所未有、最可爱的财物了。

旅途很新鲜刺激,首先,他们要横渡英伦海峡。母亲去躺了下来,西莉亚则和父亲留在甲板上,这下子让她感到自己像个大人一样重要。

等到真的见到法国时,她却有点失望,这儿看起来就跟其他地方一样。不过穿蓝制服的脚夫说着法文,挺令人耳目一新的,他们搭的火车也高得可笑。要在火车上过夜睡觉,在西莉亚看来又是很刺激的事。

她和母亲共用一个包厢,父亲和西里尔共用隔壁的另一个包厢。

不用说，西里尔摆出一副司空见惯的样子。他十六岁了，所以特别重视面子，绝不肯表现出对任何事情兴奋的神态，提问时也好像懒得问似的，即便如此，此时的他也难掩对法国引起的热衷与好奇。

西莉亚跟母亲说："妈妈，真的会有山吗？"

"对，亲爱的。"

"非常、非常、非常高？"

"对。"

"比伍德伯里的碧肯丘还要高？"

"高很多很多，高到山顶上有积雪。"

西莉亚闭上眼试着想象。高山，很大的山往上升、升、升，升高到可能看不到山顶。西莉亚的脖子往后仰、再后仰，因为正在想象自己往上看着陡峭高山的情景。

"怎么啦，宝贝，脖子扭着了吗？"

西莉亚刻意摇摇头。"我是在想大山的样子。"她说。

"傻丫头。"西里尔以幽默口吻说她。

不久，就到了兴奋上床的时候了。等到早上醒来时，他们应该就到了法国南部。

第二天早上十点，他们到了法国南部的坡市。领取行李时麻烦了好一阵子，因为有弧形盖子的大行李箱就起码有十三件，再加上很多口皮箱。

不过，最后总算出了火车站，坐上了车往旅馆驶去。西莉亚从车窗口眺望各个方向。

"妈妈，山在哪里？"

"在那边，宝贝，你看到那雪山顶的轮廓了吗？"

就是那些！天边呈现出曲折的白色轮廓，好像用纸剪出来般，很低矮的天际线。那些高耸入云霄的山，深深印在西莉亚脑海中的高山，在哪里？

"噢！"西莉亚说。

一阵失望的痛楚袭上她心头。这些山，真是的！

❖

等到她对山的失望情绪过去之后，西莉亚倒是非常享受在坡市的生活。吃饭就是件很令人兴奋的事，不知是什么奇怪原因，旅馆里的餐叫做"Tabbledote[①]"，坐在长饭桌前，桌上有各种奇怪又新奇的菜。旅馆里住了另外两个小孩，是一对双胞胎姊妹，比西莉亚大一岁。她和这对姊妹小芭和碧翠丝一起到处跑，西莉亚循规蹈矩活到八岁，生平第一次发现调皮捣蛋的乐趣。三个小孩会在阳台上吃橙子，身穿红蓝制服的军人经过楼下时，她们就把籽往下扔到军人身上。等到军人生气抬头望时，三个小孩已经缩到对方看不见的地方。她们还在桌上摆设好的盘子里放上一小堆、一小堆盐和胡椒粉，惹得那个年老的服务员维克多很生气。她们躲在楼梯底下的一个凹处，住客下楼吃饭时，就用一根长长的孔雀

[①] 其实是法文"Table d'hote"，也就是"旅馆的订餐"，但西莉亚此时还不懂法文，因此听在耳中成为她不解的 Tabbledote。

羽毛搔对方的腿。终于有一天，这些壮举成为最后一次，因为她们让负责打扫楼上房间那位很凶的女仆气恼到了忍无可忍的地步。话说她们紧跟着女仆，跑进了放拖把、水桶和刷子的小储藏室里，女仆对她们发脾气，骂了一堆听不懂的话（法文）就冲出去，把门一甩，锁上门，三个小孩就被关在里面了。

"她收拾了我们。"小芭悻悻地说。

"不晓得要过多久，她才来放我们出去？"

她们沉着脸面面相觑，小芭眼中闪现出反叛目光。

"我受不了让她爬到我们头上，得要想想办法才行。"

小芭永远是带头的人，她的视线落到储藏室内唯一窗户的隙缝上。

"不知道能不能从那里挤出去。我们都不很胖。西莉亚，你看看外面有什么。"

西莉亚报告说有一道排水沟。

"大到可以走在上面。"她说。

"好，我们就给苏珊点颜色看看，等我们蹦到她眼前时，她不吓昏才怪！"

她们费了很大的劲儿才打开了窗户，然后一个个从窗户里挤出来。排水沟在屋檐上，大约一英尺宽，有大约两英寸高的护缘，在这之下就是陡峭的五层楼高。

住在三十三号房的比利时女士命人送了张很客气的字条给五十四号房的英国太太：夫人可察觉到她家的小女孩以及

欧文家的两个小女生正走在五楼的屋檐上呢?

接下来的慌张混乱对西莉亚而言相当不寻常,而且也很不公平,因为从来没有人告诉过她不可以走在屋檐上啊!

"你可能会掉下去摔死的。"

"噢!不会的,妈咪,那里空间很大,两脚放在一起都行。"

这宗事件成为大人莫名其妙、瞎紧张的事件之一。

❖

当然,西莉亚得要学法语。有个法国青年每天来教西里尔。至于西莉亚,则找了位小姐每天带她去散步,跟她说法语。这位小姐其实是英国人,是英文书店老板的女儿,但她生长在坡市,法语说得跟英语一样流利。

利德贝特小姐很年轻,非常优雅,英语说得矫揉造作又抑扬顿挫,她刻意迁就,说得很慢。

"你瞧,西莉亚,这是烘焙面包的店,一家 boulangerie。"

"是,利德贝特小姐。"

"你看,西莉亚,那是一只正在过马路的小狗。Un chien qui traverse la rue. Qu'est-ce qu'il fait？这是说,它在做什么?"

利德贝特小姐对最后想要教的这句不太喜欢。狗是种粗俗的动物,免不了做些让最优雅的小姐们脸红的事。这只狗马路过了一半就停下来,开始做起其他事情来。

"我不知道怎么用法语说它正在做的事情。"西莉亚说。

"亲爱的,看着别的地方,"利德贝特小姐说,"那不是很好的事。我们前面有座教堂。Voilà une église。"

这些散步都又长又沉闷,而且很单调。

过了两星期,西莉亚的母亲辞退了利德贝特小姐。

"让人受不了的小姐,"她对丈夫说,"她能让全世界最令人兴奋的事都看起来很沉闷。"

西莉亚的父亲也认为这样,还说除非是跟法国女人学,否则女儿永远学不成法语。西莉亚不怎么喜欢这个想法,私下里她对所有外国人都不信任的。不过话说回来,如果只是去散步的话……母亲说肯定她会很喜欢莫乌拉小姐的。西莉亚觉得这个姓氏非常可笑。

莫乌拉小姐长得又高又大,永远穿着附有很多小斗篷或披肩的衣裳,往往扫到桌上的东西而打翻。

西莉亚认为保姆一定会说莫乌拉小姐"横冲直撞"的。

莫乌拉小姐很健谈,对人很亲热。

"Oh, la chère mignonne!(喔,亲爱的小可爱!)"莫乌拉小姐大声说,"la chère petite mignonne.(亲爱的小可爱。)"她在西莉亚面前跪下来,冲着她的脸很亲热地笑着。西莉亚保持很英国人的作风,对此没什么反应,而且很不喜欢这样,因为这让她感到很窘。

"Nous allons nous amuser. Ah, comme nous allons nous amuser!(我们会玩得很开心的。啊!会玩得有多开心啊!)"

然后又是散步。莫乌拉小姐讲个不停,西莉亚客气地忍受着那滔滔不绝又听不懂的话。莫乌拉小姐人很好,她愈好,西莉亚就愈不喜欢她。

十天后,西莉亚感冒了,有点发烧。

"我想你今天最好不要出去了。"母亲说,"莫乌拉小姐可以来这里陪你。"

"不要,"西莉亚马上嚷着说,"不要,叫她走,叫她走。"

母亲很留神地看着她。那是西莉亚很熟悉的眼神:古怪、炯炯有神、探寻的眼神。然后母亲平静地说:"好吧!亲爱的,我会叫她走的。"

"连门都不要让她进来。"西莉亚恳求说。

可是这时客厅的门打开了,莫乌拉小姐一身披肩斗篷地走了进来。

西莉亚的母亲用法文跟她说了一阵子,莫乌拉小姐不时发出遗憾和同情的惊呼。

"啊!可怜的小可爱。"西莉亚的母亲说完之后,莫乌拉小姐用法语大声说着,一屁股坐在西莉亚面前。"好可怜、可怜的小可爱。"

西莉亚求救地看着母亲,做出各种脸色。"叫她走,"那脸色在说,"叫她走。"

幸好就在这时,莫乌拉小姐身上众多披肩斗篷之一把桌上一瓶花扫倒了,于是她整个注意力转移到了道歉上。

等到她终于走出了房间,西莉亚的母亲温柔地说:"宝贝,你不用做出那些脸色。莫乌拉小姐只不过是一番好意,你这样会伤她感情的。"

西莉亚惊讶地看着母亲。

"可是，妈咪，"她说，"那是'英国'脸色啊！"

她不明白为什么母亲笑得这么厉害。

那天晚上，米丽娅姆对丈夫说："这个女人也不行，西莉亚不喜欢她。我想……"

"怎么样？"

"没什么，"米丽娅姆说，"我在想今天在裁缝师那里见到的一个女孩。"

后来她去试衣时，跟那个女孩谈了。女孩只是个学徒，工作是拿着大头针在一旁待命。她大约十九岁，黑发整齐地盘成发髻，有个短而扁的鼻子与红润和善的脸孔。

当那位英国太太跟她讲话，问她是否愿意到英国去时，珍妮非常吃惊。她说，那要看妈妈怎么想。米丽娅姆向她要了她母亲的地址。珍妮的父母经营一家小咖啡馆，整齐又干净。博热太太惊讶万分地听着英国太太的提议：去当这位太太的女仆并照顾一个小女孩？珍妮没有什么经验，她其实挺笨拙的。她姐姐贝尔特——可是英国太太要的是珍妮。博热太太把博热先生叫进来商量，他说他们夫妇不能挡了珍妮的前途，而且工资优厚，比珍妮在裁缝那里做事高多了。

三天后，珍妮很紧张又欢欣地来上工了。她挺怕那个要照顾的英国小女孩，因为她一点英文都不会，只学了一句，满怀希望地说了出来:"早安,小借。"

唉!珍妮的口音这么奇怪,以至于西莉亚根本没听懂。在默默无言中,珍妮照顾西莉亚梳洗,两人就像两只陌生的狗一样看着对方。珍妮把西莉亚的鬈发绕在自己手指上,为她梳头,西莉亚一直瞪眼看着她。

"妈咪,"吃早饭时,西莉亚说,"珍妮一点英文都不会说吗?"

"不会。"

"多奇怪。"

"你喜欢珍妮吗?"

"她的脸长得很滑稽。"西莉亚说。想了一下,又说:"叫她帮我梳头时再用力一点。"

三个星期过后,西莉亚和珍妮已经可以明白彼此的意思了。四个星期后,她们散步时见到一群乳牛。

"老天!"珍妮用法语大叫,"母牛!母牛!妈呀!妈呀!"

然后死命抓住西莉亚的手,往路堤上冲去。

"怎么啦?"西莉亚说。

"我最怕牛了。"珍妮以法语答着。

西莉亚很好心地看着她。

"要是我们再碰到牛,"她说,"你就躲到我后面去。"

从那之后,她们就成了好友。西莉亚发现珍妮是个懂得逗人开心的同伴,会帮人家送给西莉亚的小玩偶打扮,接着持续不断的对话就接踵而来。珍妮轮流扮演贴身女仆（很莽撞的那种）、妈妈、爸爸（很军人作风而且老是捻着胡子），还有三个顽皮儿女。有一次，她还变出了个神父角色，聆听上述那些角色的告解，然后要他们做很可怕的忏悔。西莉亚着迷得很，总是要求珍妮再演一次。

"不行，不行，小借，我这样做很不好。"珍妮用法语推辞着。

"为什么？"西莉亚用法语问道。

珍妮解释说："我拿神父来取笑，这是罪过。"

"噢！珍妮，你可不可以再演一次？那真的很好笑。"

心软的珍妮于是把她不朽的灵魂豁了出去，又演了一次，而且更有趣。

西莉亚对珍妮的家人知道得很清楚。知道贝尔特很严肃，路易很乖，爱德华很追求灵性，还有小妹妹丽丝才刚领过第一次圣餐，以及她家的猫可以缩在咖啡馆的玻璃杯之间，却一个杯子也没打破过。

至于西莉亚，则告诉了珍妮关于小金和龙斯以及苏珊的事，家中的花园，以及等珍妮去英国之后，她们会一起做的所有事情。珍妮从没看过海，想到要从法国乘船到英国，她就很害怕。

"我料想，"珍妮用法语说，"到时我一定害怕死了。我们先别谈这个了，跟我讲讲那只小鸟吧！"

❖

有一天，西莉亚跟父亲散步时，突然从旅馆门外的露天座上传来了喊他们的声音。

"约翰！我敢说这是老友约翰！"

"伯纳德！"

一个快活的大块头男人跳起来，热情地拉住了她父亲的手。

这位格兰特先生是她父亲的老朋友之一。他们好多年没见了，双方做梦都没想到对方竟然会在坡市。格兰特和家人住在另外一家旅馆里，但两家人经常会在午饭后偶遇，一起喝咖啡。

西莉亚认为，格兰特太太是她见过最可爱的人，有一头银发，梳得很漂亮，还有一双很美的深蓝色眼睛，五官轮廓分明，声音清脆。西莉亚马上就创造出个新角色，叫做"玛丽丝女王"。玛丽丝女王的个人特征全都跟格兰特太太一样，而且深受臣民爱戴。她曾三次遭遇行刺，但结果被一个忠心耿耿名叫"科林"的青年救了，她马上封爵给他。女王登基所穿的袍子是翠绿天鹅绒，银冠上镶了钻石。

西莉亚没有让格兰特先生当国王，认为他人虽然很好，但是脸孔太胖又太红，跟她父亲差得远了，她父亲有棕色大胡子，大笑时胡子就往上翘。西莉亚认为自己的父亲正是一个做父亲该有的样子：满肚子好听的笑话，不会像格兰特先生那样，有时让你觉得自己很傻。

格兰特家有个儿子吉姆，是个脸上有雀斑、讨人喜欢的学龄少年，总是脾气很好，面带笑容，有一双很圆的蓝眼睛，以致看起来老像是有种惊讶的表情。他很崇拜自己的母亲。

他和西里尔看待对方，就像两只陌生的狗。吉姆很尊敬西里尔，因为西里尔大两岁，而且上的是公立学校。他们两个都没怎么理西莉亚，那当然，因为西莉亚只不过是个小孩。

大约三星期之后，格兰特一家就回英国了。西莉亚无意中听到格兰特先生对她母亲说："我看到老友约翰时吓了一大跳，可是他却跟我说，来这里之后，他身体好多了。"

后来西莉亚问母亲："妈咪，爸爸生病了吗？"

母亲回答时，表情有点古怪："没有，没有，当然没生病。他现在身体好得很。只不过在英国时潮湿又下雨，让他不太舒服而已。"

西莉亚很高兴父亲并没有生病。她想，倒不是说他会生病，他从来没病倒在床或者打喷嚏、胆病发作什么的。虽然有时候会咳嗽，但那是因为烟抽得太多的关系。西莉亚知道这点，因为父亲是这样告诉她的。

但她搞不懂为什么母亲看来，嗯，表情古怪……

❖

到了五月，他们离开坡市，先往比利牛斯山脚下的阿热莱斯去，然后再去位于山中的科特雷。

在阿杰雷时，西莉亚坠入了情网，对象是开电梯的男孩奥古斯特，不是那个好看的电梯男僮亨利——亨利有时也跟她以及小芭、碧翠丝（她们也都到阿杰雷来了）一起玩些花样——她爱的是奥古斯特。奥古斯特十八岁，高个子，黑发黑眼，肤色灰黄，长相很阴郁。

他对搭他电梯上上下下的乘客一点兴趣也没有，西莉亚一直鼓不起勇气跟他说话。没有人知道她的恋情，连珍妮也不知道。晚上躺在床上时，西莉亚会幻想一些情节，在这些情节中，她拉住了奥古斯特骑的发狂奔马的缰绳，救了他一命；或者她和奥古斯特是仅有的海难生还者，她托着他的头浮出水面，带着他一直游到岸边，救了他一命；有时是奥古斯特在大火中救了她，可是这种情节却不那么令人满意。她最喜欢的高潮是，奥古斯特含泪对她说："小姐，我欠你一命，要怎么才能报答你？"

那是很短暂又强烈的恋情。一个月后，他们全家去了科特雷，这回西莉亚又爱上了珍妮特·帕特森。

珍妮特十五岁，人很好，讨人喜欢，一头棕发，还有一双和蔼的蓝眼睛。她不算漂亮或者出色，但是对年幼儿童很好，而且不厌其烦地跟他们玩。

对西莉亚而言，人生最大乐趣，就是长大以后可以像她的偶像一样。将来有一天，她也要穿条纹衬衫，戴颈圈和领带，也要梳辫子、戴黑色发箍。她也会有那神秘的东西：身材。珍妮特有身材，很明显从条纹衬衫两边凸出来的身材。

西莉亚是个瘦巴巴的小孩（这是她哥哥西里尔说的，每次哥哥想要惹恼她时，就说她像只骨瘦如柴的鸡，她听了总是哭起来，屡试不爽），所以一心想长得很丰满。有一天，总有那辉煌的一天，她会长大，胸前隆起，曲线玲珑。

"妈咪，"有一天她说，"我什么时候才能有凸出的胸部？"

母亲看看她说："怎么了？你很迫切想要吗？"

"噢！是的。"西莉亚急切地说。

"等你到了十四五岁，像珍妮特的年纪时。"

"到时我可不可以有一件条纹衬衫？"

"说不定可以，但我不认为这种衬衫很漂亮。"

西莉亚很不以为然地看着母亲。

"我认为这种衬衫很好看。噢！妈咪，你跟我说嘛！说我十五岁的时候可以有一件。"

"你可以有一件，如果到时你还想要的话。"

她当然想要。

她出去看她的偶像，却很懊恼地见到珍妮特正在跟她的法国朋友伊冯娜·巴尔比耶散步。西莉亚很吃伊冯娜的醋，伊冯娜是个很漂亮、非常优雅、很世故的女孩，虽然才十五岁，看起来却像十八岁。她挽着珍妮特的手，正软语轻声地用法语说着话。

"当然啦！我什么都没跟妈妈说。我已经回他话了……"

"亲爱的，你去别的地方，"珍妮特和蔼地说，"伊冯娜跟我正忙着。"

西莉亚伤心地走开了。她真讨厌那个可恶的伊冯娜·巴尔比耶。

唉！两星期之后，珍妮特跟父母离开了科特雷，她的身影很快就从西莉亚心目中淡去，然而欣喜若狂盼着有一天会有"身材"的念头却留在她心中。

科特雷充满乐趣。人就置身在山里，即便如此，看起来也仍然不是西莉亚曾经想象过的山。后来她一辈子都还是不怎么能欣赏山的风景，心底始终有着受骗上当的感觉。科特雷有各种不同的乐趣：早上出去走到一身大汗，到拉赫业去，然后爸妈在那里喝几杯难喝的水；喝完水之后，就买几根拐杖糖，那是不同颜色和味道扭在一起的糖棍。西莉亚通常选凤梨口味的，她母亲则喜欢绿色的那种，是八角口味的。奇怪的是，她父亲却什么口味都不要，自从来到科特雷之后，他像是轻松愉快许多。

"这地方很适合我，米丽娅姆，"他说，"我觉得自己在这里像是脱胎换骨似的。"

他太太回答说："那我们就尽量在这里待久一点。"

母亲看起来也快活许多，笑的时候多了，紧锁的眉头松开了。她很少见西莉亚，很放心地把西莉亚交托给珍妮去照顾，而她则全心全意照顾丈夫。

早上出去逛过之后，西莉亚就和珍妮穿过树林走回家，行经上下坡的曲折小路。偶尔西莉亚会从陡坡上像滑雪橇般坐着滑下坡，搞得内裤屁股那里一团糟。这时就会听到珍妮用法语惊呼:"喔,小借,这样做可不乖,你的长内裤。你妈妈会怎么说呢?"

"再玩一次,珍妮,一次就好。"西莉亚也以法语回应着。

"不行,不行,喔,小借。"

午饭过后,珍妮忙着缝纫,西莉亚则跑到外面广场去跟其他小孩会合。有个名叫玛丽·海斯的小女生,是特别指定给她的正当玩伴。"好乖的小孩,"西莉亚的母亲说,"很有规矩又听话。这个小朋友跟西莉亚玩很好。"

西莉亚只有在不得已时才跟玛丽玩,但是,唉,她发现玛丽呆板得要命。玛丽脾气很好又随和,但对西莉亚来说,却是个无趣极了的玩伴。西莉亚喜欢的玩伴是美国小女孩玛格丽特·普里斯特曼,来自西部某州,说起话来拖着长长的口音,让西莉亚这个英国小孩很着迷。她玩的游戏都是西莉亚没见过的。陪着她的保姆是个老得惊人的老妇,戴一顶很大的黑色宽边帽,口头禅是:"喏,你们乖乖待在芬妮身边,听到没有?"

偶尔两个小女孩吵架时,芬妮也会来排解。有一天,她见到两个小孩争执得很厉害,都快要哭了。

"喏,告诉芬妮,到底是怎么回事?"她命令说。

"我刚才讲了个故事给西莉亚听,可是她说不是这样的,但明明就是这样的啊!"

"你把故事讲给芬妮听听看。"

"本来是个很好听的故事。讲一个生长在树林里的小女孩，她有点寂寞，因为医生从来不曾用黑色的看诊包带她……"

西莉亚打断她的话。

"才不是这样。玛格丽特说宝宝都是医生在树林里发现，然后送去给那些妈妈的。这不是真的。是天使在晚上把宝宝带来，放在他们的摇篮里的。"

"是医生。"

"是天使。"

"才不是。"

芬妮举起了她的大手。

"你们听我说。"

她们都在听。芬妮思索着怎么对付这个难题，她的黑色小眼睛聪明地咕噜转着。

"你们两个都不用这么激动。玛格丽特讲的是对的，西莉亚也是对的。英国宝宝是靠天使送来的，美国宝宝是靠医生送来的。"

事情原来就这么简单！西莉亚和玛格丽特相视而笑，又成为好朋友了。

芬妮喃喃说："你们乖乖待在芬妮旁边。"然后继续织东西。

"我再回头继续讲那个故事，行吗？"玛格丽特问。

"行，你继续讲，"西莉亚说，"然后我会讲一个关于从桃核里出来的蛋白石仙子的故事给你听。"

玛格丽特继续讲起故事来,过了一下,又被打断了。

"什么是谢子?"

"谢子?怎么,西莉亚,你不知道谢子是什么吗?"

"不知道。那是什么东西?"

这下子更难了。听了玛格丽特混乱的解说后,西莉亚只抓到一个重点:谢子就是谢子!从此谢子一直在她心目中跟美洲大陆联想在一起,是种神奇的野兽。

直到她长大之后有一天,突然灵光一闪。

"原来如此!玛格丽特说的谢子其实是'蝎子'。"

然后她感到怅然若失。

❖

在科特雷很早吃晚饭,六点半就开饭了。西莉亚获准可以晚一点睡。吃过饭后,他们都到外面围着小桌子坐,每星期变戏法的人会来表演一两次。

西莉亚很崇拜那个变戏法的人,她喜欢他的称谓。那是父亲告诉她的,说这人是个"prestidigitateur"(魔术师)。

西莉亚会用很慢的速度重复念出这个字眼的每个音节给自己听。

魔术师是个留了黑色长胡子的高个子,用彩带表演最令人目眩神迷的戏法,可以从嘴巴里突然拉出很多码、很多码的彩带。每次表演要结束前,他会宣布有"一个小小的摸彩"。首先,他会递一个大木盘出来传给大家,每个人都在盘子里放一点捐献。然后就宣布抽中的号码，马上颁奖，有纸扇子、小灯笼、一盆纸花等等。似乎小孩子抽奖的运气特别好，几乎总是小孩赢得奖品。西莉亚一直很渴望抽中那把纸扇子，但从未如愿，倒是有两次抽中了灯笼。

有一天，西莉亚的父亲对她说："你想不想爬到那家伙上面去？"他指着旅馆后面的山。

"我吗，爸爸？一直上到山顶？"

"对，你可以骑骡子上去。"

"爸爸，骡子是什么？"

爸爸告诉她说，骡子是像驴又像马的动物。西莉亚想到要去探险就觉得很震撼，母亲则像是有点怀疑。"约翰，你确定这样做够安全吗？"她说。

西莉亚的父亲对她的不放心嗤之以鼻。那还用说，孩子当然会没事的。

她和父亲，还有西里尔要上山去。西里尔以老气横秋的口吻说："喔！这小孩也去？她会烦死人的。"虽然他挺喜欢西莉亚，可是西莉亚跟着一起来，却有损他男子汉的尊严。这是趟男人家的探险，妇孺应该留在家里的。

大探险之旅的那天清早西莉亚就准备妥当，站在阳台上等着看骡子来到。几只骡子踏步从拐角出现：真是大动物，像马多过像驴。西莉亚满怀欣喜盼望地跑下楼去。棕色脸孔、戴着法国贝雷帽的矮小男人正在和她父亲说着话，他在说"小姑娘小姐"会很平安的，因为他会亲自照顾她骑骡子。父亲和西里尔骑上了骡子,然后这个向导抱起西莉亚,一下子放到了鞍上。骑在上面感觉好高啊!但是非常、非常刺激。

他们出发了。西莉亚的母亲站在阳台上对他们挥手,目送他们离去。西莉亚自豪得感到激动,觉得自己真的长大了。向导跑到她身边,跟她聊天,但她只听懂一点他说的话,因为这人有浓厚的西班牙口音。

那是趟很奇妙的骑骡之旅,他们走在曲折小路上,路愈来愈陡峭。这时他们来到了山侧,一边是岩壁,另一边就是深渊。到了看起来最危险的地方时,西莉亚的骡子就会若有所思地在悬崖边停下来,懒懒地踢着一只脚。它也喜欢走在最边上。西莉亚认为它是匹很好的马。骡子的名字好像叫做"八角",西莉亚觉得一匹马取这名字很奇怪。

中午,他们抵达了山顶。那里有栋简陋小屋,门前有张桌子,他们围桌坐了下来,不久,在那里的女人就端出他们的午餐,餐点很好吃,有煎蛋卷、鳟鱼,还有奶油乳酪和面包。那里有只很大的鬈毛狗,西莉亚跟它玩了起来。

"它算是只英国狗,"那女人用法语说,"它叫米洛。"

米洛很友善,随便西莉亚想怎么跟它玩都可以。

不久,西莉亚的父亲看看表说,到了该下山的时候了,他把向导叫来。

向导满脸笑容过来了,手里有样东西。

"看我刚刚抓到了什么。"他说。

那是只漂亮的大蝴蝶。

"这是给小姐的。"他用法语说。

然后在西莉亚还没搞清楚他在做什么之前,这人已经用很灵巧快速的手法拿出了大头针,把蝴蝶固定在西莉亚的草帽上。

"这下子小姐可时髦了。"他一面以法语说着,一面倒退以便欣赏他的手工。

然后骡子都被带过来了,大家骑上骡子,开始下山。

西莉亚痛苦万分,她可以感觉到蝴蝶翅膀拍打着她的帽子。蝴蝶还活着……活着,钉在大头针上!她感到很恶心又很痛苦,眼眶涌出了大颗泪珠,滑落到脸颊上。

最后,她父亲留意到了。

"小乖乖,怎么啦?"

西莉亚摇头,呜咽起来。

"你哪里痛吗?还是你很累?你头痛吗?"

西莉亚对每个问题只是摇头,愈摇愈用力。

"她怕马。"西里尔说。

"才不是。"西莉亚说。

"那你哭什么呢?"

"小姐累了吧。"向导用法语猜测说。

西莉亚的眼泪愈流愈快,大家都看着她、询问她,可是她怎么能说出是怎么回事呢!这样会很伤那个向导的感情啊!那人是一番好意,特地为她捉了那只蝴蝶,而且很得意自己想出这个主意，把蝴蝶钉在她的帽子上，她怎能大声说自己不喜欢呢？可是这下子大家永远都不会明白了！风吹得蝴蝶翅膀拍打得更厉害，西莉亚情不自禁哭着。她觉得自己的苦楚是空前绝后的。

"我们最好尽快赶路。"她父亲说。他一脸苦恼。"赶快带她回家去找妈妈。妈妈说得没错，对这孩子来说，这趟旅行太吃不消了。"

西莉亚很想大叫说："没有吃不消，没有吃不消，根本就不是这样的。"但她没有这样做，因为晓得如此一来，他们就会问她："要不然究竟是为什么？"她只能木然地摇头。

她一路哭下山，心里的痛苦愈来愈加深，被抱下骡子时还在哭，她父亲抱她上楼到客厅里，母亲正坐在那里等他们。"你说得对，米丽娅姆，"她父亲说，"对这孩子来说，出去玩这趟太累了。我不知道她是哪里痛还是累过头了。"

"才没有。"西莉亚说。

"那究竟为了什么？"父亲追问。

西莉亚默默直视着母亲，现在她知道了自己永远都不能说出来，只能把这个痛苦原因永远埋藏在心底。她很想说出来，噢！她不知有多想说出来，可不知为什么，就是做不到。某种费解的压抑感笼罩住她，封住了她的嘴。但愿妈妈知道就好了，妈妈会明白的，但她却不能告诉妈妈。大家都看着她，等她说话。她胸口油然生起一阵可怕的痛苦，默然又饱受折腾地凝视着母亲。"帮帮我，"那眼神说，"噢！拜托帮帮我。"

米丽娅姆迎着她的眼神看着。

"我相信她是不喜欢帽子上有那只蝴蝶,"她说,"谁钉上去的?"

噢!真是如释重负,那种美妙、令人心痛的解脱感。

"哪有这种事……"她父亲刚开口,西莉亚就打断了他的话,像决堤流水般滔滔地说个不停。

"我讨厌这样,讨厌这样,"她大叫说,"它扑着翅膀,还活着,它在受苦。"

"那你干嘛不说出来呢?你这个傻丫头。"西里尔说。

西莉亚的母亲回答说:"我料想她是不想伤那个向导的感情吧。"

"噢!妈!"西莉亚说。

一切尽在不言中,这两个字道尽了一切。她的如释重负、她的感激,以及油然而生的爱。

她母亲懂得。

第三章 奶奶

那年冬天,西莉亚的爸妈去了埃及。他们觉得带西莉亚同行不方便,所以她和珍妮就去住奶奶家。

奶奶住在温布尔登,西莉亚很喜欢住那儿。先说奶奶家房子的特色——花园像块方形绿手帕,四周栽有玫瑰花丛,每一棵西莉亚都很熟悉,甚至在冬天里都记得它们:"那棵叫粉红法国,珍妮,你会喜欢那棵的。"但是花园里最辉煌的是一株高大的白蜡树,用铁丝架固定,逐渐长成花架。什么都比不上家里有棵白蜡树来得棒,西莉亚把它当成了最令人兴奋的世界奇景之一。此外,还有很高的旧式红木马桶座,吃完早饭躲进这里后,西莉亚就幻想自己是登基的女王,门上了锁,很安全地跟其他人隔绝开来,因此她就在幻想中郑重地鞠着躬,伸出手来让廷臣亲吻,放胆尽情幻想这宫廷情景。通往花园的门旁边是奶奶的储藏柜,每天早上,奶奶就带着那大串叮当响的钥匙来查看储藏柜,西莉亚也像个定时要喂的小孩、小狗或狮子般准时出现。奶奶会从柜子里拿出一包包的糖、牛油、鸡蛋或者一罐果酱。她会跟老厨娘萨拉展开冗长的激烈讨论。萨拉跟龙斯完全不同,龙斯有多胖,萨拉就有多瘦,她是个满脸皱纹的小老太婆,一辈子都在奶奶家帮佣,做了五十年,五十年来这种讨论法一直没变:糖用得太多了;上次拿出来的半磅茶叶怎么了?五十年后,这已经成了行礼如仪的事,是奶奶身为谨慎持家主妇的日常演出内容。佣人都太浪费了!得要看紧一点才行。例行仪式结束后,奶奶才假装首次留意到西莉亚也在场。

"唷,唷,小丫头在这儿做什么?"

然后奶奶会假装很惊讶的样子。

"嗯,嗯,"她会这样说,"你该不会是想要什么东西吧?"

"对,奶奶,我是想要。"

"好吧,等我瞧瞧。"奶奶悠闲地在柜子深处翻找一下,总是会拿出某样东西:一罐法国李子酱、一段糖渍当归茎、一罐腌渍榅桲等等。总是有东西给小丫头的。

奶奶是个很好看的老太太,白里透红的皮肤,额前两边垂着两绺波浪白鬈发,还有一张很幽默的大嘴巴。她的身材很高大,胸部大大凸起,腰臀丰满。她总是穿天鹅绒或者织锦料子的连衣裙,由于身材丰满贴着裙子,腰围曲线玲珑。

"我向来都有很美的身材,亲爱的,"她经常告诉西莉亚说,"我妹妹芬妮的脸孔是家人中最漂亮的,但她没有身材,一点都没有!瘦得像两块钉在一起的板子似的。只要我在场的话,男人都不会多看她一眼。男人家喜欢的是身材,不是脸孔。"

"男人家"在奶奶的谈话中占了很大部分,她成长的时期正是男人被视为宇宙中心的时候,女人家的存在只不过是为了服侍那些优异人类。

"你去到哪里都找不到比我父亲更英俊的男人了。他身高足足有六英尺,我们家的小孩子全都很怕他,他很严。"

"奶奶,你妈妈是怎么样的人?"

"唉!可怜的人,死时才三十九岁。留下我们十个孩子。每生一个小孩,她就躺在床上一段时期……"

"奶奶,为什么她要躺在床上一段时期?"

"宝贝,这是风俗习惯。"

西莉亚没再对这强制规矩追根究底。

"她总是躺够那个月,"奶奶接着说,"这是她唯一可以休息一下的时候,可怜的人。她很享受这个月子,因为通常可以在床上吃早餐,还可以吃到一个白煮蛋。可是她也吃不到多少,因为我们小孩常常会跑过去骚扰她。'妈,可不可以让我尝尝蛋?可不可以给我吃一些蛋白?'每个小孩都尝一点之后,剩下给她的就没多少了。她太好心了,太慈祥了。她死时我才十四岁,是家里最大的孩子。可怜的爸爸伤心死了，他们是很恩爱的夫妻。六个月之后，他也跟着她到坟里去了。"

西莉亚点着头。在她看来，这似乎是很正确又恰当的事。育婴室大多数的童书中都有一幕临终情景，通常都是个小孩，特别乖、像个天使般的小孩。

"他怎么死的？"

"百日痨①。"奶奶回答说。

"你妈妈呢？"

"她身体愈来愈衰弱，我亲爱的，就只是身体衰弱死掉的。所以每次刮东风时到外面去的话，一定要好好裹住喉咙，千万要记住这点，西莉亚，东风会害死人的。可怜的桑基小姐，前一个月才跟我一起喝过茶，后来去游泳，游完之后正好刮东风，她又没有长围巾围在脖子上，不到一星期就死了。"

奶奶所有的故事和怀旧几乎都是这样的结局。她本人可说是个最开心活泼的人，却很乐于讲些不治之症、猝死或者疑难杂症之类的事。西莉亚已经习以为常，甚至会在奶奶说到一半时，兴趣盎然地插嘴追问："奶奶，后来他死了吗？"然后奶奶会回答说："啊！死了，他是死了，可怜的家伙。"死的不是女孩就是男孩，或者是妇女，视情况而定。奶奶的故事没有一个是结局美满的，这可能是出于她健康又精力充

---

① 百日痨，恶化极快的肺结核别称。

沛的性格本能反应吧。

奶奶也总是有很多令人费解的警告。

"要是你不认识的人给你糖果,乖乖,千万不要拿。还有,等你长成了大姑娘时,要记住,永远不要跟一个单身男人进到火车包厢里。"

后面这项禁令让西莉亚很苦恼,她是个害羞的小孩,要是不能跟一个单身男人一起待在火车包厢里的话,那她就得事先问对方结婚了没有,因为光是看外表,是无法知道一个男人是否已婚。光是想到得要问对方,就让她很不安。

她并没有把自己和一位来访女客的低语联想在一起。

"向孩子灌输这样的想法,不太明智吧?"

奶奶的回答却很理直气壮。

"尽早警告过之后,就不会到时后悔了。年轻人应该知道这些事情。有件事你大概从来没听说过,我亲爱的,我先生曾经跟我讲过——我的第一任丈夫,(奶奶结过三次婚,她的身材如此吸引人,加上又很懂得收服异性。她先后埋葬了他们:一个是流着泪埋葬的,一个是怀着无奈埋葬的,还有一个是端庄得体地埋葬的。)他说女人家应该懂得这些事。"

她的声音小了下来,几乎转为窃窃私语。

西莉亚听得到的内容似乎很沉闷,于是她就跑开,到花园里去玩了……

❖

珍妮很不快乐，愈来愈想家、想念法国以及亲友。她告诉西莉亚说，英国佣人很不客气。

"厨娘萨拉很好，尽管她说我是教皇党。但其他人，玛丽和凯蒂，她们就取笑我，因为我没有把工资花在买衣服上，而是通通寄回家给妈妈。"

奶奶想办法要给珍妮打气。

"你就继续做个懂事的姑娘，"她告诉珍妮，"光是靠些没用的服饰打扮，是抓不到像样男人的。你继续把钱寄回家给妈妈，等到你结婚时，就会有一笔挺不错的小积蓄了。这种简单朴素的打扮，比一大堆花哨无用的服饰更适合女佣。你就继续做个懂事的姑娘吧。"

但是每当玛丽或者凯蒂对她特别不客气或瞧不起她时，她偶尔还是会掉眼泪。英国姑娘不喜欢外国人，而且珍妮又是个教皇党，大家都知道罗马教会膜拜穿紫朱衣服的女人[①]。

奶奶粗枝大叶的鼓励并未能真正对珍妮的心灵伤口起疗愈之效。

"丫头，你坚守自己的宗教是对的。倒不是说我自己信罗马天主教，因为我并不信天主教。我认识的大多数天主教徒都是撒谎的人，要是天主教神父可以结婚的话，我可能还

[①] 英国从亨利八世脱离罗马教会，宗教领袖为国家君主，因此这里指的是英法之间的宗教歧见。穿紫朱衣服的女子典故出于《圣经·启示录》。

比较在意他们。可是那些女修院！那么多漂亮女孩都关在女修院里,再也没有她们的消息。她们后来怎么了?我倒很想知道。我敢说,那些神职人员根本就不能回答我这个问题。"

幸好珍妮的英语能力还不足以了解这滔滔不绝的置评。

夫人很好心,珍妮说,她会尽量不去理其他女佣说什么。

奶奶接着把玛丽和凯蒂叫来,直言不讳说了她们一顿,因为她们很不客气地对待一个身在异乡的可怜姑娘。玛丽和凯蒂回答时都非常轻声细气、非常礼貌、非常惊讶。真的,她们什么也没说过,根本就没说。珍妮实在是太会胡思乱想了。

玛丽请求能有一辆自行车,奶奶惊恐地拒绝之后,颇有点感到得意。

"玛丽,真没想到你会提出这样的要求。我的仆人绝对不准有这种不像样的东西。"

玛丽看来怏怏不乐,嘀咕说她在里士满的亲戚就准有一辆。

"别让我再听见这种话,"奶奶说,"总之,对女人来说,这是危险的东西,很多女人就是骑了这种很不好的东西之后,一辈子都生不出小孩来。这对女人的妇科方面不好。"

玛丽和凯蒂悻悻地退了下去。她们本来想辞工不干的,但知道这是户好人家,吃的东西是一流的,不像有些人家会买些很差的食材,而且工作又不沉重。老太太虽然有点难缠，却有她好心的一面。要是家里有什么麻烦的话，她通常都会来帮忙解决，何况到了圣诞节时，再没有人比她更慷慨的了。当然，老厨娘萨拉那张嘴也很厉害，但你得包涵点，因为她的厨艺可是顶尖的。

西莉亚就跟所有的小孩一样，经常在厨房里流连，老厨娘萨拉比龙斯凶多了，不过话说回来，她年纪非常大了，要是有人跟西莉亚说萨拉有一百五十岁，她可一点都不会感到惊讶。西莉亚认为，再没有人像萨拉那么老。

萨拉对于最不寻常的事物有着最负责任的敏感。例如，有一天西莉亚跑进厨房里，问萨拉在煮什么。

"内脏汤，西莉亚小姐。"

"萨拉，什么是内脏？"

萨拉嘴唇一抿。

"这是小姑娘不应该追问的东西。"

"可那究竟是什么呀？"西莉亚的好奇心兴致勃勃地升起了。

"喏，够了，西莉亚小姐。像你这样一位小姑娘小姐是不宜问跟这类东西有关的问题的。"

"萨拉，"西莉亚在厨房里跳着舞，亚麻色头发飘扬着，"内脏是什么？萨拉，内脏是什么？内脏……内脏……内脏！"

这下子把萨拉惹火了，抓着平底锅朝她冲过去，西莉亚赶紧闪人，过了几分钟，又探头问："萨拉，内脏是什么？"

后来又从厨房窗口探头进来,重复问这个问题。

萨拉恼火地沉着脸,没有回答,只是自言自语嘀咕着。

最后,西莉亚突然厌倦了这个游戏,就跑去找祖母了。

奶奶总是坐在饭厅里,饭厅正对着前门那条短短的车道。过了二十年之后,西莉亚依然能巨细靡遗地描述出这间饭厅:厚重的织花纱窗帘,深红和金色的壁纸,阴暗的气氛,淡淡的苹果香气,以及一丝中午吃的带骨大块烤肉的气味。宽大的维多利亚餐桌上铺着毛绒桌布,庞大的桃花心木橱柜,壁炉旁的小几上堆叠着报纸,壁炉架上有沉重的铜器。("那是你爷爷花了七十英镑在巴黎万国博览会买的。")有光泽的红皮革沙发,西莉亚有时就在上面"休息",由于沙发皮面太滑了,所以很难待在中央。沙发背上铺着毛线勾织垫,上菜架摆满了小东西,圆桌上的旋转书架,还有张红丝绒摇椅,有一次西莉亚在上面摇得太猛烈了,结果撞得头上肿起了一个大包。靠墙摆着一排皮面椅子,还有那张高椅背的皮革大椅子,奶奶就坐在上面监督这里和其他一切活动。

奶奶从来不会闲着没事做。她写信,以龙飞凤舞字体写成的长信,大部分都用半张信纸来写,因为这样一定可以用完信纸,她受不了浪费。("西莉亚,不浪费,就不会匮乏。")此外她还勾织披肩,紫色、蓝色和紫红色的漂亮披肩,通常都用来送给佣人的亲友。她还用大球的软毛线编织,多半织给某人的小宝宝;或者做网状编织——在一小块圆形织锦周围编织出精美图案,吃茶的时候,所有的饼干蛋糕就陈列在这些小垫子上。她也缝制背心,都是送给认识的年长绅士们,这要用浮松布条来做,用彩色绣花棉线一针针缝成。这大概是奶奶最喜欢的活儿了。尽管已经八十一岁,她可是对"男人家"很有鉴赏眼光的。她也帮他们织睡袜。

在奶奶的指导下,西莉亚也做了一套盥洗盆架的防滑垫,等妈妈回来时送给她,给她一个惊喜。做法是先剪出大小不同的圆片毛巾布,在周边用毛线勾织一圈之后,再从这些勾织眼上勾出花边来。西莉亚用浅蓝色来勾这套防滑垫,她和奶奶都非常欣赏做出来的成果。

喝完茶撤掉茶具之后,奶奶就和西莉亚玩挑签子[①],接着玩克里比奇纸牌游戏[②],她们神色凝重,全神贯注,两人嘴里总是冒出她们的经典句子:"头得一分,脚得两分,十五点得两分,十五点得四分,十五点得六分,六点得十二分。""我的乖乖,你知道为什么克里比奇纸牌游戏这么好吗?""不知道,奶奶。""因为可以教你算数。"

奶奶从来都不忘说这些小教训,因为她被教养成绝对不可以承认为了开心而玩。吃东西是因为对身体有好处。奶奶最爱吃炖樱桃,几乎每天都要吃,因为"对肾脏很有益处"。

[①] 挑签子,把几十支细签抓住,然后突然放开倒成一堆,玩者须小心从中抽出一支而不造成别支倒下,否则就轮到对方挑签子。抽出最多支者胜出。
[②] 克里比奇是一种由二至四人玩的纸牌游戏,每人发牌六张,以先凑足一百二十一分或六十一分者为赢家。

乳酪也是奶奶的最爱,"可以帮助消化"。吃甜点时来一杯波特酒,因为"我是遵照医生的嘱咐",(对身为弱者的女性而言)尤其没必要强调酒带来的享受。"奶奶,你不喜欢喝吗?"西莉亚会这样问。"不喜欢,亲爱的。"奶奶会这样回答,然后喝第一口时,露出苦笑。"我是为了身体好才喝的。"说完了必说的一套话,接着就露出很享受的表情喝完这杯酒。奶奶唯一可以大方承认有偏好的是咖啡。"这咖啡很摩尔人口味。"她会这样说,一面陶醉得眯起了眼睛。"让人欲罢不能。"接着一面为这个双关语小笑话而笑起来[1],一面又为自己倒了第二杯咖啡。

饭厅的另一边是晨间起居室,缝纫妇"可怜的贝内特小姐"就坐在那里。提到贝内特小姐时,向来都少不掉加上"可怜"两个字。

"可怜的贝内特小姐,"奶奶会这样说,"雇用她是做好事。我真的认为她有时不能填饱肚子。"

如果饭桌上有什么特别好吃的东西,就一定会送一份过去给可怜的贝内特小姐。

可怜的贝内特小姐是个矮小的女人,一圈不整洁的花白头发顶在头上,看起来像个鸟巢似的。她实际上并非畸形人,看起来却有畸形的感觉。说话语气矫揉造作又特别讲究,称呼奶奶为"夫人"。无论缝什么东西几乎都做不对。

---

[1] "摩尔人的"(Moorish)和"欲罢不能"(moreish)谐音。

替西莉亚缝制的连衣裙总是太大，大到袖子长得盖住了手，肩线则垂到了手臂中间。

对待可怜的贝内特小姐得要非常、非常小心，以免伤她的感情。稍有不慎，贝内特小姐就会两颊各出现一个红点，甩着头，坐在那里狠命地缝着。

贝内特小姐身世很不幸。她会不断告诉你，她父亲血统很好。"事实上，虽然也许我不该这样说，但你知我知就好，他是很有身份的人，我母亲总是这样说。我像父亲，你们大概也留意到我的双手和耳朵，人家都说，这就看得出我的血统很好。要是他现在知道我是靠这方法谋生的话，肯定会很震惊。倒不是说因为替您做事，夫人，这跟我得要忍受的某些人比起来，是很不同的，他们把我当佣人看待。夫人，您了解的。"

所以奶奶总是很细心地看顾着，要让那位可怜的贝内特小姐得到恰当的对待，每顿饭都要放在托盘里端去给她。贝内特小姐对待佣人却很傲慢，颐指气使，结果她们都打心底不喜欢她。

"摆什么架子！"西莉亚听到老萨拉嘀咕说，"她什么都不是，只不过是个因缘际会生出来的人，连自己父亲的姓名都不知道。"

"萨拉，什么是'因缘际会生出来的人'？"

萨拉脸涨得通红。

"西莉亚小姐，这种话不应该从小淑女嘴里冒出来的。"

"那是指内脏吗?"西莉亚满怀指望地问。

在旁待命的凯蒂发出连串爆笑走开了,萨拉火大地命她不准乱说。

晨间起居室后面是客厅,凉爽阴暗,远在一方,奶奶请客时才用到这房间。里面摆满了天鹅绒椅子还有桌子和织锦沙发,大橱柜里的瓷器小像多到简直要满出来。角落有架钢琴,低音部分很响,高音部分很弱。落地窗朝向一间温室,然后可以从温室通往花园。萨拉总是把室内的钢制火架以及火钳擦得亮晶晶、光可鉴人,这是她的乐趣。

楼上的育婴室是个低矮的长房间,可以俯瞰花园,育婴室楼上就是阁楼,玛丽和凯蒂就住在这里。从这里再上几级楼梯,就来到三个最好的卧房,还有一间不透气的狭小房间,是萨拉住的。西莉亚私下认为,这三个最好的卧房是家中最气派的,每个都是很大的套房,一间是斑驳灰木建成,另外两间则是桃花心木。

奶奶的卧房在饭厅另一边,有张附有四根床柱的大床,庞大的桃花心木衣柜占据了一整面墙,还有好看的盥洗盆架和梳妆台,以及很大的五斗柜。卧房的每个抽屉里都摆满了整齐叠放好的一包包用品,有时候抽屉拉开之后就关不上了,奶奶得费很大的劲才能弄好。每样东西都锁得好好的。门里面的锁旁边还有很结实的门栓以及两副铜勾扣,奶奶进了卧室紧紧锁好门之后,就上床去睡觉,伸手可及之处还放着守更人的梆子和警察用的哨子,以便万一有小偷意图来进攻她的堡垒时，可以马上发出警报。

衣柜最上层有个玻璃盒，保护着里面装的上了蜡的白色大花冠，这是奶奶第一任丈夫去世时的致敬花卉。右边墙上挂着奶奶第二任丈夫告别式的纪念照，左边墙上的大照片里则是奶奶第三任丈夫的大理石墓碑。

床是羽毛床，窗户永远不打开。

奶奶说，晚上的空气对人有害，事实上，她认为各种空气都有风险。只有在夏天最热的日子里她才去花园，平常很少去。出门的话，通常也是去陆海军福利社，而且是乘四轮马车到火车站，搭火车到伦敦维多利亚站，再乘四轮马车到福利社。像这种场合，她总是用"斗篷披肩"把自己裹得密密实实的，再用羽毛围巾在脖子上紧紧缠很多圈。

奶奶从不出门拜访别人，都是人家上门来看她。每次有客人上门时，就会端出蛋糕和甜饼干，还有奶奶自酿的各种不同的利口酒。先问男士们要喝什么，"你一定得要喝点我酿的樱桃白兰地，所有的男士都喜欢这个"。接着才轮到怂恿女士们也"喝一点点，用来驱驱寒"。这是因为奶奶认为，没有一位女性会公开承认喜欢喝酒。如果是下午的话，就改说"你会发现有助于消化的，我亲爱的"。

要是上门来的老先生没有穿背心的话，奶奶就会把手边有的背心都拿出来展示，然后活泼淘气地说："要是你太太不反对的话，我就送你一件。"那位太太就会叫道："喔，请送他一件，我会很高兴的。"奶奶就会很滑稽地说："我绝对不可以给你们添麻烦。"于是老先生就会说些献殷勤的话,说穿一件"她巧手"做的背心很荣幸等等。

客人走了以后,奶奶的双颊加倍红润,身形也加倍挺直。任何形式的款客她都很喜欢。

❖

"奶奶,我可以过来跟你待一下吗?"

"怎么啦?你找不到什么事可以跟珍妮在楼上做吗?"

西莉亚迟疑了一两分钟,才想到满意的句子,终于说出口:"今天下午育婴室里不太对劲。"

奶奶笑了,说:"嗯,这话倒也没有说错。"

偶尔,西莉亚跟珍妮闹翻时,她总是觉得心里很不舒服又难过。这天下午却是出其不意地祸从天降。

话说她们正在争论西莉亚娃娃屋里的家具怎么摆放才恰当,争论到某个关头,西莉亚顺口就用法文说:"可是,我可怜的女孩……"结果闯了祸,珍妮马上哭了起来,用法文滔滔不绝说了一大堆。

对,无疑她是个穷人家女孩[①],诚如西莉亚所说的,可是她家虽穷,却是诚实可敬的。坡市的人都很尊敬她父亲,连市长都跟他有交情。

"可是我从来没说过……"西莉亚才刚开口。

珍妮又抢过话。

[①] 法文 pauvre 可解为"可怜",亦可解为"穷"。

"不用说,小借这么有钱,打扮得这么漂亮,爸妈去旅行,身上穿的又是丝绸衣裳,认为她,珍妮,就跟街上的乞丐差不多……"

"可是我从来没说过……"西莉亚又开口了,愈来愈感困惑。

但即使是穷人家的女孩也有感受的,她,珍妮,也有她的感受。她很受伤,伤到心底了。

"可是,珍妮,我爱你呀!"西莉亚绝望地叫道。

但是珍妮不为所动,取出了她最难做的女红,那是为奶奶一件长袍做的围领,沉默不语缝了起来,摇头拒绝理会西莉亚的恳求。当然,西莉亚一点也不知道吃中饭时,玛丽和凯蒂曾说,珍妮的家人一定很穷,才会把女儿赚的钱都拿走。

面对这样搞不懂的局面,西莉亚只好撤退,下楼去饭厅里。

"那你想做什么呢?"奶奶透过眼镜上方窥看着她问。一个大毛线球掉到了地上,西莉亚捡了起来。

"讲你小时候的事情给我听,你喝完茶之后下楼说些什么。"

"我们全都一起下楼去敲起居室的门,我父亲就会说:'进来。'然后我们就全都进去,把门关上。请注意,关门时没有声音的,永远要记得关门时不可以有声音,没有一个淑女会砰地一下关门的。说真的,我年轻时根本就没有哪个小姐会去关门,因为会让手变形不好看。桌上有姜酒,每个小孩都可以喝一杯。"

"然后你们说……"西莉亚提示着,其实她对这个故事早已倒背如流了。

"我们每个轮流说:'父亲、母亲,我对你们尽孝道。'"

"然后他们说?"

"他们说:'孩子们,我爱你们。'"

"喔!"西莉亚在欣喜若狂之中扭动着身子。她也说不上来为什么特别喜欢听这个故事。

"讲讲教堂里唱诗歌的事,"她催着说,"你和汤姆叔公的事。"

奶奶一面拼命勾织着,一面重复着那个经常说的故事。

"有块大板子上写了诗歌的编号,教堂执事通常会念出编号。他声音很响亮。'我们现在来唱诗赞美神的荣耀,诗歌第……'然后他停下来,因为板子放倒了。他又重新说:'我们现在来唱诗赞美神的荣耀,诗歌第……'接着又说了第三遍:'我们现在来唱诗赞美神的荣耀,诗歌第……喂,比尔,你把那板子放正。'"

奶奶是个很优秀的演员,最后那句话用伦敦土话说出来,可真叫绝。

"然后你和汤姆叔公哈哈大笑。"西莉亚提示说。

"对,我们两个都笑了。然后我爸爸看着我们,就只是看着我们而已。可是等我们回到家之后,他就命我们上床去，不准吃中饭。而那天还是米迦勒节①，吃米迦勒鹅的日子。"

"结果你们吃不到鹅。"西莉亚敬畏地说。

"结果我们吃不到鹅。"

西莉亚对这场灾难深深思考了一两分钟之后，深深叹口气说："奶奶，把我变成一只鸡。"

"你已经是个大女孩啦！"

"哦，不，奶奶，把我变成一只鸡。"

奶奶放下勾织女红，摘下眼镜。

这出喜剧的玩法，是从进到怀特利先生的店铺开始，奶奶要找怀特利先生本人，因为要准备一顿很特别的晚饭，所以要买一只特别好的鸡。怀特利先生本人能否帮忙挑一只鸡呢？奶奶轮流扮演自己和怀特利先生。挑好的鸡包了起来（这部分由西莉亚和一张报纸担纲）带回家，鸡腹内填了馅，鸡用线扎好，穿到烤叉上（这时引来开心的尖叫声），架在烤炉里，烤好之后放在盘子里，这时高潮戏来了："萨拉，萨拉，赶快来，这只鸡是活的！"

噢！真是没有几个玩伴比得上奶奶。真相是，奶奶跟你一样喜欢玩。她也很好心，在某些方面比妈妈还好心，要是缠得她够久（通常也够久的），她就会让步，甚至会给你那

---

① 米迦勒节（Michaelmas Day），九月二十九日，为纪念天使长米迦勒的基督教节日。

些对你有坏处的东西。

❖

爸妈写信来了,用很清楚的字体一个个字写出来。

我的亲亲小宝贝:

我的小丫头好吗?珍妮有没有带你去好好散步?你的跳舞课上得开心吗?这里的人差不多都有张近乎黑色的脸孔。听说奶奶要带你去看哑剧,她可真好,不是吗?我肯定你会很感激,而且会尽量做好,让自己成为奶奶的小帮手。奶奶对你这么好,我相信你一直都很听她的话,做个乖孩子。请代我请小金吃一粒大麻籽。

爱你的爸爸

我亲爱的宝贝:

我真的很想念你,但我相信你跟亲爱的奶奶在一起过得很开心,她对你这么好,而你又这么乖、这么听话,懂得讨奶奶开心。这里的阳光很灿烂,花开得很漂亮。你能不能做个聪明的小女孩,帮我写信给龙斯呢?奶奶会帮你在信封上写好地址。你叫龙斯摘好圣诞玫瑰,送去给奶奶。告诉她,圣诞节那天给汤米一大碟牛奶。

给我的宝贝小羊儿、小鸽南瓜很多个吻。

妈妈

充满爱的信,两封很可爱、很可爱的信。为什么西莉亚觉得喉头哽住了呢?圣诞玫瑰……种在树篱下面的花坛里……妈妈把花跟青苔一起插在大碗里,妈妈在说:"看看这些漂亮盛放的花。"妈妈的声音……

汤米,那只大白猫。龙斯,口里嚼着东西,永远在嚼着。

家,她想回家。

家,有妈妈在那里……宝贝小羊儿、小鸽南瓜,这是妈妈语带笑声、突然紧紧抱她一下时的昵称。

噢!妈妈……妈妈……

奶奶从楼梯上来,说:"怎么了?你在哭?你哭什么呀?你没有鱼卖了。"

这是奶奶的说笑,她总是这样说。

西莉亚很不喜欢这说笑,因为让她更想哭了。当她不开心的时候,她不想要奶奶在身边,根本就不想要见到奶奶,因为不知何故,奶奶会让事情变得更糟。

她从奶奶身边挤过去,溜下了楼,走进厨房里。萨拉正在烘焙面包。

萨拉抬头看她。

"收到妈妈来信了?"

西莉亚点点头,眼泪又流下来了。噢!空虚寂寞的世界。

萨拉继续揉着面团。

"她很快就会回家,亲爱的,她很快就会回家了。你留心等消息吧。"

她把面团放在面板上搓揉起来。她的声音听来遥远而有安抚作用。

她掐下一小块面团。

"蜜糖儿,做个你自己的小面包,我会把它们跟我的面包一起烘焙出来。"

西莉亚的眼泪止住了。

"麻花面包和田园面包?"

"麻花面包和田园面包。"

西莉亚动手做起来。做麻花面包要先把面团搓成三长条,然后像编辫子般编成一条,最后把尾端紧紧捏在一起。田园面包则是一个大圆球面团上面加个小圆球面团——这是浑然忘我的时刻:将拇指麻利地插进去,弄出来一个很大的圆口。她做了五块麻花面包和六个田园面包。

"孩子跟妈妈分开是不好的。"萨拉自言自语嘀咕说。

她的双眼泪盈盈的。

直到大概十四年之后,萨拉去世,大家才发现那个文雅秀气、偶尔来看她的侄女,其实是她的女儿,套句萨拉年轻时期当时的说法,是"孽种"。她服侍了六十多年的女主人一点都不知情,被她瞒得紧紧的。唯一能记起的是,萨拉很少休假,但有一次休假时她病了,因此延期回来。除此之外,那次她回来时也瘦得很不寻常。萨拉为了守口如瓶而产生的心中痛苦,以及暗地里所忍受的绝望之情,永远成了谜。她守着秘密,直到死后才被揭开。

J.L. 评

说也奇怪，偶然的、不连贯的片言只语，竟能让事物在你的想象中鲜活起来。随着西莉亚告诉我这些人的事情时，我深信自己对这些人看得比她还更清楚。我仿佛看见了那位老奶奶——那么精力充沛，充满她那时代的精神，幽默尖刻的口才，对待佣人的盛气凌人，以及对待可怜缝纫妇的慈祥。我更可以看到老奶奶的母亲——那个纤弱可爱、"很享受她那个月子"的人。这里可以留意到对男女描述的不同。太太死于体衰，先生则死于百日痨，那个丑陋的字眼"肺结核"从头到尾没有入侵过。女人因为体衰，男人因为百日痨而死。也不妨留意一下，有一点很有趣：这样一对患有肺病的父母，儿女的生命力却很强。我问起西莉亚时，她告诉我，曾祖母的十个儿女之中，只有三个早死，而且是意外身亡——一个当水手的儿子死于黄热病，有个女儿死于马车车祸，另一个女儿死于产褥，其余七个全都活过了七十岁。我们真的懂得遗传之事吗？

我也很喜欢她描述那栋房子的画面：有织花纱窗帘和针织品，以及结实有光泽的桃花心木家具，房子有个性。那一代的人很清楚他们要什么东西，到手之后就很享受它，而且也乐于不遗余力地保存、维护它们。

你留意到了吧？西莉亚描述奶奶家的房子远比自己家要清楚得多，这一定是她刚好到了会留意事物的年纪时去了奶奶家的缘故。她描述自己家是人多于地的：保姆、龙斯、横冲直撞的苏珊、鸟笼里的小金。

然后她观察到了母亲，这很有趣，仿佛之前她从来没发现过母亲似的。

至于米丽娅姆，我认为她有很鲜明的个性。我窥见的米丽娅姆很让我着迷，想来她具有一种西莉亚未曾遗传到的魅力。即使在写给小女儿信中的老套字里行间（像这种"定期家书"，在道德心态方面是充满压力的），即使，就像我说的，在那些惯例教小孩要乖乖听话的教训之中，真正的米丽娅姆仍然不时流露出来。我喜欢那些昵称：宝贝小羊儿、小鸽南瓜；还有那抚爱：突然紧紧地抱一下。这不是个婆婆妈妈或感情外露的浮躁女人，而是一个具有奇异直觉理解力的女人。

父亲就显得比较模糊不清。他在西莉亚眼中是个有棕色大胡子的巨人，懒洋洋、脾气好、充满乐趣。听起来他不像他母亲，可能是像他父亲，在西莉亚的描述中，这位祖父是以玻璃中上了蜡的花冠为代表。我猜想，西莉亚的父亲是个人缘很好的人，比米丽娅姆更有人缘，但却没有米丽娅姆的那种魅力。我想西莉亚比较像父亲，包括她的柔顺、平和以及体贴。

但她也从米丽娅姆遗传了某样性格：很危险的深情。

这是我的看法，也可能是我想象出来的……毕竟，这些人物都成了我的创作。

第四章　去世

西莉亚要回家了！

好兴奋啊！

这趟火车之旅久得似乎没有结束的时候。西莉亚有一本好书可以读，他们一家独处于一个车厢隔间里，但是她很心急，因此感觉整件事好像没有尽头似的。

"小乖乖，"她父亲说，"要回家了，很高兴吧？"

他说这话时，俏皮地轻轻捏了她一下。他看来高大又晒成棕色，比西莉亚印象中高大多了。相反地，母亲却娇小了。真奇怪，好像两人身材大小互换了。

"是啊！爸爸，好开心。"西莉亚说。

她是一本正经说出来的。心里那种奇异的膨胀、心疼的感觉,让她无法有其他表现。

她父亲看来有点失望。她表姐洛蒂跟他们同行,要到他们家去住一段时期,这时说了:"真是个严肃的小家伙!"

她父亲说:"噢!嗯,小孩子忘得很快……"

神色看起来颇惆怅。

米丽娅姆说:"她一点都没忘,她只是在心里激动而已。"

然后伸出手轻轻握了西莉亚一下,眼神含笑地看着西莉亚的眼睛,仿佛两人心照不宣。

丰满迷人的洛蒂表姐说:"她没什么幽默感,是吧?"

"一点也没有,"米丽娅姆说,"我也一样。"她又遗憾地补了一句:"起码约翰说我没有。"

西莉亚喃喃问道:"妈妈,很快会到了吗?很快了吗,妈妈?"

"什么很快会到了?小宝贝。"

西莉亚低声说:"大海。"

"大概再过五分钟。"

"我想她大概很喜欢住在海边,在沙滩上玩耍。"洛蒂表姐说。

西莉亚没说话。要怎么解释呢?大海是快要到家的标志。

火车驶进了隧道里,又从隧道里驶出来。

啊!就在那儿,深蓝色闪耀的大海,出现在火车左边。

火车正沿海行驶，在那些隧道中驶进驶出。蓝色、蓝色的大海，耀眼得让西莉亚不由自主闭上了眼睛。

然后火车拐弯驶向内陆，很快就会到家了！

❖

又是比例问题！家真是庞然！完全就是庞然！大大的厅房里几乎没有什么家具。在温布尔登的奶奶家住过之后，现在的家比起来似乎就没什么家具了。太兴奋了，以至于她都不知道要先做什么好……

花园！对，首先，一定要去花园。她沿着陡峭小径狂奔过去，园中有那棵榉木，真奇怪，以前她没想过这棵榉木，但这棵树几乎是家中最重要的部分。还有小凉亭，月桂树下有座位。喔！已经有点杂草丛生了。再来到林子里去，说不定风信子开花了，但没有，说不定是花期已经过了。林子里有棵枝桠如叉的树，可以在上面玩"藏身中的女王"。喔！喔！喔！"白色男童"在那里呢！

白色男童站在林子里的一座凉亭里，上了三层台阶就可到他那里。他头上顶着一个石篮，你可以放个供品到石篮里并许个愿。

西莉亚的确有自己一套许愿仪式，过程如下：路线从屋里开始，越过草坪，这是一条河流，然后把渡河海马拴在玫瑰拱门上，采了供品，很严肃地继续沿着小径走进林子里。把供品放进石篮里，许愿，然后行个屈膝礼，往后退下去，愿望就会实现了。不过有一点要注意，一个星期最多只能许一个愿。西莉亚几乎总是许同一个愿望，而且是受到保姆影响。不管是吃鸡时吃到许愿骨，或者去林中男童那里，或者见到黑白色花马，每次遇到这些许愿机会，她所许的愿总是一样的：希望做个好人！保姆说过，许愿要某样东西是不对的。主会赐给你所需要的一切，而且既然上帝已经（透过奶奶和爸妈等人）在这方面表现得很大方，因此西莉亚就固守着她的虔诚心愿。

这时她心想："我一定、一定、一定得拿样供品来才行。"她会照老方法来做：骑着海马越过草坪河流，然后把马拴在玫瑰拱门上，再走上小径，然后放供品——两朵残缺的蒲公英——到篮子里并许愿……

不过，唉！保姆逐渐淡出了，西莉亚放弃了长久以来的虔诚抱负。

"我希望永远快乐。"她许愿说。

然后再到菜园里去，啊！园丁朗博尔特在那里，看起来又阴沉脾气又坏的样子。

"哈啰，朗博尔特，我回来了。"

"可不是，小姐。拜托你不要站在嫩莴苣上面，你现在就踩在它上头。"

西莉亚赶快挪开脚。

"朗博尔特，还有没有醋栗可以吃？"

"已经过了季节了，今年的醋栗收成不好。大概还有一两颗覆盆子……"

"喔!"西莉亚手舞足蹈地跑开了。

"可是你别把它们都吃光了,"朗博尔特在她身后叫说,"我要留一盘饭后吃。"

西莉亚在覆盆子藤蔓之间走动着,拼命忙着吃。还说只有一两颗呢!哪止,有几百颗呢!

饱饱地吃了一顿覆盆子之后,西莉亚离开了它们。接下来要去墙边面向马路的秘密小窝,隔了这么一阵子,很难找到入口,但最后还是被她找到了。

跟着,是去厨房找龙斯。龙斯看来比以往更干净、庞大,下颚也如常有韵律地动着。亲爱、亲爱的龙斯,笑得脸仿佛分成了两半,喉咙发出了如昔的温软呵呵笑声……

"唷,真想不到,西莉亚小姐,你已经成了大姑娘啦!"

"龙斯,你在吃什么?"

"我刚烘焙好糖衣脆皮饼干,准备厨房里的下午茶用。"

"喔!龙斯,给我一块!"

"你吃了的话,待会儿就没肚子吃下午茶了。"

根本就不是真的反对。她边说,庞大身躯已经移向烤箱,一下子拉开了烤箱门。

"才刚烤好。喏,小心,西莉亚小姐,还很烫喔!"

噢!多可爱的家!回到家中阴凉幽暗的走廊里,透过楼梯平台的窗口,可以看到那棵榉木闪耀的绿色。

母亲从卧室里出来,见到西莉亚正痴痴站在楼梯口,双手紧按住肚子。

"怎么啦？孩子，干嘛按着肚子？"

"是那棵榉木，妈妈，那么漂亮。"

"我想你的肚子里感觉到了一切，西莉亚。"

"我觉得这里有种怪怪痛痛的感觉，也不是真的痛，妈妈，是一种很舒服的痛。"

"这么说，你是很高兴回家喽？"

"噢，妈妈！"

❖

"朗博尔特比以前更阴沉了。"西莉亚的父亲吃早饭时说。

"哎，我真讨厌雇用那个人，"米丽娅姆嚷着说，"但愿没有雇用他就好了。"

"喔，我亲爱的，他可是一流的园丁呢！是我们雇用过最好的一个。你看看去年的桃子收成。"

"我知道，我知道，但我从来都不想要雇用他。"

西莉亚很少听到母亲说话这么激烈。她双手紧握在一起。父亲爱怜地看着母亲，就跟看西莉亚时的眼神差不多。

"喏，我不是全权交给你了吗？对不对？"他心情很好地说，"尽管他有很好的推荐信，可是你却雇用了那个懒惰糊涂鬼斯皮纳克。"

"说来我对他的讨厌程度也很不寻常，"米丽娅姆说，"后来我们为了要去坡市而把房子租出去，罗杰斯先生写信来说，斯皮纳克已经辞工了，他找了另一个园丁，这人有非常好的推荐信，结果回到家一看，发现竟然是他。"

"我真不懂你为什么不喜欢他,米丽娅姆,这人是有点悲伤,但却是个很正当的人。"

米丽娅姆打个冷战。

"我也说不上来是什么,反正有些不对劲就是了。"

她凝视着前方。

负责厅堂的女佣进来了。

"有请老爷,朗博尔特太太在前门口,她有话要跟您说。"

"她要做什么?好吧,我最好过去看看。"

他放下餐巾走了出去。西莉亚盯着母亲看,妈妈看起来很奇怪,好像很害怕的样子。

父亲又回到饭厅里了。

"朗博尔特昨晚好像没回家,情况不大对。我猜他们夫妻最近吵过好几场架。"

他转头对依然在饭厅里的女佣说:"朗博尔特今天早上在吗?"

"老爷,我没看到他。我去问问龙斯维尔太太。"

父亲又走出了饭厅。五分钟后回来了。他开门进来时,米丽娅姆发出惊呼,连西莉亚都吓了一跳。

爸爸看起来神色古怪,古怪得很,简直就像个老头,好像连呼吸都有困难。

母亲闪电般从座位上跳起身来,朝他冲过去。

"约翰,约翰,怎么啦?快告诉我,赶快坐下,你受惊了。"

父亲脸色发青,很吃力地说出了话。

"上吊了……在马厩里……我已经把绳子弄断放他下来了,可是没有……他一定是昨晚上吊的……"

"你受惊了,这对你身体很不好。"母亲跳起来,到壁柜里拿出了白兰地。

她叫着说:"我就知道……我就知道会出事的……"

她在丈夫身旁跪下,把白兰地送到他唇边,正好一眼看到了西莉亚。

"宝贝,赶快上楼去珍妮那里。没什么好害怕的。爸爸只是不太舒服而已。"她放低了声音对他低语说:"不可以让她知道。这种事情可能会对小孩子造成一辈子的心理阴影。"

西莉亚困惑不解地离开了饭厅。多丽丝和苏珊正站在楼梯口谈论着。

"人家说,他跟老婆大吵大闹,老婆占了上风。嗯,最不吭声的那个总是最糟糕的。"

"你有看到他吗?他舌头有没有伸出来?"

"没看到,老爷说谁都不准去那儿。不知道我能不能弄到一小段上吊绳子?人家说那会带来好运的。"

"老爷受惊了,而且他心脏很弱的。"

"哎,发生这种事真可怕。"

"发生什么事?"西莉亚问。

"园丁在马厩里上吊了。"苏珊津津有味地说。

"喔!"西莉亚不觉得有什么大不了。"为什么你想要一小段绳子?"

"如果有一小段上吊用的绳子的话,会为你带来一辈子好运。"

"真的是这样的。"多丽丝附和说。

"喔!"西莉亚又说。

朗博尔特的死,对她来说只不过是每天生活中又一桩事实而已。她不喜欢朗博尔特,因为朗博尔特从来对她不怎么好。

那天晚上母亲来帮她盖好被子时,她问:"妈妈,可不可以给我一小段朗博尔特上吊用的绳子?"

"谁跟你讲朗博尔特的事?"母亲听起来很生气,"我还特别交代过的。"

西莉亚睁大了眼睛。

"苏珊告诉我的。妈妈,我可以有一小段上吊用的绳子吗?苏珊说那是很幸运的东西。"

母亲突然微笑了,然后微笑加深变成大笑。

"妈妈,你笑什么?"西莉亚狐疑地问。

"因为九岁的时期离我已经太远了,以致我忘了九岁时的心情。"

西莉亚困惑了一阵子之后才入睡。苏珊去海边度假时,曾经差点淹死。其他佣人听了之后哈哈大笑,说:"丫头,你是注定要吊死的。"

吊死和淹死,两者之间必然有什么关联……

"我宁愿、宁愿、宁愿淹死。"西莉亚在睡意中想着。

亲爱的奶奶(西莉亚第二天写了信):

非常谢谢你送我粉红仙子的书,你真好。小金很好并问候你。请代我问候萨拉和玛丽以及凯蒂,还有可怜的贝内特小姐。我们家花园里长出了一棵冰岛虞美人。昨天园丁在马厩里上吊了。爸爸躺在床上,但妈妈说他病得不是很严重。龙斯也让我做麻花面包和田园面包。

附上我很多很多的爱和亲吻。

西莉亚 上

❖

西莉亚十岁时,父亲去世了。他在温布尔登自己母亲家中去世,去世之前已经病倒在床几个月,因此家中雇有两名医院护士。西莉亚早已习惯了父亲生病,而母亲也总是在谈着等父亲病好之后,他们要一起去做些什么事。

她从来没想过父亲会死。当时她正好上楼来,房门开了,母亲走了出来。那是她从没见过的母亲……

时隔很久之后再想到那一幕,就像一片随风飘零的叶子。母亲双手朝天一挥,呻吟着,然后猛然开了自己的房门进去,消失在里面。一个护士跟在她身后出来,走到楼梯口,西莉亚就目瞪口呆站在那里。

"妈妈怎么啦?"

"嘘,好孩子。你父亲……你父亲去天堂了。"

"爸爸？爸爸死了，去了天堂吗？"

"对，你现在得要做个乖乖的小姑娘。记住，你得要安慰你母亲。"

护士的身影消失在米丽娅姆房间里。

西莉亚一片木然，晃晃荡荡走到外面花园里，费了很长时间才接受。爸爸，爸爸走了，死了……

刹那间，她的世界崩溃了。

爸爸……而一切看起来还是依旧。她颤抖着。这就像那个枪手梦……一切如常，而突然间他就出现了。她看着花园，那棵白蜡树，那些小径，一切如常，然而多少不同了。事情会改变，事情会发生……

噢，爸爸……

她哭了起来。

她走进屋里，奶奶在那儿，坐在饭厅里，百叶窗全都拉了下来，她正在写信。偶尔一颗泪珠从脸颊上滑落，她用手帕拭着泪。

"这是我可怜的小姑娘吗？"看到西莉亚时，奶奶说，"喏，喏，宝贝，你不要烦恼，这是上帝的旨意。"

"为什么百叶窗都拉下来了？"西莉亚问。

她不喜欢百叶窗都拉下来，这一来屋子里又黑又古怪，好像连屋子也不同了。

"这是表示尊重的意思。"奶奶说。

奶奶在口袋里摸索起来，拿出了一颗黑醋栗和红枣口味的橡皮糖,她知道西莉亚喜欢吃。

西莉亚接过糖,说了"谢谢",却没有吃。她觉得食不下咽。

她拿着糖坐在那里看着奶奶。

奶奶继续写着、写着……用黑边信纸写着一封又一封信。

❖

整整两天,西莉亚的母亲情况很不好。穿着浆挺制服的医院护士低声对奶奶说着话。

"长期过劳、不肯相信,最后又震惊过度……一定要让她振作起来。"

她们叫西莉亚进房去看妈妈。

房间里很暗,母亲躺在床上平常躺的位置,夹杂着灰色发丝的棕发凌乱地环绕着她的脸。她眼睛看来很怪异,非常明亮,盯着某样东西,某样西莉亚以外的东西。

"你的宝贝小女儿来了。"护士用那种很让人生气的"我最懂"的语气说。

然后妈妈对西莉亚露出笑容,却不是发自心底的,不是那种真的知道西莉亚在场的笑容。

护士之前已经先叮嘱过西莉亚了,奶奶也交代了。

西莉亚用拘谨的乖乖小姑娘语气说:"妈妈,爸爸很幸福地在天堂里。你不会想要叫他回来的。"

母亲突然大笑起来。

"喔，会的，我会的！如果我可以叫得了他回来，那么我是永远不会停止喊叫的……永远不会停，不管白天黑夜。约翰、约翰，回到我身边。"

她用手肘撑起了身子，神色狂野又美丽，却很奇怪。

护士赶快把西莉亚带出了房间。西莉亚听到她回房，走到床边说："你得要为孩子们活下去，记住啊，亲爱的。"

然后她听到母亲用奇怪的柔顺语气说："对，我得要为孩子们活下去。你不用教我，我知道的。"

西莉亚下楼进了起居室里，走到一处墙边，那里挂了两幅彩色印刷图，名为"哀伤的母亲"和"快乐的父亲"。西莉亚想的不是后者，图中那个淑女般的男人跟西莉亚概念中的父亲一点也不像，不管是快乐或其他方面。反倒是那个伤心发狂的女人，飘扬的头发，张开双臂抱住儿女们——对，妈妈就是像那副样子。哀伤的母亲。西莉亚怀着某种怪异的满足感点着头。

❖

一切发生得很快，有些挺令人兴奋的，比如奶奶带她去买丧服。

西莉亚忍不住挺享受这些丧服的。哀悼！她在哀悼中！听起来很重要而且长大了。她想象人家在街上看着她。"看到那个穿了一身黑色的孩子吗？""对，她刚刚丧父。""喔！天哪！多伤心。可怜的孩子。"然后西莉亚走路时会稍微抬头挺胸，接着黯然垂下头来。她觉得这样想有点可耻，但又忍不住觉得自己是个很有意思又浪漫的人物。

西里尔回家来了。他现在长得很大了，但讲话声音偶尔会出点怪情况，然后他就会脸红。他很粗暴又不自在，有时眼中含泪，但如果你留意到的话，他就会光火。他逮到西莉亚对镜搔首弄姿试新衣，于是公然表示轻视。

"你这种小孩就只会想到这个，新衣服。好吧，我料想你大概太小，所以不懂事。"

西莉亚哭了，觉得他很不客气。

西里尔避免跟母亲接触。他跟奶奶处得比较好，对奶奶扮演家中男人的角色，奶奶也助长他这样做。写信时，奶奶向他请教该怎么写，在很多细节上，也请他帮忙拿捏。

西莉亚不准出席丧礼，她认为这很不公平。奶奶也没有去。西里尔陪母亲去了。

丧礼那天早上，母亲首次下楼来，戴了寡妇帽子，西莉亚很不习惯她的模样：挺柔顺又娇小的。还有……还有……喔，对了，很无助的样子。

西里尔一副男子汉的保护模样。

奶奶说："米丽娅姆，我这里有几朵白色康乃馨，我想也许下葬时，你会想把它们投到棺木上。"

"不了，我宁愿不做这类事。"

丧礼过后，屋里的百叶窗全都拉上去了，日子又如以往照常过下去。

❖

西莉亚不知奶奶是否真的喜欢妈妈,以及妈妈是否真的喜欢奶奶。她也不很清楚为什么会产生这念头。

她对母亲感到不开心,因为母亲走动时那么安静无声,也很少说话。

奶奶每天大部分时间都在收信、看信。她会说:"米丽娅姆,我肯定你会想听听这封信,派克先生讲起约翰充满感情。"

但她母亲却敬谢不敏地说:"拜托,不要,现在不要。"

然后奶奶眉头稍微一扬,折好信,冷淡地说:"随便你。"

可是下次邮差送信来时,同样的情况又继续上演。

"克拉克先生真是个好人。"她说着,一面边看信边略微抽着鼻子。"米丽娅姆,你真该听听这个,对你有帮助,他讲得真美,说到死去的亲人如何总是跟我们在一起。"

然后,像是从静止状态中被激起似的,米丽娅姆会突然大叫起来:"不要,不要!"

这突如其来的喊叫,让西莉亚感觉到母亲的感受:母亲希望别人不要去烦她。

有一天,一封贴了外国邮票的信寄来了,米丽娅姆拆了信,坐着看信,秀丽的字体写满了四张信纸。奶奶留神看着她。

"是路易丝寄来的吗?"她问。

"对。"

然后是沉默。奶奶渴望地瞧着那封信。

"她说什么？"最后终于忍不住问。

米丽娅姆正把信折起来。

"我想这封信只是写给我看的，不是写给其他人看的，"她静静地说，"路易丝……她了解。"

这回奶奶的眉毛扬得几乎高到头发里去了。

几天之后，西莉亚的母亲跟洛蒂表姐出远门散心，西莉亚跟奶奶住了一个月。

等到米丽娅姆回来之后，就和西莉亚回家了。

生活又开始了，另一种新的生活。西莉亚和母亲独自住在大花园洋房里。

第五章　母女

母亲向西莉亚解释说，现在情况不大一样了，爸爸在世的时候，他们以为家境颇富有，但他去世后，律师却发现剩下的钱只有一点点了。

"我们过日子得要非常、非常简单，其实我真的该卖掉这栋房子，到别的地方找一栋小村舍住。"

"喔，不要，妈妈，不要……"

米丽娅姆看着女儿激烈反应，露出微笑。

"你这么爱这房子吗？"

"喔，是的。"

西莉亚急切万分。卖掉家？噢，她受不了。

"西里尔也这样说……可是不知道我这样是否明智……

这表示日子要过得非常非常省……"

"噢!求求你,妈妈,求求你、求求你、求求你。"

"好吧,宝贝,毕竟,这是栋幸福的房子。"

对,这是栋幸福的房子。多年之后回顾,西莉亚体会出这话说得很有道理。这房子有某种气氛,是个幸福的家,还有在这里度过的幸福岁月。

当然,生活上也有改变。珍妮回法国去了。园丁每星期来两次,负责保持花园整洁,而温室也逐渐变得七零八落。苏珊和负责打扫厅堂的女佣走了,龙斯留了下来,她不露声色,却很坚定。

西莉亚的母亲跟她争论。"可是,你知道以后你工作会辛苦很多,我只雇得起一个女佣,清洁打扫、伺候用餐等全部包办,而且没有额外帮手做琐事。"

"我很乐意,夫人。我不喜欢改变,我习惯了这里我的厨房,很适合我。"

没有丝毫忠心耿耿的暗示,不谈感情。只要提到一点点的话,就会让龙斯感到非常难为情。

于是龙斯就减薪留下来,西莉亚要到后来某个时期才明白,她留下来不走,对米丽娅姆的考验更大。因为龙斯是在一所上流学校受的训练,对她来说,食谱是以"一品脱厚奶油和一打鲜鸡蛋"开始的,要她做简单又省钱的菜,给食品供应商下小订单,简直是难以想象。她还是照样烘焙一盘盘的脆皮甜饼干作为厨房下午茶点心,面包多到吃不完而发霉时，就整个扔掉喂猪。向食品供应商下订单时量要大，在她而言是很有面子的事，表示这户人家的赊欠信用很好。因此，当米丽娅姆接手下订单后，对她打击真的很大。

至于负责家里其他所有工作的女佣，则请了年纪比较大的格雷格。米丽娅姆刚结婚时，格雷格曾为她工作过，那时格雷格专门负责服侍用餐、应门等。

"夫人，我在报纸上一看到您登的广告，马上就辞职上门来。我在别的地方从来都不如在这里快乐。"

"格雷格，如今跟以前很不一样了。"

但是格雷格坚持要来。她是个一流的服侍用餐、招呼客人的女佣，但这方面的技巧发挥不上了，因为家里再也没请客吃饭了。作为厅房打扫清洁女佣，她却很马虎，对蛛网视而不见，也很纵容灰尘的存在。

她会讲当年辉煌日子的故事给西莉亚听，让西莉亚听得津津有味。

"圣诞夜，你爸爸妈妈坐下来吃晚饭，两道汤、两道鱼、四道前菜、一大块带骨烤肉，以及他们所称的'琐贝①'、两道甜点、龙虾沙拉，还有道冰品布丁！"

"想当年真是好日子。"格雷格很勉强地端来焗烤通心粉（那就是米丽娅姆和西莉亚的晚餐），忍不住这样暗示说。

米丽娅姆对花园产生了兴趣。她其实一点园艺也不懂，

---

① 一种类似冰沙的冰品，通常为柠檬口味。原文为法文，故女佣只知仿其发音。

更懒得学,就只是做实验,结果她的实验总是莫名其妙地茂盛,成了园中之冠。她不分时节地乱种花和球茎,播种时也不管埋的泥土深浅地乱播一通,结果只要她经手的,全都开了花、活得好好的。

"你妈有双能种活东西的手。"老园丁阿什沮丧地说。

老阿什是承包园艺的园丁,每星期来两次,他是真的懂园艺,很遗憾地偏偏天生种不活东西,只要是他经手,植物总是种死掉,由他修剪过的植物也很倒楣,如果没有"烂死"就一定会成"早霜"的受害者。他给米丽娅姆园艺方面的建议,米丽娅姆都没有听。

他热切希望把那片斜坡草坪分割成"一些漂亮花坛,半月形和菱形,然后整个花坛种上某种同类的花坛植物"。米丽娅姆不高兴地拒绝了,他很懊恼。当米丽娅姆说她喜欢整片绿地时,他就会回说:"嗯,花坛看起来像个绅士的地方,这点你不能否认。"

西莉亚和米丽娅姆抢着用花为家里布置,她们会用白色的花、爬藤茉莉、香气甜美的丁香、白色福禄考以及紫罗兰等做成高大的花束。后来米丽娅姆又迷上异国风情的小花束、樱桃馅饼以及芬芳的粉红玫瑰。

这种传统粉红玫瑰的香气,一辈子都让西莉亚想起母亲。

西莉亚最懊恼的是,不管她花多少时间、费多少功夫,插出来的花总是比不上母亲的。米丽娅姆随意把花一插,就有浑然天成的韵味。她插的花别具一格,根本不符合当时流行的插花手法。

上课是凑合着上的。米丽娅姆说西莉亚得要继续自修算术,因为米丽娅姆这方面不行。西莉亚老老实实照着做,继续用父亲当初指导她所用的那本棕色算术小书。

她不时会陷在没有把握的困境里:对某道题没有把握,不知道答案应该是绵羊还是人。帮房间贴壁纸的计算题让她困惑不已,所以干脆就跳过这部分。

米丽娅姆对于教育自有一套理论。她是个好老师,讲解清楚,而且只要是她所选的科目,都有办法让人大感兴趣。

她热爱历史,在她的指导下,西莉亚横扫了一宗又一宗的世界史事件。英国史的稳定发展让米丽娅姆感到无趣,但是英国的伊丽莎白女王和查理五世皇帝、法国的法兰西斯一世、俄国的彼得大帝等,对西莉亚而言,都成了活生生的人物。辉煌的罗马帝国又活了起来。迦太基灭亡了。彼得大帝带领俄罗斯从野蛮中兴起,成为强国。

西莉亚喜欢听人为她朗读,而米丽娅姆教到某时期的历史时,就选择跟该时期相关的书来朗读。她朗读时会毫不在乎地跳过某些段落,她对于乏味的内容向来一点耐心都没有。地理则差不多都跟历史一起讲,此外就没其他课了,最多就是米丽娅姆尽量改进西莉亚的拼字,然而以西莉亚这年龄的小姑娘来说,拼字不好是没什么好丢脸的缺点。

有个德国女人来教西莉亚钢琴,西莉亚很快就表现出对学钢琴的热爱，练琴时间比老师规定的还要长。

玛格丽特·麦克雷不住在附近了，但每星期梅特兰家的小孩埃莉和珍妮特会来喝茶。埃莉比西莉亚大，珍妮特则比她小。她们一起玩涂色游戏和"一二三，木头人"，还成立了一个秘密组织叫"常春藤"。她们创了暗号、一种特别的拍手方式，还用隐形墨水写信息，做完了这些之后，常春藤会就没落了。

还有派因家的小孩。

都是胖胖壮壮的小孩，老气横秋的声音，比西莉亚小，一个叫多萝西，一个叫玛贝尔。她们的人生理想就是吃，而且总是吃太多，结果往往没离开之前就开始不舒服了。西莉亚会去她们家吃午饭，派因先生是个红脸的大胖子，他太太又高又瘦，蓄着很抢眼的黑色刘海。他们感情很好，也都很爱吃。

"珀西瓦尔，这羊肉真美味，真的好好吃。"

"再给我一点点，亲爱的。多萝西，你要不要再来一点？"

"谢谢爸爸。"

"玛贝尔呢？"

"不要了，谢谢爸爸。"

"来，来，这是什么？这羊肉味道真好。"

"我们得要赞赞贾尔斯，亲爱的。"（贾尔斯是肉店老板。）

派因家和梅特兰家的小孩都没在西莉亚的生活中留下太

多印象。对她来说,她自己玩的游戏始终才是真正的游戏。

随着她弹钢琴技巧的进步,她也花愈来愈多的时间待在大课室里,翻阅一叠叠积尘的旧乐谱,读着乐谱上的一首首老歌:《在溪谷里》、《睡眠之歌》、《菲斗与我》。她唱出这些歌,声音清脆又纯美。

她对自己的声音挺沾沾自喜的。

很小的时候,她曾宣布说将来要嫁给公爵。保姆表同意,但条件是西莉亚得学着吃饭吃快一点。

"因为,我亲爱的,住在豪宅里的话,男管家会在你还没吃完之前,老早就把盘子撤下去了。"

"他会这样做吗?"

"对,在大豪宅里的男管家是来回巡视的,不管每个人吃完了没有,他就把他们的盘子拿走!"

从那之后,西莉亚就比较大口赶快吃饭,以便训练自己将来可以适应公爵府里的生活。

而今这个意念首次动摇了,也许她根本不会嫁给公爵,不了,她要做个首席红伶,像梅尔芭[①]那样的。

西莉亚大部分时候还是自己消磨时间,虽然有梅特兰家和派因家的小朋友来和她喝茶,但她们反而不像她自己的"那群女生"来得真实。

[①] 梅尔芭(Nellie Melba, 1861—1931),澳洲女高音,是第一位蜚声国际的女高音,也是当时最著名的歌剧演员之一。

"那群女生"是西莉亚自己想象出来的人物。她知道她们所有的事,不管是她们的长相、穿着打扮还是她们的感受与想法。

首先是埃塞雷德·史密斯,她长得又高又黑,而且非常、非常聪明,也很会玩游戏。事实上,埃塞雷德什么都拿手。她有"身材",穿条纹衬衫。她集西莉亚所欠缺的特点于一身,代表了西莉亚想要成为的人。其次有安妮·布朗,埃塞雷德的密友,金发白肤,弱不禁风又"娇滴滴的"。埃塞雷德教她做功课,安妮则很佩服欣赏埃塞雷德。再下来是伊莎贝拉·沙利文,红发棕眼,长得很漂亮,家里有钱,人很骄傲不讨人喜欢,总以为自己打槌球会赢埃塞雷德,但西莉亚却管着不让这情况发生,虽然有时也觉得自己心肠挺坏的,故意让伊莎贝拉没打中球。埃尔茜·格林是伊莎贝拉的表妹——穷表妹,黑鬈发蓝眼睛,开朗活泼。

埃拉·格雷夫斯和苏·德·维特年纪小得多,只有七岁。埃拉很认真又用功,一头乱蓬蓬的棕发,容貌平庸。她算术经常得奖,因为她非常用功。她皮肤很白,西莉亚一直不太确定她的长相,而她的性格也经常不同。薇拉·德·维特是苏同父异母的姐姐,是"这学校"里性格浪漫的人,十四岁,麦秆色头发,跟勿忘我一样蓝的眼睛。她的过去颇有令人费解之处,到最后,西莉亚才晓得原来她出生时被掉包了,其实她才是真正的薇拉小姐,是该地家世最显赫贵族之一的女儿。还有个新来的女生莉娜,西莉亚最爱扮演刚来到学校时的莉娜。

米丽娅姆依稀知道有"这群女生",但从来不过问她们的事,西莉亚对此感激莫名。下雨的日子里,"这群女生"就在课室里举行音乐会,各人分配到不同乐谱。最让西莉亚生气的是,扮演埃塞雷德弹奏她分配到的乐谱时,明明很急着弹好,手指却偏偏弹错了。而尽管她每次都故意分配最难弹的给伊莎贝拉,却偏偏弹得非常好。"这群女生"还玩克里比奇纸牌游戏,互相竞赛,结果伊莎贝拉总是好运得让人生气。

有时西莉亚去奶奶家住,奶奶会带她去看音乐喜剧。她们乘四轮马车到火车站,搭火车到维多利亚站,再乘四轮马车到陆海军福利社吃中饭,奶奶会先在这里的杂货食品部买一大堆东西,而且总是由同一个老先生来招呼她。买完之后,她们才上楼去餐厅吃中饭,最后以"装在大杯里小杯分量的咖啡"结束午饭,因为这样一来杯里就可以加很多牛奶。接着她们去糖果糕点部买半磅巧克力咖啡鲜奶油,然后又乘另一辆四轮马车到戏院去,在那里,奶奶和西莉亚都津津有味地欣赏演出的点滴。

往往看完戏后,奶奶会买该剧乐谱给西莉亚。这一来,又为"那群女生"开启了活动新天地,现在她们摇身一变成了音乐剧明星。伊莎贝拉和薇拉有女高音嗓子,伊莎贝拉的音域较大,但薇拉的嗓子较甜美。埃塞雷德有很棒的女低音嗓子,埃尔茜则有很美的柔弱嗓音。安妮、埃拉和苏演出的都是不重要的角色，但苏渐渐演起花旦来。《乡下姑娘》是西莉亚的最爱，《雪松之下》在她看来简直就是空前的绝美歌曲，她唱到嗓子都沙哑了。公主的角色给了薇拉，以便她可以唱这首歌，而女主角就让伊莎贝拉来演。《阳光普照的锡兰》也是她的最爱，因为有个好角色让埃塞雷德演出。

米丽娅姆有头痛毛病，她的卧房正好在钢琴底下，结果到最后终于禁止西莉亚练琴超过三小时。

❖

好不容易，西莉亚早期的志向实现了：她有了一条百褶裙，也可以留下来上长裙舞课了。

如今她是特殊阶层的人了，不用再跟多萝西·派因跳舞，多萝西只穿一件纯白的宴会装而已。穿百褶裙的女生只互相一起跳舞，除非她们自觉"很好心"才去跟别人跳。西莉亚和珍妮特·梅特兰配对跳舞，珍妮特跳得很优美。跳华尔兹时，她们总是一起，练踏步时也彼此搭档，但有时却被分开，因为西莉亚比珍妮特高出一个半头，而麦金托什小姐喜欢练踏步时一对对学生高矮一样。跳波卡舞则时兴跟年纪小的学生搭档，每个比较大的女生都带一个年幼的小孩跳。六个女生留在后面跳长裙舞。西莉亚总是在第二排，让她失望得很，心里很不是滋味。西莉亚倒不介意跟珍妮特跳，因为珍妮特比别人都跳得好，但是达夫妮跳得很差劲，犯很多错误。西莉亚老是觉得很不公平，麦金托什小姐让矮的女生在前排，高的在后排，这做法很令人费解，可是西莉亚又想不出解决办法。

米丽娅姆跟西莉亚对百褶裙该选什么颜色都很兴奋,她们热烈讨论了很久,又顾及别的女生穿的颜色,最后决定选火红色的。别人都没有这种颜色的裙子,西莉亚陶醉极了。

自从丈夫过世后,米丽娅姆就很少出门,也很少在家招待朋友。她只跟那些有和西莉亚差不多年龄儿女的人以及少数几个老朋友"继续往来"。不过话说回来,轻易丢下了以往的交际应酬,还是让她有点心酸,这都是钱造成的不同待遇。人家根本就没怎么把她和约翰当一回事,如今就更不怎么记得她的存在了。她自己是不在乎的,因为她向来是个害羞的女人,之所以去交际应酬,都是为了约翰。约翰喜欢请人到家里来玩,喜欢出去见人。他从来没想到米丽娅姆有多讨厌交际,这都因为她扮演得非常好之故。如今她可以松一口气了,可是仍照样为了西莉亚的缘故而继续交际,因为孩子在成长过程中,还是需要有社交活动的。

夜晚是母女俩共度的最快乐时光之一。她们七点钟就早早吃完晚饭,然后上楼去课室里,西莉亚做些女红,母亲则朗读给她听。朗读会让米丽娅姆打起瞌睡,声音逐渐变得很奇怪又不清楚,头逐渐往前垂下来……

"妈妈,"西莉亚会责怪地说,"你在打瞌睡。"

"我才没有打瞌睡。"米丽娅姆愤慨地宣称说。接着就挺直坐着,清清楚楚继续念上两三页,然后就突然说:"我想你说得对。"接着把书本一阖,就睡着了。

她不过睡个三分钟左右,就会醒过来,精神充沛地又开始朗读起来。

有时米丽娅姆会讲自己以前的事而不朗读,讲她如何以远亲身份去跟奶奶住在一起。

"我母亲去世了,家里没钱,于是奶奶就很好心地收养我。"

对于那番好意她有点冷淡,也许不是表现在措词里,而是语气。这冷淡掩盖了童年时代的寂寞回忆,以及对自己母亲的渴望。后来她病倒了,医生上门看诊。医生说:"这孩子心里有事。""喔,不会的,"奶奶很肯定地回答说,"她是个很快乐开朗的小丫头。"医生没说什么,等奶奶走出房间之后,医生就坐到床沿很和蔼地跟她说话,态度很保密,而她也突然撤除藩篱,向医生坦承晚上都会在上床之后哭很久。

奶奶听了医生告诉她的话之后,非常吃惊。

"真是的,她怎么从来都没跟我说过。"

从那之后,情况就比较好了。光是说出来就似乎解除了痛苦。

"然后还有你爸爸。"她的声音多温柔啊!"他总是对我那么好。"

"讲爸爸的事给我听。"

"他已经长大了——十八岁。他不常回家,因为不太喜欢他继父。"

"你是不是对他一见钟情呢？"

"对，从一见到他就开始喜欢上他了……做梦也想不到他会对我有意思。"

"你没想过吗？"

"没有。嗯，因为他总是跟些时髦小姐们出去。一来因为他很会跟人调情，二来也因为他是人家心目中的好对象。我老是以为他会娶别人的。他回来的时候总是对我很好，常常会送花、糖果或胸针什么的给我。对他来说，我只是'小米丽娅姆'而已。我想他是很高兴我对他那么一心一意的。他告诉我说，有一次他朋友的母亲，一位老太太，曾对他说：'约翰，我看你将来会娶你那个小表妹的。'而他则哈哈笑说：'娶米丽娅姆？哎，她只是个小孩啊！'那时他正跟一个挺漂亮的小姐在交往中。不过不知是什么缘故，结果吹了……我是他唯一求过婚的女人……我还记得，以前常想着万一他结婚的话，我就会躺在沙发上悲伤憔悴下去，没有人会知道我是怎么回事！我就只是逐渐凋零！那是我年轻时固有的浪漫想法——没有希望的爱情，然后躺在沙发上。我会死掉，但没有人会知道是怎么回事，直到他们发现我收藏的他的信札，跟压干的勿忘我一起用蓝丝带绑住。这些念头很傻，但不知道怎么的，对我很有帮助，所有这些想象……

"我还记得有一天，你爸爸突然说'这孩子的眼睛真漂亮'，我吃了一惊。我一直觉得自己长得很不好看。我爬到椅子上，盯着镜子里的自己看了又看，想看他说这话是什么意思。最后，我心想，我的眼睛大概算漂亮的……"

"爸爸什么时候要你嫁给他的？"

"我二十二岁的时候。他离开了一年。我寄了一张圣诞卡和一首我写的诗给他，他把那首诗藏在记事本里。他死时那首诗还在那里……

"我没办法告诉你，他向我求婚时我有多惊讶。我说'不'。"

"可是，妈妈，为什么呢？"

"很难解释清楚……我成长过程一直很自卑，觉得自己'矮胖'，不是个又高又漂亮的人。我觉得，也许一旦结婚之后，他会对我感到失望。我对自己不太有信心。"

"然后汤姆叔公……"西莉亚对这部分的故事几乎和米丽娅姆一样熟悉。

"对，汤姆叔公。那时我们在萨塞克斯汤姆叔公那里，他是位老先生，但很有智慧，人很好。我正在弹钢琴，我还记得他坐在火旁，说：'米丽娅姆，约翰向你求婚，是不是？结果你回绝了他。'我说：'对。''可是你爱他吧，米丽娅姆？'我又说：'爱。''下次不要说不了，'他说，'他会再向你求一次婚，可是不会求第三次的。他是个好男人，米丽娅姆，不要扔掉你的幸福。'"

"结果他真的又向你求婚了，而你这回说'好。'"

米丽娅姆点点头。

她的眼睛又发亮了，那是西莉亚很熟悉的眼神。

"讲你怎么来这里住的经过给我听。"

那又是另一个耳熟能详的故事。

米丽娅姆微笑了。

"我们本来住在这地方的公寓里,有两个幼儿,你的小姐姐乔伊,后来死了,还有西里尔。你爸爸要到印度出差,没法带我一起去。我们认为这地方很好,想要找栋房子住一年。我和你奶奶就一起去找房子。

"等到你爸爸回家吃中饭时,我跟他说:'约翰,我买了一栋房子。'他说:'什么?'奶奶说:'没问题的,约翰,这会是很好的投资。'因为奶奶的丈夫,也就是你爸爸的继父,留了一点钱给我。我看到唯一喜欢的房子就是这栋。房子这么幽静,这么幸福。但是房主老太太不肯租,只肯卖。她是贵格教派信徒,非常和蔼可亲。我对奶奶说:'我用自己的钱买下来,好不好?'

"奶奶是我的托管人。她说:'房地产是一项好投资,买下来。'

"那位贵格教派老太太非常贴心,她说:'吾将念尔,吾爱,在此幸福快乐。汝与汝夫暨汝子女……'简直就像是个祝福。"

真像她母亲:当机立断。

西莉亚说:"我是在这儿出生的?"

"对。"

"噢!妈,千万不要卖掉它。"

米丽娅姆叹息了。

"我不知道我是否明智……但你这么爱它……说不定，它会成为你永远可以回来的地方。"

❖

洛蒂表姐来小住，如今她已结婚了，在伦敦有一栋自己的房子，但她需要换换乡间空气，米丽娅姆如是说。

洛蒂表姐显然身体不好，躺在床上，人非常不舒服。

她隐约提及某些吃的东西会让她恶心。

"可是她现在应该好些了。"西莉亚热心地说，因为一个星期过去了，洛蒂表姐还是不舒服。

当你"感觉恶心"的时候，就得喝蓖麻油并躺在床上，第二天或第三天就会好多了。

米丽娅姆一脸好笑表情看着西莉亚，是一种半内疚、半微笑的神情。

"宝贝，我想我最好还是告诉你吧，洛蒂表姐感觉恶心想吐，是因为她要生孩子了。"

西莉亚这辈子没这么吃惊过。自从和玛格丽特·普里斯特曼争论过之后，她再也不曾想过小宝宝是从哪里来的事。

她迫不及待提出了问题。

"可是为什么这会让人恶心想吐呢？小宝宝什么时候来？明天吗？"

她母亲笑了。

"哦，不，要等到秋天。"

她又告诉了西莉亚一些事：要多久小宝宝才会来到，以及一些关于过程的事。对西莉亚来说，这简直是最令人吃惊的事，真可说是她这辈子前所未闻、最惊人的。

"不过千万别在洛蒂表姐面前谈这些事。因为，小女生是不该知道这些事情的。"

第二天，西莉亚兴奋万分地跑去找母亲。

"妈妈，妈妈，我做了个最令人兴奋的梦。我梦见奶奶要生孩子了。你想这会不会变成真的？我们要不要写信去问问她？"

见到母亲哈哈大笑起来时，西莉亚很吃惊。

"梦有时的确会变成真的，"西莉亚很不以为然地说，"《圣经》上就是这样说的。"

❖

对于洛蒂表姐要生小宝宝所感到的兴奋，只维持了一个星期。西莉亚还是暗中希望小宝宝现在就来，而不是秋天才来。毕竟，妈妈可能弄错了。

洛蒂表姐回伦敦去了，西莉亚也忘了这件事。到了秋天，她住在奶奶家的时候，老萨拉突然从屋里走到花园中，对她说："你洛蒂表姐生了个小男孩，这可不是很好吗？"西莉亚听了感到很意外。

西莉亚冲回屋里，奶奶正坐着，手里拿着封电报，在跟她的挚友麦金托什太太聊天。

"奶奶，奶奶，"西莉亚叫着说，"洛蒂表姐真的生了个宝宝吗？有多大？"

奶奶想定之后心一横，用毛线织针（最大的那支）比了比婴儿的大小，因为她正在织睡袜。

"就只有那么长吗？"这真是难以置信。

"我妹妹简出生时，小到能放在肥皂盒里。"奶奶说。

"奶奶，放在肥皂盒里？"

"大家都没想到她活得成。"奶奶津津有味地说。一面又低声对麦金托什太太补了一句："活了五个月。"

西莉亚坐在那里，极力在脑海中勾勒出小到那种程度的婴儿。

"什么样的肥皂？"没多久她又问，但是奶奶没回答，她正忙着低声跟麦金托什太太说悄悄话。

"你瞧，医生们对于夏洛特的意见不一。由得她自然生产，这是专科医生说的。四十八小时……脐带，其实已经缠着脖子了……"她的声音愈来愈小，瞄了西莉亚一眼后就住口了。

奶奶说话的样子真妙，感觉好像说的内容颇刺激似的……她看你的神情也很妙，就好像要是她愿意的话，她可以告诉你各种事情。

❖

西莉亚到了十五岁时，又变得很信教了。这回是不同的宗教，很高层的教会。她还行了坚信礼，而且也听了伦敦主教的讲道，马上就对主教产生了浪漫情怀。她房间壁炉上放了一张主教肖像的明信片,每次看报纸都热切搜索着提到主教的片段。她编很长的故事,故事里的她在伦敦东区教区服侍、家访病患,终于有一天,主教留意到她,最后他们终成眷属,住在富勒姆区主教宅邸里。另一个相反版本的故事里,她则成了修女——因为她发现,原来有的修女并非属于罗马天主教会——过着非常圣洁的生活,而且还看得到异象。

坚信礼之后,她阅读很多各种不同的小书,每个星期天都很早去教堂做清早礼拜。由于母亲不肯跟她同去,她感到很心痛。米丽娅姆只有在圣灵降临节那天才去教堂,这天对她来说,是基督教会的重大节日。

"神的圣灵,"她说,"想想看,西莉亚,这是神的大神奇、玄秘和美。祈祷书忌讳谈它,神职人员几乎绝口不提。他们害怕谈,因为他们也不确定圣灵是什么。"

米丽娅姆崇拜圣灵,这点使得西莉亚颇感别扭。米丽娅姆不太喜欢教堂。她说,有些教堂圣灵比别的教堂多,视乎去那里敬拜的人而定,她这么说。

西莉亚是坚定严格的正统教徒,对此很感苦恼,她不喜欢母亲这么不正统。米丽娅姆有些颇神奇之处,她能见到异象,可以看到肉眼不见的东西。她还能看穿你在想什么,这两个特点都很令人不安。

西莉亚想成为伦敦主教夫人的愿景逐渐淡去,反而愈来愈想做修女。

后来她觉得，也许最好先向母亲透露，她很怕母亲会不高兴。哪知米丽娅姆非常平静地接受了这消息。

"哦，知道了，亲爱的。"

"妈，你不介意吗？"

"不介意，亲爱的。要是等到你满二十一岁的时候，你还想要做修女的话，你当然应该去……"

说不定，西莉亚心想，她会成为罗马天主教徒，因为天主教修女多少比较真实。

米丽娅姆说，她认为罗马天主教是很好的宗教。

"你父亲和我一度差点成了天主教徒。差一点点，"她突然微笑说，"我差点就把他拉去入教了。你父亲是个好男人，单纯得跟个小孩似的，很乐于信他所信仰的宗教。反倒是我，总是去找别的宗教，然后又催他去信教。我认为信什么教是很重要的。"

西莉亚心想：当然重要啦！但她没说出口，因为要是她说的话，母亲就会开始大谈圣灵，而西莉亚对圣灵却退避三舍。那些小书都没怎么提到圣灵。她一心想着，到时候她会做修女，在修道院斗室里祈祷……

❖

过了没多久，米丽娅姆就跟西莉亚说，她该去巴黎了。以前老早就摆明了西莉亚要在巴黎"完成学业"。对于这前景，她感到相当兴奋。

在历史和文学方面，西莉亚接受了很好的教育，也获准自由选择想阅读的东西。她也熟谙当今的话题，因为米丽娅姆坚持要她看报纸文章，认为这是她所谓"通识教育"不可或缺的部分。算术教育的解决方法则是安排西莉亚每星期去本地学校上两次课，接受指导，而这学科本来就是西莉亚一向喜欢的。

至于几何、拉丁文、代数以及文法，她就一窍不通了。她的地理常识很粗浅，所知道的知识仅限于旅游文学书本里的。

她会在巴黎学唱歌、弹钢琴、素描、油画，还有法文。

米丽娅姆找到一个靠近布瓦大道的地方，那里收了十二个女学生，由一位英国女士和法国女士合伙经营。

米丽娅姆陪她去了巴黎，而且一直等到确定女儿在那儿会很开心后才走。四天之后，西莉亚想妈妈想得很厉害，起初她也不知道自己是怎么回事，喉咙老是像哽住似的，无论何时一想到妈妈，眼泪就涌上来了。要是她穿上一件母亲为她做的衬衫，想着母亲一针针缝制的情景，就泪盈于眶。第五天，母亲来接她外出。

她外表平静内心澎湃地下楼去。一到了外面上了车要去旅馆时，西莉亚的眼泪就涌出来了。

"噢！妈……妈！"

"怎么啦，宝贝儿？你不开心吗？要是你不开心的话，我就带你走。"

"我不是想要你带我走，我喜欢那里。我只是想要见到你。"

过了半小时之后,前些时候的苦楚仿佛都像做梦般很不真实了。有点像是晕船,一旦你好了以后,就不记得晕船的感觉了。

那种感觉没有再回来过。西莉亚等着它,紧张兮兮地研究自己的感觉,可是,没有了;她爱母亲,仰慕她,但是已经不再一想到她就有哽咽的感觉了。

有个美国女同学梅茜·佩恩来找她,用她那种慢悠悠的软语腔调说:"我听说你觉得寂寞,因为我母亲跟你母亲住同一家旅馆。你现在感觉好些了吗?"

"是的,现在没事了,我很傻。"

"嗯,我想这是很自然的事。"

她那种慢悠悠软语腔调,让西莉亚想起了在比利牛斯山区认识的美国朋友玛格丽特·普里斯特曼,不由得对这个高大的黑发女孩心生感激,听到梅茜之后的这段话,她更激动了:"我在旅馆里见到你母亲,她很漂亮,而且不止漂亮,她有点纤纤弱质。"

西莉亚想着母亲,以初次见到她的客观眼光去看——热切的小脸孔,小巧的双手和双脚,小巧的耳朵,细窄的高鼻梁。

她母亲……噢!全世界没有一个人像她母亲!

第六章 巴黎

西莉亚在巴黎待了一年，过得很开心。她喜欢那些女同学，虽然对她来说没有一个显得很真实。梅茜本可能变得真实的，可惜西莉亚入学后的那个复活节，梅茜就离开了。她最要好的朋友是个高大的胖女孩贝茜·韦斯特，住在隔壁房间。贝茜很爱说话，西莉亚则是个很好的聆听者，两人都很爱吃苹果。贝茜边吃苹果，边讲很长的故事，都是些她恶作剧和冒险的故事，故事的结局都是"然后我就豁出去了"。

"我喜欢你，西莉亚，"有一天她说，"你很懂事。"

"懂事？"

"你不会老是关注男生和某些事。像玛贝尔和帕梅拉那种人就让我受不了，每次我上小提琴课，她们就嘻笑又暗笑,认为我对老弗朗斯有意思或他对我有意思。我称这种是平常小事。我就跟其他人一样,喜欢跟男生打情骂俏,却不做这种跟音乐老师有关、让人偷笑的白痴勾当。"

西莉亚此时已经过了暗恋伦敦主教的时期,但自从看了杰拉尔德·杜·莫里耶①演出的《别名吉米·瓦伦丁》之后,就对他意乱情迷。不过她绝口不提这秘密热恋。

另一个她也喜欢的女生,则是贝茜提到时通常称之为"傻蛋"的女孩。

西比尔·斯温顿十九岁,是个高大的女孩,有美丽的棕眼,浓密的栗色秀发。她非常和蔼可亲,也非常笨,什么事情都得要跟她解释两遍才行。钢琴课是她最沉重的十字架,因为她很不会读乐谱,弹错音符时自己也听不出来。西莉亚会很耐心地坐在她身旁一个小时,不停地说:"不对,西比尔,这是升半音——你的左手弹错了。现在是D音符。噢!西比尔,你听不出来吗?"但是西比尔就是听不出来。她家人都很急着要她像别的女同学一样学会"弹钢琴",西比尔也尽了全力,但音乐课就是场噩梦,连带着也成了老师的噩梦。教音乐的两位老师之中,有一位是勒布伦夫人,是个小老太太,一头白发,双手如爪。你弹钢琴的时候,她坐得很靠近你,于是你的右臂就有点受到阻碍。她很注重谱训

---

① 杰拉尔德·杜·莫里耶(Gerald du Maurier, 1873—1934),英国著名的舞台剧演员。

练,经常拿出大本的双人合奏乐谱,你跟她轮流互换弹奏部分,你弹高音部分她就弹低音部分,或者对调。勒布伦夫人弹高音部分时,事情会进展得很顺利,因为她完全陶醉在自己的演奏中,以致要过了一会儿之后才会发现弹低音伴奏的学生弹得快过她或慢过她。然后就会听到一声大叫:"Mais qu'est-ce que vous jouez là, ma petite? C'est affreux —— c'est tout ce qu'il y a de plus affreux!"(你这会儿在弹什么,丫头?真可怕,简直是太可怕了!)

然而,西莉亚还是喜欢上她的课。转到克西特先生门下之后,她就更喜欢上音乐课了。克西特先生只收表现有天分的女生,他很高兴收西莉亚这个学生,抓住她的手很无情地把她手指用力扳开,一面大声说:"看到这伸展度没有?这是双钢琴家的手。西莉亚小姐,你天生就蒙上天垂爱。现在就让我们来看看你怎么发挥上天的厚爱。"克西特先生的钢琴弹得优美极了,据他告诉西莉亚说,每年他都在伦敦举行两次演奏会。他最爱的音乐大师是肖邦、贝多芬还有勃拉姆斯。通常他都让西莉亚自己挑选要学什么曲子。他如此热心地启发她,因此西莉亚很心甘情愿遵照规定每天练琴六小时。对她来说,练琴一点都不是苦事,她爱钢琴,钢琴一直是她的朋友。

至于唱歌,则是跟巴雷先生上课,他以前是唱歌剧的。西莉亚有又高又清脆的女高音嗓子。

"你的高音非常之好,"巴雷先生说,"唱得再好也没有了，那是 voix de tête（头部发声）。至于低音部分，也就是胸部发声，就太弱了，但却不差。反倒是 médium（中音）一定要再改进。这中音部分，小姐，是来自于口腔顶。"

他拿出了一副软尺。

"我们现在来测测看肺活量。吸气……憋住气，先憋住，然后一口呼出来。好极了、好极了，你有歌唱家的肺活量。"

他递给西莉亚一枝铅笔。

"咬住，这样咬，放在嘴角咬住，唱歌的时候不要让它掉下来。你可以发出每个字的音，又能保持不让铅笔掉下来。别说这是不可能的事。"

大致上来说，巴雷先生对她很是满意。

"可是你的法文，我就搞不懂了，通常应该是有英国口音的法文才对啊！这种口音真让我受够了……Mon Dieu（我的天）！没人知道！可是你的——我可以发誓，你是法国南部口音。你是在哪儿学的法文？"

西莉亚告诉了他。

"喔，所以你家女佣是法国南部人？这就说得通了。嗯，好吧，我们很快就可以纠正过来。"

西莉亚苦练唱歌。大致上，她很讨他喜欢，但偶尔他也会抱怨西莉亚长了一张英国人脸孔。

"你就像其他英国人一样，以为唱歌就是尽量把嘴巴张大，让声音发出来，其实并不完全是这么回事！还有肌肉，脸部的肌肉、嘴部周围的肌肉。你可不是唱诗班的小男生，你是在唱《卡门》里的'爱情像只无法驯服的小鸟',顺便一提,你把我带到错误音符去了,唱成了女高音①。一首歌剧的歌曲永远得按照原定的音符来唱,除此以外,都是对作曲家的大不敬,很可厌的。要记住这点。我特地要你练唱一首女中音的歌曲。喏,现在你是卡门,嘴角衔着一枝玫瑰花,不是铅笔,你在唱一首歌,存心勾引那个年轻人。你的脸、你的脸孔,别让它木无表情。"

课上完时,西莉亚含着眼泪。巴雷很和蔼。

"好啦,好啦,这不是你唱的歌,不适合,我看得出这不是你适合唱的歌。你应该唱古诺②的"耶路撒冷",《席德》③里的'哈利路亚',以后我们再回头唱卡门。"

音乐占据了女孩们大部分时间。每天早上有一个钟头的法文课,就这么多了。西莉亚的法文说得比其他女生都流利也地道得多,但是上法文课却永远丢脸到家。听写时,别的女生不过犯两三个错处,最多五个,她却有二十五或三十个,尽管阅读过无数法文书,对于拼音她却毫无概念。此外,她也写得比其他人慢得多。听写对她来说是个噩梦。

校长会说:"可是这不可能啊!不可能!你居然会错这么多,西莉亚!你连过去分词都不懂吗?"

---

① 卡门是女中音角色,而非女高音。
② 古诺(Charles-François Gounod, 1818—1893),法国作曲家。
③ 《席德》(Le Cid),法国悲剧作家皮耶·柯奈(Pierre Corneille, 1606—1684)于一六三六年所写的悲喜剧。

老天，这就是西莉亚不懂的。

每星期她和西比尔上两次绘画课。她很舍不得把练钢琴的时间拿去上绘画课，她讨厌素描，更讨厌油画。那时两个女生正在学画花。

噢，一束惨兮兮的紫罗兰插在一杯水中！

"阴影，西莉亚，先画阴影。"

但是西莉亚看不到阴影，最多只希望能偷偷摸摸看西比尔怎么画，然后尽量照抄。

"你好像看得出这些可恶的阴影在哪里，西比尔。我却看不出来，永远也看不出来。我只看得到一团漂亮的紫色。"

西比尔并非特别有天分，不过上绘画课时，西莉亚无疑却是"那个傻蛋"。

在她心底其实是颇厌恶这抄袭——把花朵的秘密挖出来，描在纸上再抹上颜色。紫罗兰应该是留在花园里生长的，或者插在玻璃杯里低垂着。这种从某物中制造出另一物，实在不合她性情。

"我真不懂干嘛要画东西，"有一天她对西比尔说，"这些东西已经在那里了。"

"什么意思？"

"我也说不清楚，不过，为什么要去制造出像其他东西的东西呢？真是浪费功夫。要是人可以画出不存在的花、想象中的花，那这么花功夫还值得。"

"你是说，从脑子里想象出花朵来？"

"对，但就算这样，仍然不是很好。我的意思是说，那还是花，你并不是产生出一朵花来，你只是在纸上产生了一样东西。"

"可是，西莉亚，图画，真正的图画，艺术……是很美的。"

"对，当然，起码……"她停下来，"它们是吗？"

"西莉亚！"西比尔对这种异端想法骇然惊呼。

昨天学校不是才带她们去卢浮宫参观过古老名作吗？

西莉亚觉得自己太离经叛道了。每个人谈到艺术时，都那么肃然起敬。

"看来我是喝了太多巧克力，"她说，"所以才认为那些画很闷，书里的圣人看来全是一个样儿。不过话说回来，我不是这个意思。"她补了一句说："那些画很棒，真的。"

可是她讲话的语气听来有点不服气。

"你一定是很喜欢艺术的，西莉亚，你那么喜欢音乐。"

"音乐不一样，音乐就是它自己，不是抄来的。你拿一样乐器，譬如小提琴、钢琴或大提琴，然后弹奏出声音，所有美妙的声音交织在一起。你直接进入它，而不是透过另外一样东西，它就是它自己。"

"嗯，"西比尔说，"我觉得音乐就是一堆很可恶的噪音而已。而且对我来说，常常弹错的音符比正确的音符好听。"

西莉亚绝望地凝视着她的朋友。"你根本什么都听不到。"

"噢，从你今天早上画那些紫罗兰的方式来看，也没有人会认为你看得到。"

西莉亚猛然停下脚步,结果挡了陪伴她们的小女佣去路,小女佣唠叨个不停。

"你知道吗?西比尔,"西莉亚说,"我认为你说得对。我想我是真的视而不见——没有看到它们。所以我拼字才那么差,而且也因此不是真的知道每种东西的样子。"

"你走路总是直直踩过地面上的积水。"西比尔说。西莉亚检讨着。

"我认为这没什么大不了,真的没什么,除了拼字,我想。我是说,某样东西给你的感觉才是重要的,而不是东西的形状,以及它是用什么做成的。"

"你究竟在说什么?"

"嗯,就拿一朵玫瑰花来说吧。"西莉亚对着她们刚好经过的卖花小贩点头。"有多少片花瓣、花瓣形状是怎样的,有什么关系呢?而是,哦,整朵花才重要,柔美的触感和香气才是关键。"

"不知道玫瑰花的形状,就没办法画它。"

"西比尔,你这个大傻瓜,我不是说了我不要画吗?我不喜欢纸上的玫瑰花,我喜欢真正的玫瑰花。"

她在卖花妇面前停下脚步,花了几毛钱买了一把垂头丧气的深红色玫瑰花。

"你闻闻,"她把花伸到西比尔鼻子前,"喏,这花没给你一种美妙的痛苦感觉吗?"

"你又吃太多苹果了。"

"才没有。噢,西比尔,别执著于字面意思。这香气可不美妙无比吗?"

"对,可是没给我痛苦感觉。我搞不懂干嘛有人要这种痛苦感觉。"

"以前我妈和我曾经试着自修植物学,"西莉亚说,"但我们后来把书本丢开了,我很讨厌它。认识各种花朵,加以分类,什么雄蕊雌蕊的,真讨厌,简直就像把这些令人爱怜的花的衣服剥掉似的,我觉得这样很恶心。简直……简直就是粗俗。"

"你知道,西莉亚,要是你进女修院的话,洗澡时,修女会要你穿上一件衬衫的。我表姐告诉我的。"

"她们这样要求吗?为什么?"

"她们认为看到自己的身体不太好。"

"喔。"西莉亚想了一分钟。"那要怎么擦肥皂呢?把肥皂擦在衬衫上洗澡,很难洗干净的。"

❖

寄宿学校的女生被带去看歌剧,还去法兰西剧院[①],冬天时就去冰宫溜冰。西莉亚全部都玩得很开心,但始终只有音乐真正充实了她的生活。她写信给母亲说,她想要当职业钢

---

① 法兰西剧院(Comédie Francaise),位于巴黎,是唯一拥有自己剧团的法国国家级剧院。

琴家。

学期末了时，斯科菲尔德小姐开了个派对，程度较好的女生弹钢琴和唱歌，西莉亚两样都有份。表演唱歌时相当不错，但是弹钢琴时，却在贝多芬《悲怆奏鸣曲》第一乐章频频出错、中断。

米丽娅姆来巴黎接女儿，并为了满足西莉亚的愿望而邀克西特先生喝茶。对于西莉亚想以音乐当职业，她并不那么着急，但她认为听听克西特先生的看法也是好的。当她向克西特先生问及时，西莉亚不在场。

"夫人，我会老实告诉您，她是有能力，有技巧，也有感情，是我收过的学生中最前途有望的。但我不认为她性情适合。"

"您是指她的性情不适合公开演奏？"

"夫人，这就是我的意思。要做个艺术家，就得要能不理全世界才行——要是很自觉别人在听着你演奏，那就一定要把这当成是种刺激动力。西莉亚小姐对着一两个听众时可以尽量弹到最好，但是关上门自己弹琴时，她弹得最好。"

"克西特先生，您能不能把刚刚告诉我的这番话转告她？"

"夫人，要是这是您的意思的话。"

西莉亚大失所望。但转而想往唱歌发展。

"不过唱歌跟弹钢琴不一样。"

"你不像爱弹钢琴那样爱唱歌吗？"

"噢，是的。"

"所以，这大概就是你唱歌时没有那么紧张的原因吧？"

"大概是。声音似乎跟人是两码事。我是说，不是你在支使它，好比用手指在钢琴上弹奏。妈，你懂我意思吗？"

她们和巴雷先生很认真地讨论了一番。

"她是有能力也有嗓子，的确是有，也适合走这条路。不过她唱歌的演技还很浅，只是个小男孩的嗓音，不是女人的。这点……"他微笑说，"迟早会变成女人的。不过嗓子的确很迷人，清纯、稳定，运气技巧也很好。她是可以成为歌唱家，开演唱会的歌唱家，但是她的声音不够强到可以唱歌剧。"

等她们回到英国后，西莉亚说："妈，我想过了，要是我不能唱歌剧的话，我就根本不想在歌唱上发展，我是说，不想拿来当职业。"

接着她笑了起来。"妈，其实你也不想要我走这条路，对不对？"

"不想，我绝对不想要你变成职业歌唱家。"

"可是你还是让我这样做了？只要我一心想要做的事，你都会让我去做吧？"

"也不见得是所有的事。"米丽娅姆情绪高昂地说。

"可是差不多是所有的事吧？"

她母亲对她露出微笑。

"我只想要你快乐，宝贝。"

"我肯定我会一直很快乐的。"西莉亚充满自信地说。

❖

那年秋天,西莉亚写信给母亲说她想做医院护士。贝茜要去当护士,所以她也想去。这阵子她信里老是提到贝茜。

米丽娅姆没有直接回信,但是到了学期末时,她写信告诉西莉亚,医生说了,她冬天到国外去待一阵子会是件好事。她要去埃及,而西莉亚要跟她一起去。

西莉亚回到英国时,发现母亲正住在奶奶家,忙着准备出发。奶奶对于去埃及这念头很不以为然,洛蒂表姐来吃中饭时,西莉亚听到奶奶跟洛蒂表姐谈这件事。

"我搞不懂米丽娅姆,这么急急忙忙赶着要走,急着要去埃及——埃及!这大概是她负担得起最贵的地方了!米丽娅姆就是这样,对钱一点都没概念。埃及是她跟可怜的约翰去的最后一个地方之一,她好像一点也不怕触景生情。"

西莉亚认为母亲看来既像挑衅又像是很兴奋,她带西莉亚去店里,为她买了三套晚装。

"这孩子还没进入社交界呢,米丽娅姆,你真荒谬。"奶奶说。

"在埃及进入社交界也不错。看来她是没办法在伦敦社交季里开始社交了,因为我们负担不起。"

"她才十六岁啊!"

"快满十七岁了。我妈还没满十七岁就嫁人了。"

"我不认为你是想要西莉亚在满十七岁前嫁掉。"

"不，我不想要她嫁掉，但我想要她享受年轻女孩的时光。"

晚装很令人兴奋，然而它们却突出了西莉亚人生中的美中不足。唉！西莉亚一直迫切盼望有的身材始终未能实现，她没有丰满酥胸去填满吊带裙的罩杯。她的失望之情既苦涩又椎心，她曾那么渴望有"胸部"。可怜的西莉亚，要是她晚生个二十年，她的身材会多受人羡慕啊！那苗条的身材根本就不需要去做减肥运动。

结果是，西莉亚的晚装上身部分采用了"丰满"风格：饰有细致的网眼皱褶花边。

西莉亚早就想要有一件黑色晚装，但米丽娅姆不准，要等她年纪再大些才可以。米丽娅姆帮她买了件白色塔夫绸长裙，一件浅绿色网眼连衣裙，有很多小缎带穿越网眼间，还有一件浅粉红色绸缎晚装，肩上有玫瑰花苞装饰。

奶奶从其中一个桃花心木抽屉底翻出了一块闪亮的碧蓝色塔夫绸料子，提议让可怜的贝内特小姐试试手艺。米丽娅姆很圆滑婉转地说，贝内特小姐可能会觉得有点做不来时下流行的晚装。这块碧蓝色塔夫绸就送到别处去缝制了。然后母亲又带西莉亚去发型师那里上几堂课，学自己做发型——挺费工夫的过程，因为要学着把前面的头发做成"发框"，后面的头发则做成一大堆鬈发。对于有一头过腰浓密长发的西莉亚来说，这可不是简单的发型。

这一切都很令人感到兴奋刺激，西莉亚却一直没察觉她母亲看来身体比平常好些了。

但这点却逃不过奶奶的眼睛。

"怪了，"她说，"米丽娅姆在这整件事上有别的打算哩！"

很多年之后，西莉亚才晓得当时她母亲是怎样的心情。母亲自己的少女时代过得很沉闷，所以她热切渴望自己的宝贝女儿能尽量享有少女生活该有的快活兴奋时光。但如果西莉亚隐居在乡间，只有少数几个同龄年轻人往来的话，她就很难有"玩得开心"的日子。

所以，就有了埃及之行。米丽娅姆从前和丈夫一起去那里旅居时结交了很多朋友。为了筹募所需旅费，她毫不迟疑地卖掉一些证券和股份。西莉亚不用羡慕别的女孩"玩得开心"而她自己则没有。

哎，几年以后，她也向西莉亚坦承，说她曾为女儿和贝茜的友谊忧心过。

"我见过很多女孩对别的女孩产生兴趣，搞到后来拒绝跟男人出去，或者对他们不感兴趣。这很不自然，也很不对。"

"贝茜？可是我从来都不怎么喜欢贝茜的。"

"我现在知道了，但是当时并不知道，所以很害怕。此外还有什么要去当医院护士的鬼扯等等。我想要你玩得开心，有漂亮衣服穿，尽情以年轻、自然的方式享受一番。"

"嗯，"西莉亚说，"我的确享受到了。"

第七章 成长

西莉亚玩得很开心,这是真的,但她也因为自幼就生性羞怯,因此在社交上障碍重重,为此痛苦不堪。羞怯使得她有口难言,不知所措,结果玩得开心时也无法表现出开心的样子。

西莉亚很少想到自己的外貌,她理所当然认为自己长得漂亮(她也的确漂亮):身材高而苗条,举止优雅,浅金色秀发,像北欧人那种细致的金色。她的肤色细嫩,不过一紧张就脸色发白。当年"化妆"是不光彩的事,米丽娅姆每晚只在女儿脸颊上擦一点点胭脂。她要女儿看起来是最美的。

西莉亚对自己的外貌并不操心,让她有压力的反倒是她自觉很蠢。她并不聪明,人不聪明是很糟糕的事。她跟人跳舞时，总是想不出该说些什么好，于是只有以庄严态度跳着，而且舞步颇沉重。

米丽娅姆不停催女儿开口说话。

"说点什么吧，亲爱的。随便什么都好，不管是什么傻话都可以。对男人来说，要跟一个只会说'是'和'不是'的小姐交谈，是很吃力的事。别犯这种错误。"

再没有人比西莉亚的母亲更了解她的困难了，因为她母亲一辈子就是饱受羞怯之苦。

没有人了解西莉亚有多怕羞，大家都以为她很傲慢自负。没有人晓得这个漂亮姑娘有多心虚，为了自己在社交上的弱点而憾恨不已。

由于她长得漂亮，因此玩得很开心。还有，她的舞也跳得很好。到了冬末，她已经参加过五十六次舞会，也终于培养出了一些浅谈的能力。现在她比较有点社交经验了，对自己稍微有些把握，到最后也开始能够乐在其中，不再受经常不断的羞怯所折磨。

日子过得宛如一片云烟，一片由跳舞和金黄光线、马球与网球、小伙子交织成的云烟。那些小伙子握着她的手，跟她调情，问可否亲吻她，对她的冷漠高傲感到困惑。对西莉亚而言，只有一个人是真实的，就是那个古铜肤色的苏格兰部队上校，他很少跳舞，更向来懒得跟年轻小姐说话。

她也喜欢开朗活泼的矮小红发上尉盖尔，他每天晚上总是请她跳三支舞（"三"是邀同一个人跳舞所允许的极限）。

他老是取笑说，西莉亚不用人教她跳舞，却需要人教她谈话。

然而在回家路上，当米丽娅姆说"你知道盖尔上尉想要娶你吗"时，西莉亚还是吃了一惊。

"我？"西莉亚非常惊讶。

"对。他跟我谈了这事。他想知道我是否认为他有机会。"

"他为什么不自己来问我？"西莉亚对此感到有点不满。

"我也不太清楚。我想他是觉得很难对你说吧，"米丽娅姆微笑说，"但你并不想嫁给他，是吧，西莉亚？"

"哦，不想……可是我认为好歹也应该问问我。"

这是第一宗向西莉亚提出的求婚。她认为这次求婚不太令人满意。

反正也没关系。她谁都不想嫁，只除了蒙克里夫上校，可是他永远不会向她求婚。她会一辈子做个老小姐，偷偷爱着他。

唉！这个黑发、古铜肤色的蒙克里夫上校，六个月之后，也步上了奥古斯特、西比尔、伦敦主教和杰拉尔德·杜·莫里耶的后尘，全都被抛到脑后去了。

❖

成长过程中的生活并不容易。虽然很兴奋刺激，但也很累人。你似乎永远不是为这事就是为那事而苦恼：为你的发型，或为自己没有身材，要不然就为口舌笨拙，而人们，尤其是男人，又让你感到很不自在。

西莉亚一辈子忘不了去乡村别墅作客的事。坐在火车上时的紧张情绪，让她脖子上都起了浅红疙瘩。她是否举止表现妥当？是否能做到跟人交谈（这老是她的噩梦）？她能否把鬈发全部梳到脑后盘好？通常最后的几绺鬈发都是由米丽娅姆帮她梳上去的。人家会不会认为她笨？她是否带了合适的衣服？

再也没有人比主人家夫妇更和蔼可亲的了。西莉亚跟他们在一起时不再害羞。

住进这么大的卧房，还有个女佣帮忙打开行李挂好衣服，并进来帮她扣背纽，真是感觉气派。

她穿上新的粉红纱裙下楼吃晚饭，害羞得要命。饭厅里有很多人，真恐怖。男主人很客气，跟她讲话，调侃她，称她为"粉红佳人"，说她老是穿粉红色连衣裙。

晚餐很好吃，但西莉亚却没能真的享受到，因为得想着跟旁边的人说些什么才好。一边坐着的是个圆滚滚的小胖子男人，脸孔很红，另一边坐着的是个高个子男人，表情很滑稽，有几丝灰发。

他一本正经跟她谈着书本和戏剧，然后又谈乡下，问她住在哪里。她告诉他之后，这人就说复活节时他说不定会去那里，如果她准许的话，他会去看她。西莉亚说那会很好。

"可是你怎么看起来不像是那会很好的样子？"他笑着问。

西莉亚脸红了。

"你应该觉得很好的,"他说,"尤其我还是一分钟前才决定要去的。"

"我们那里的风景美丽极了。"西莉亚很热心地说。

"我要去看的并不是风景。"

她真希望人家不要说这种话。她不知如何是好地掐碎着面包。旁边这男人一脸觉得好玩的表情看着她,她真是个小孩子!他喜欢让她尴尬来寻开心。他一本正经继续向她做出最大的恭维。

等到那人终于转过去跟另一边的女士交谈,把西莉亚丢给小胖子时,西莉亚深深松了口气。小胖子名叫罗杰·雷恩斯,他这样告诉她的,很快他们就谈到了音乐。雷恩斯是个歌唱家,但不是职业的,虽然他也常常做职业性的演唱。西莉亚跟他聊得挺开心的。

她几乎没留意到究竟吃了些什么,但现在要上冰淇淋了,细长如柱的杏黄色冰淇淋上插了结晶糖紫罗兰。

冰淇淋传到她时倒塌了,男总管就接手拿过去,走到一旁餐柜重新整理好。等到他回来继续服侍时,唉,记性不好,漏掉了西莉亚!

她失望极了,几乎没听到小胖子在说什么。小胖子取了颇大量的冰淇淋,正吃得津津有味。西莉亚根本就没想到去向人要冰淇淋,她就只是让自己干失望。

晚饭过后是音乐表演,她帮罗杰伴奏。他有很棒的男高音嗓子。西莉亚很喜欢为他弹奏,她是个优秀又体贴的伴奏者。接下来就轮到她唱歌了,唱歌从来不会让她紧张。罗杰很客气,说她有很迷人的嗓子,跟着就继续谈他自己的嗓子。他请西莉亚再唱一首,西莉亚却说,他是否愿意唱?于是罗杰就赶忙接受邀请了。

西莉亚上床时挺开心的,原来,住家晚宴并没有那么可怕。

第二天早上过得很愉快。他们出外去参观了马厩,还去搔了猪背,然后罗杰问西莉亚是否愿意跟他一起练唱某些歌曲,她愿意。他唱了大概六首之后,拿出了另一首名为《爱情的百合花》的乐谱,等他们唱完了,他说:"喏,坦白告诉我,你对这首歌的真正想法是怎么样的?"

"嗯……"西莉亚犹疑了,"嗯,说真的,我觉得挺难听的。"

"我也这么认为,"罗杰说,"原本我还不太肯定,但你拍板定案了。你不喜欢这首歌,那就由它去吧。"

然后他就把那首歌的乐谱一撕为二,扔进壁炉的炉架里烧掉。西莉亚很刮目相看。这是首全新乐谱,他告诉她说是前一天才买的。但就因为她的看法,于是他就一点也没舍不得地撕掉了。

她感到自己长大了,而且重要。

❖

为这群宾客安排的化装大舞会是在当天晚上举行。西莉亚打扮成歌剧《浮士德》里的玛格丽特,全身白色,头发梳成两条辫子。她看起来就是个美少女,就像歌德笔下的格蕾琴①,而罗杰跟她说,他带了《浮士德》的乐谱来,明天他们可以试试唱其中一首二重唱。

当宾客出发去参加舞会时,西莉亚感到颇紧张。她老是发现自己排跳舞顺序表有困难,似乎总是排得很差:跟她不喜欢的人跳舞,然后她喜欢的人来到时,又没有任何舞可跳了。但要是假装已经有人邀舞的话,那么喜欢的人可能根本就不会走过来找你,于是就只好"坐冷板凳"(可怕)。有些女孩在这方面似乎安排得很聪明,可是,西莉亚已经是第一百次沮丧地晓得自己并不聪明。

卢克夫人一直很关照西莉亚,介绍人给她。

"德伯格少校。"

德伯格少校鞠个躬。"可以请您跳支舞吗?"

他是个大块头男人,长得挺像马,八字长胡,脸色颇红,大约四十五岁。

他在顺序表上留下名字,要求跳三支舞,并邀西莉亚跟他去吃宵夜。

她发现这人也不太容易交谈,说得很少,但是看着她的时候很多。

卢克夫人早早离开了舞会,她体力不是很好。

---

① 《浮士德》是德国大文豪歌德的作品,女主角为格蕾琴。此作品之后谱成歌剧,女主角为玛格丽特;格蕾琴是"玛格丽特"的昵称。

"乔治会照顾你，送你回来。"她对西莉亚说。"顺便一提，孩子，你好像征服了德伯格少校的心。"

西莉亚感觉受到鼓舞。她原本还怕自己让德伯格少校感到很沉闷呢！

她跳了每支舞，到了凌晨两点钟，乔治走过来对她说："哈啰！红粉佳人，到了该回家的时候了。"

等西莉亚回到自己房里之后，这才想到没有人帮她解扣子的话，她根本没办法自己脱下这件晚装的。她听到走廊上传来乔治还在向人道晚安的声音。她能请乔治帮忙吗？还是不能？要是不能的话，她就只好穿着晚装熬夜到天亮了。她始终鼓不起勇气。到了黎明时，西莉亚身穿晚装躺在床上睡着了。

❖

那天早上，德伯格少校来了。面对一群惊讶招呼他的人，他说，他今天不打猎。他坐在那里，很少说话。卢克夫人暗示说他也许会喜欢去看看猪，于是派西莉亚陪他去。吃午饭时，罗杰怏怏不乐。

第二天，西莉亚要回家了。她单独和主人夫妇相处，其他人都在早上先走了，但她是搭下午的火车。有人打电话叫"超好玩的亲爱阿瑟"来吃中饭。这人（在西莉亚眼中）是个年纪很大的男人，而且看起来也不像是个好玩的人，说话语气低沉疲累。

吃过午饭后，卢克夫人走出了房间，留下阿瑟单独和西莉亚在一起,这人开始摸起她的脚踝来。

"迷人,"他喃喃说,"迷人,你不介意,是吧?"

西莉亚当然介意,非常介意,但她忍受下来。她以为这是住家派对常有的事。她不想表现得像个没社交经验的人或者不成熟,于是咬着牙、僵直身子坐着。

阿瑟一手动作熟练地伸过去搂住她的腰,亲吻起她。西莉亚愤怒地转过头去并推开他。

"我不行……噢!拜托,我不行。"仪态归仪态,有些事情她仍无法忍受。

"真是可人的蜂腰。"阿瑟说着又把手伸过来。

卢克夫人走进房间,留意到西莉亚的表情和涨红的脸。

"阿瑟有守规矩吗?"在往火车站的路上,她问,"这人跟年轻女孩在一起时靠不住的,不能留他单独跟女孩子在一起。倒不是说他真的会害人。"

"你们这里的规矩,是不是一定要让人家摸你脚踝的?"西莉亚问道。

"一定要?当然不是,你这个好玩的孩子。"

"噢!"西莉亚深深舒了口气,"我真高兴。"

卢克夫人看起来被逗乐了,又说了一次:"你这个好玩的孩子!"

她又接下去说:"你在舞会上看起来很迷人。我料想你会再听到约翰尼·德伯格消息的。"她又补充说:"他非常富裕的。"

❖

西莉亚到家第二天,就有粉红色大盒装的巧克力送到了,收件人是她,盒里完全没有线索显示是谁送的。两天后又有一个小包裹寄来了,里面装了一个小银盒,盒盖上刻有"玛格丽特"以及舞会那天的日期。

包裹里面附上了德伯格少校的卡片。

"这个德伯格是谁,西莉亚?"

"我在舞会上认识的。"

"他是个怎么样的人?"

"挺老的,而且有一张很红的脸。人很不错,但是很难跟他说话。"

米丽娅姆若有所思地点点头。当晚她写信给卢克夫人。答案很明显,卢克夫人天生就爱帮人牵红线。

"他很富裕,真的很富裕,会跟某些要人去打猎。乔治不太喜欢他,但对他也没什么不满。他似乎拜倒在西莉亚的石榴裙下了。她是个可爱的孩子,很纯真,一定会吸引男人的。男人的确很欣赏美貌和斜肩。"

一星期后,德伯格少校"刚好就在附近",他可以过来拜访西莉亚和她母亲吗?

他真的来了,舌头似乎比以往更打结,很多时候只坐着盯着西莉亚看,笨拙地试着要跟米丽娅姆交朋友。

出于某些原因,等他走后,米丽娅姆情绪很不好,她的表现让西莉亚很困惑。她母亲说的话有一搭没一搭的,让西莉亚摸不着头脑。

"不知道祈求一件事算不算是明智……要知道什么是对的有多难啊……"然后突然又说,"我想要你嫁个好男人,像你父亲那样的男人。钱不是万能,但是对一个女人来说,舒适的环境的确重要……"

西莉亚听了这些话,也回应了,却完全不扯到刚才德伯格来访的事。米丽娅姆惯于说些没头没脑的话,这次也一样,她女儿早已司空见惯。

米丽娅姆说:"我宁愿你嫁个年纪比你大的男人,他们才比较会照顾女人。"

刹那间,西莉亚的思绪飞到了蒙克里夫上校那里去了,那如今已成了迅速消退的回忆。她曾在舞会上跟一个六英尺四英寸高的年轻军人跳舞,在那一刻,还曾把对方美化成英俊的年轻巨人。

她母亲说:"下星期我们去伦敦的时候,德伯格少校要带我们去看戏,很客气,可不是吗?"

"非常客气。"西莉亚说。

❖

当德伯格少校向西莉亚求婚时,她吓了一大跳。卢克夫人说的话、她母亲说的话,她都没有当一回事。西莉亚对自己的想法很清楚,却从来看不到即将来临的事情,通常也看不到她周遭的情况。

米丽娅姆邀德伯格少校来度周末。事实上这是他自己提的，米丽娅姆有点困扰，只好说了必需的应酬话。

第一天晚上，西莉亚带这位客人去参观花园。她发现跟他说话很吃力，无论她说些什么，他似乎都没在听。她生怕他一定是被自己闷死了……因为她说的每件事都颇傻，当然啦，要是他肯配合的话……

接着，他打断了她的话，猛然握住她的手，用难以听清楚的怪异沙哑声音说："玛格丽特……我的玛格丽特。我太想要你了，你愿意嫁给我吗？"

西莉亚愣愣看着他，很快就面无表情，圆睁着蓝眼，惊讶万分，说不出话来。有些什么感染着她，很强烈感染着她，透过那双握着她的震颤双手传了过来。她感到汹涌情绪包围住她，挺让人害怕的……挺恐怖的。

"我……不。我不知道。哦，不，我不行。"

这个男人，这个年长寡言、她几乎没怎么留意的男人，除了因为他"喜欢她"而让她感到受恭维之外，还让她有什么感觉呢？

"我吓着你了，我亲爱的小爱人。你这么年轻、纯洁，你不会明白我对你有什么感觉。我这么爱你。"

她为什么不把手抽出来，马上坚决而真心地说"很抱歉，但是我对你没有这种感觉"呢？

为什么，反而只是无助地站在那里看着他，一面感到脑海中波涛汹涌拍击着？

他轻轻把她拉向自己，但她抗拒了，不过只是半抗拒，并没有完全脱身。

他和蔼地说:"我现在不烦你,你考虑一下吧。"

他放开了她。她慢慢走回屋里去,上楼回到自己床上,躺在那里,闭上眼睛,心不停跳着。

半小时之后,她母亲来到她身边。

她在床上坐下,拉住了西莉亚的手。

"妈,他跟你说了吗?"

"说了。他对你很有意思。你……觉得怎么样?"

"我不知道。这……这整件事怪怪的。"

她再也说不出别的话来。整件事怪怪的,每样都怪怪的:全然的陌生人可以变成爱人,而且是在转瞬之间。她不知道自己感觉怎样或者想要什么,更别说了解或体恤母亲的困惑了。

"我身体不大好,一直在祷告希望有个好男人出现,给你一个美满的家庭,让你幸福……钱这么少,最近还要为西里尔负担很多,等我走了以后,剩下给你的只有一点点了。我不要你嫁给一个对他没有感情的有钱人。你生性浪漫,但童话中的王子之类的是不会发生的。女人很少能嫁给她们浪漫爱上的男人的。"

"可是你就嫁到了啊!"

"我是,没错。但就算这样也并非总是明智——爱得太深了。这永远宛如芒刺在背……还是被爱比较好,可以比较容易面对人生,我向来都没法做到轻松面对。要是我对这个男人认识深一点……要是我确定喜欢他。他可能爱喝酒……他可能……有其他状况。他是否还会照顾你、爱护你、对你好？我走了以后，一定要有人来照顾你才行。"

大部分的话西莉亚都没听进去。钱对她来说不代表什么。爸爸在世时，他们有钱；他去世后，他们穷了，但西莉亚不觉得前后两种状况有什么差别。她一直都有家也有花园，还有她的钢琴。

婚姻对她来说，代表了爱——诗意、浪漫的爱——从此幸福快乐地生活在一起。所有她看过的书都没教她生活中的问题。让她困惑不已的，是她不知道自己究竟爱不爱德伯格，也就是约翰尼。如果是在求婚前一分钟，她知道对方会向自己求婚的话，大概会很肯定地说自己不爱他。但现在呢？他触动了她的心弦，勾起了某种热烈、刺激但又说不出是什么的东西。

米丽娅姆要德伯格回去，让西莉亚考虑两个月。他照办了，但却写信来，这个不擅言词的约翰尼竟然是个写情书高手。他的情书有的短，有的长，从不会有两次相同，是年轻女孩梦寐以求的情书。两个月结束时，西莉亚认定自己爱上了约翰尼，于是就和母亲上伦敦去，准备告诉对方。等到见到他时，突然一阵反感袭来，这个人根本就是个她不爱的陌生人。她回绝了他的求婚。

❖

约翰尼·德伯格可没那么容易就打退堂鼓，他又向西莉亚求了五次婚。一年多的时间里，他写信给她，接受跟她的

"友谊",送她漂亮的小礼物,对她发动长期包围攻势,这份毅力差点就让他如愿以偿了。

这一切如此浪漫,就跟西莉亚幻想要受到的追求差不多。他的信、所说的话,都完全符合她想要的。这的确是德伯格的长项,他是天生的大情人,曾经做过很多女人的情人,知道怎样捕捉她们的芳心。他懂得怎样对有夫之妇发动攻势,怎样吸引年轻小姐。他差点就让西莉亚倾心要嫁给他了,但还差一点。她内心深处有些什么很冷静的东西,知道自己要什么,而且不会受骗上当。

❖

也就是在这段期间,米丽娅姆督促女儿阅读一系列的法国小说,"以免忘掉你的法文。"她说。

这些书包括巴尔扎克以及其他法国写实派作家的作品。

其中有些现代作品是很少有英国母亲会让女儿看的。

米丽娅姆实则别有用意。

她认为西莉亚太爱做白日梦了,太脱离现实,所以要学学不可对生活视若无睹……

西莉亚很乖地阅读了,却不怎么感兴趣。

❖

西莉亚还有别的追求者——拉尔夫·格雷厄姆,当初在跳舞班认识的满脸雀斑男孩,如今已成了在锡兰种茶叶的人。西莉亚小时候,他就一直受她吸引。回国后,发现她长大了,于是在他放假的第一个星期就向她求婚。西莉亚毫不迟疑就回绝了他。他有个朋友住在他家，后来那朋友写信给西莉亚，说他并不想要"扯拉尔夫的后腿"，但他对西莉亚一见钟情，想知道他有没有机会。但无论是拉尔夫还是他朋友，都没能让西莉亚心有所动。

然而在德伯格追求她的期间，她倒是交了个朋友——彼得·梅特兰。彼得比他妹妹们大几岁，当了兵，派驻在海外多年，如今返回英国服役一段时期。他回来时正好碰上埃莉·梅特兰订婚，西莉亚和珍妮特当伴娘。直到婚礼时，西莉亚才跟彼得重逢。

彼得高大黝黑，很怕羞，却以懒洋洋的愉快态度掩饰了这种羞怯。梅特兰一家人差不多都是这样，脾气很好，喜欢交朋友，容易相处。他们从不为任何人或任何事而赶时间。要是没赶上火车，嗯，反正过些时候还有下一班。要是赶不及回家吃中饭，嗯，他们想大概家里会有人留些东西给他们吃吧。他们既没有野心也没有旺盛精力，彼得可说是集他们家人特点于一身的范例。从来没人见过彼得赶时间。"一百年后一切还是相同的"是他的口头禅。

埃莉的婚礼完全就是梅特兰家务事的典型。大块头的梅特兰太太是个迷糊、好脾气的人，向来是睡到中午才起床，经常忘了命佣人备饭。婚礼那天早上的大事就是"要让老妈穿上婚礼服装"。由于老妈不喜欢试衣服，结果到那天穿上灰白缎子礼服时，才发现紧得很不舒服。新娘子围着她忙得团团转，结果是当机立断靠一把剪刀把衣服变舒服，再靠一枝兰花遮住修改处。西莉亚那天很早就去了他们家准备帮忙，不用说，有好一会工夫看起来埃莉大概那天嫁不成了。都已经到了她本该做最后补妆的阶段时，她却还穿着衬裙优哉地在修脚趾甲。

"我本来想昨天晚上做完这件事的，"她解释说，"可是不知怎地我就像是没空。"

"车子已经来了，埃莉。"

"来了吗？噢！好吧！最好找人打个电话给汤姆，说我会晚半小时到。"

"可怜的小汤姆，"她若有所思地说，"他真是个可爱的小家伙。我可不愿让他在教堂里干着急，以为我改变主意了。"

埃莉长得很高，将近六英尺，而新郎才五英尺五英寸高，而且就像埃莉所形容的："非常快活的可爱小家伙，又善解人意。"

等到好不容易终于引导埃莉到了打扮的最后阶段，西莉亚逛到了花园里，彼得·梅特兰上尉正在花园里悠然抽着烟斗，一点也不在乎他妹妹的慢吞吞。

"汤姆是很明理的人，"他说，"知道她是个怎么样的人，不会指望她准时的。"

他跟西莉亚讲话时有点害羞，不过通常情况就是这样，两个害羞的人碰到一起时，很快就发现跟对方聊天容易得多。

"想来你大概发现我们这家人很有毛病吧?"彼得说。

"你们好像不太有时间观念。"西莉亚哈哈笑说。

"嗯,干嘛要把人生花在赶时间上呢?慢慢来,让自己过得开心。"

"这样做真的能走出个结果吗?"

"能有什么结果好走出的?人生来来去去都差不多的。"

彼得放假回家的时候,通常都回绝掉一切邀约。他说他讨厌"去对女人装哈巴狗"。他不跳舞,但会跟男人或他妹妹们打网球或高尔夫球。婚礼过后,他好像把西莉亚当成了自己妹妹,常常和她以及珍妮特一起玩。而求婚遭西莉亚拒绝的拉尔夫也逐渐恢复过来,开始受到珍妮特吸引,于是三人行就变成了四人行。最后就分开成了两对——珍妮特和拉尔夫,西莉亚和彼得。

彼得常教西莉亚打高尔夫。

"提醒你,我们千万别赶着打,只打几洞就好,慢慢来。要是太热的话,就坐下来抽一斗烟。"

这程序很适合西莉亚,她对赛事很没"眼光",这点很让她泄气,遗憾程度仅次于她的"没身材"。彼得却让她感到这点无所谓。

"你又不要成为专业球员或者专攻锦标的人。你只是想从中得到点乐趣,就是这样而已。"

彼得自己则是对各种赛事都精通,天生就有运动细胞,要不是他生性懒惰,大可以样样都名列前茅的。但就像他所说，情愿把比赛当作游戏。"干嘛要把这事变成正经事呢?"

他跟西莉亚的母亲相处得非常好,她喜欢梅特兰一家人,而彼得则是她最喜欢的一个,喜欢他懒洋洋的亲和力,讨人喜欢的态度,以及真正善解人意的性格。

"你不用担心西莉亚,"有一次他提议跟西莉亚一起去骑马时说道,"我会照顾她的。我真的会好好照顾她的。"

米丽娅姆懂得他是什么意思,她感到彼得是个靠得住的人。

彼得对西莉亚和少校之间的情况略有所知,很含糊婉转地给她忠告。

"西莉亚,像你这样的小姐,应该嫁个有点'银两'的人。你是那种需要照顾的人。我倒不是说你该去嫁个可恶的有钱犹太小子,不是这意思,而是个喜欢运动等等的,且能照顾你的体面人。"

彼得放完假回部队去了,他的部队驻扎在奥尔德肖特[①],西莉亚非常想念他。她写信给他,他也写给她。很轻松的家常聊天信,就跟他讲话差不多。

等到德伯格终于肯接受拒婚,西莉亚却觉得颇怅然若失。抵挡他的追求攻势所花的精神,比她自己想象的要多。最后一次真的分手后,她又怀疑自己是否会后悔……说不定,她其实是比自己所想的在乎他。她想念他的情书、礼物

---

① 奥尔德肖特(Aldershot),位于英国南部,伦敦西南方。

以及不断的追求攻势。

她也搞不懂母亲的态度。米丽娅姆是放下心来，还是感到失望呢？有时她觉得是前者，有时又觉得是后者；事实上，她想的"虽不中，亦不远矣"。

米丽娅姆第一个感受是放下心来。她从来都没真正喜欢过德伯格，也一直都不太信赖他，虽然她从来都无法确切指出是哪一点不值得信赖。无疑他对西莉亚是很专一，他的过去也没有什么不像话的地方，事实上，米丽娅姆成长过程中所接受的观念是：拈花惹草过的男人更有可能成为比较好的丈夫。

最让她担心的反倒是自己的健康状况。从前隔很久才会发一次心脏病，现在发作的频率多了。从医生们支吾又婉转的说词中，她得出的结论是：尽管她有可能很长命，但也同样有猝死的机会。到那时，西莉亚怎么办呢？钱剩得这么少，少到只有米丽娅姆知道。

这么少……这么一点点……钱。

J.L. 评

如今我们一定会觉得不可思议："要是只剩这么少钱，干嘛不让西莉亚去学一技之长呢？"

但我认为，米丽娅姆想都没想过这点。我想她是个很热心接受新想法和新观念的人，但我不认为她有过上述想法。就算有的话，我觉得她心里也没有准备这样做。

我将之视为她很知道西莉亚最脆弱之处，你大可说，只要去学一技之长，就不会这么脆弱了，但我不认为会是这样。就像所有活在内心世界里的人一样，西莉亚对于外在影响特别有抗渗力，一扯到现实，她就很笨。

我认为米丽娅姆对女儿的不足之处很清楚，她帮女儿选择读物，坚持要她阅读巴尔扎克以及其他法国小说家的作品是别有用心的。法国人是很了不起的写实家，我想她要西莉亚了解人生和人性是很共通、有声有色、精彩、藏污纳垢、很悲剧性又很充满喜剧性的。她并未能达到目的，因为西莉亚的本性就跟她的外貌一样，都是很北欧风格的，对她而言，长篇传奇、英勇航行历险故事以及英雄豪杰，才对她口味。童年时沉醉在童话故事里，长大后喜欢的作家也是梅特林克[①]、费欧娜·麦克雷[②]以及叶芝[③]者流。她也阅读其他作品，但是那些作品对她来说很不真实，就像讲求实际的写实派觉得童话故事和奇幻故事很讨厌一样。

[①] 梅特林克（Maurice Maeterlinck, 1862—1949），生于比利时，早期的作品主要呈现宿命、神秘主义，剧中往往缺乏动机，亦常以死亡为题材。

[②] 费欧娜·麦克雷（Fiona MacLeod），苏格兰作家夏普（William Sharp, 1855—1905）的笔名，以诗作及文学传记见长。

[③] 叶芝（William Butler Yeats, 1865—1939），爱尔兰诗人、剧作家及神秘主义者。

我们生出来是怎样就是怎样。某些北欧祖先特点又在西莉亚身上重现出来：丰满结实的奶奶、乐天快活的爸爸约翰、善变的妈妈米丽娅姆，其中一个把连他们自己都不知道的某种特质遗传给了西莉亚。

有趣的是，后来西莉亚的叙述就没怎么再提到她哥哥西里尔了，不过西里尔一定经常出现在她生活中——放假回家的时候。

在西莉亚初次进入社交界之前，西里尔就入伍派到海外去了印度。他一直都不曾在西莉亚（或米丽娅姆）的生活中占据很大部分。我猜想，他刚入伍的时候是家中最大的开销，后来他结婚了，退伍去罗得西亚[①]经营农场，逐渐从西莉亚的生活中消失了。

---

① 罗得西亚（Rhodesia），位于非洲南部，原为英国殖民地，一九六五年独立。

第八章　吉姆和彼得

米丽娅姆母女俩都相信祈祷。起初西莉亚的祈祷都偏向良心和罪恶意识，后来则偏向灵修和禁欲，但一直不改自幼为所有发生事情祷告的习惯。每次进入舞会大厅之前，她都会喃喃祷告着说："噢，神哪，别让我怕羞的毛病发作。喔，拜托，别让我害羞。也别让我脖子都羞到发红。"晚宴的时候，她又祷告说："神啊！求求您，让我想出点话来说。"她祈祷能把自己的舞会顺序表安排好，能跟她看中的人跳舞。去野餐的时候，她祷告希望不会下雨。

米丽娅姆的祷告则热切得多，也傲慢得多。说真的，她是个很自负的女人。为了她的宝贝女儿，她不是去求神，而是向神要求！她的祷告如此强烈又热切，因此根本就没法相信神不会听她的祷告。说不定我们大部分人都是这样,当我们说祷告没有得到回应时,其实真正的意思是神的答复是"不"。

她一直不确定德伯格是否算是她祷告得到的答案,却相当肯定吉姆·格兰特是神给她的回应。

吉姆很喜欢种田,于是家里就特意送他到米丽娅姆家附近的农场去,他们觉得米丽娅姆可以帮忙盯着这小子,免得他作怪。

二十三岁的吉姆差不多就跟十三岁时一样,脾气还是一样好,高颧骨脸孔,同样的深蓝色圆眼睛,同样的开朗、利落态度,同样的灿烂笑容,大笑时还是同样地头往后一甩。

吉姆二十三岁,还没有心上人。当时是春天,他是个健康强壮的小伙子,常到米丽娅姆家里来,而西莉亚则是个青春貌美的豆蔻年华少女,大自然定律如此,于是,吉姆恋爱了。

对于西莉亚而言,这不过就是另一段友谊,就跟和彼得的友谊一样,只不过她更欣赏吉姆的性格。她一直觉得彼得简直太"散漫"了,没有企图心,吉姆就满怀抱负。他年轻,又对生活一本正经,认真以对。"生活是真实的,生活是认真的",这句话真可说是为吉姆而写的。他想要学种田,并非出于对泥土的热爱,他感兴趣的是种田实用科学的一面。在英国,种田应该要做到比过去报酬好得多才行,只要有科学研究和意志力。吉姆的意志力很强,他有很多这方面的书，还借给西莉亚看。他很喜欢借书给人，也对神秘主义哲学与神学说教、复本位制、经济学以及基督教科学感兴趣。

他喜欢西莉亚，是因为她很用心听他说话，而且所有的书都看，还会作出很有知识水准的评论。

如果说德伯格对西莉亚的追求是属于肉体上的，那么吉姆的追求就几乎全是知性上的了。在他生涯的这时期，不停冒出严肃的理念，几乎到了古板的地步。可是西莉亚最喜欢他的时候，却非他一本正经讨论伦理道德或基督教科学创始人埃迪夫人①时，而是当他仰头大笑时。

德伯格是在出乎意料的情况下向她求爱，但是对于吉姆，却是在他开口求婚之前，她早已心中有数，觉得这是迟早的事。

有时西莉亚觉得人生就像一个图案模式：你像个梭子般，按照为你定好的设计图穿梭织出图案来。她开始认为吉姆就是她的图案，是命中老早注定好给她的。最近她母亲看来多开心哪！

吉姆很可爱，她非常喜欢他。再过不久，哪天他就会向她求婚了，然后她就会产生出曾经对德伯格少校（她心中是这样称呼的，而不是"约翰尼"）有过的感觉：兴奋又苦恼，

----

① 埃迪夫人（Mary Baker Eddy, 1821—1910），为十九世纪杰出美国女性之一，所创设之基督教科学会并非关于基督教信仰，而在于科学神医系统。

心跳加速……

吉姆在一个星期天下午向她求婚。他几个星期前就打算这样做,他喜欢先做计划然后按计划行事,觉得这样才是有效率的生活方式。

那是个雨天的下午,他们喝完茶之后坐在课室里,西莉亚自弹自唱了一番,吉姆喜欢吉柏特和沙利文合作填词作曲的音乐剧曲目[①]。

唱完歌之后,他们坐在沙发上讨论社会主义以及人性本善。谈完之后,停顿了一会儿,西莉亚说起了神智学家兼女权运动家贝赞特夫人,但吉姆却回答得牛头不对马嘴。

接着又是一阵停顿,然后吉姆脸红了,说:"我料想你知道我非常喜欢你,西莉亚,你愿意订婚吗?还是你宁愿再等一等?我想我们在一起会很幸福的,我们这么志趣相投。"

实际上他并没有外表那么镇静,要是西莉亚年纪再大一点的话,就会晓得了,她就会看出他嘴唇在微微颤抖,那只紧张的手在捏拨着沙发上的软靠垫。

实际上……嗯,她该说什么才好?

她不知道该怎么说,于是就没说话。

"我想你是喜欢我的吧?"吉姆说。

"喜欢……噢!我是喜欢你的。"西莉亚急忙说道。

[①] 吉贝特(W.S. Gilbert, 1836—1911)和沙利文(Arthur Sullivan, 1842—1900),为维多利亚时代的戏剧搭档,共同创作了十余出喜歌剧。

"这点最重要,"吉姆说,"人一定要真的互相喜欢才行,这样才会持久。至于热情,"他说这词的时候,脸又有点红了,"不持久。西莉亚,我想你和我都应该挺幸福的。我希望趁年轻时就结婚。"他停顿了一下又接着说:"这样吧,我认为对我们最公平的,是先订婚六个月,可以说,先考验一下我们的感情。除了你母亲和我母亲之外,不用告诉其他人。等六个月结束之后,你再做出最后决定。"

西莉亚考虑了一分钟。

"你认为这样做公平吗?我的意思是,我可能……甚至……"

"要是你不……那我们当然不该结婚。但你会的,我知道一切都会很顺利的。"

他语气中的肯定多让人安心哪!他这么有把握,一切都了然于心。

"很好。"西莉亚微笑着说。

她以为他会吻她,但他没有。其实他想得要命,却感到害羞。他们又回头继续讨论社会主义和人,也许没再像原先那样有逻辑了。

然后吉姆说他该走了,于是站起身来。两人不知所措地站了一分钟。

"嗯,"吉姆说,"那就再见了。我下星期天会过来……也说不定之前就会过来了。我会写信给你。"他犹豫了一下。"我……会……西莉亚,你肯让我亲一下吗?"

他们亲了嘴，亲得颇笨拙……

完全就像亲西里尔一样，西莉亚心想。只不过，她思忖着，西里尔从不想要亲任何人……

嗯，于是就这样，她跟吉姆订了婚。

❖

米丽娅姆快乐到喜形于色，让西莉亚也对自己的订婚感到热衷起来。

"宝贝，我真为你感到开心，他是个这么可爱的年轻人，老实又有男子汉气概，会好好照顾你的。他父母又是老朋友，那么喜欢你亲爱的父亲。他们家儿子和我们家女儿，简直做梦也想不到有这么好的事。噢！西莉亚，你跟德伯格交往期间我一直很不开心，我就是觉得哪里不对……不适合你。"

她停了一下，突然说："我也很害怕自己。"

"怕你自己？"

"对，我一直很想要你陪在我身边……不想要你嫁掉。我想过要自私，要跟你说你会过更有保障的生活：不用操心、没有孩子、没有烦恼……要不是我能留给你的钱这么少，只有一点点钱维持生活，我大概就真的会打算……西莉亚，要做母亲的人不自私，实在很难。"

"别胡说了，"西莉亚说，"等别的女孩都嫁掉时，你就会觉得非常丢脸了。"

她老早就抱着点好笑的心情，留意到她母亲会为了她而强烈感到嫉妒。要是别的女孩打扮得比较好看,谈话时比较风趣,米丽娅姆马上就表现出烦恼得不得了的样子,连西莉亚都分担不了她的烦恼。埃莉·梅特兰出嫁时,她母亲厌恨得很。米丽娅姆要是会讲哪些女孩好话,通常那些女孩都是相貌平庸或者寒酸懒散,根本不能跟西莉亚比的。母亲这个毛病偶尔让西莉亚懊恼,但更常让她感到很温暖。亲爱的妈妈,真像只耸起羽毛要保护小鸡的鸡妈妈!真是荒谬、不合逻辑……可是无所谓,她是这么贴心。就像米丽娅姆所有的行动和感情一样,这点也是如此强烈。

她很高兴母亲这么开心。的确,事情发展得很好,能嫁进"老朋友"的家庭里实在很好,而且无疑她喜欢吉姆的程度比其他所认识的人都多,多很多。他完全就是她向来所想象要有的丈夫典型:年轻、能独当一面、充满理想。

姑娘家是否总在订婚后感到泄气呢?也许吧!如今大局已定,没得撤销了。

她拿起贝赞特夫人的作品阅读时想打瞌睡,神智学也让她沉闷不已,大部分内容在她看来如此无聊……

复本位制还比较好一点……

样样都相当沉闷,比起两天前沉闷多了。

❖

第二天她的托盘里放着一封信,是吉姆的笔迹。西莉亚脸颊升起了小朵红云。吉姆的第一封来信,这是自从……

她首次感到有点兴奋了。他之前没说很多,但也许信里……

她拿着信走到花园里拆开来。

最亲爱的西莉亚（吉姆写道）：

我很晚才回到家吃宵夜。老格雷的太太颇恼火，但是老格雷却觉得挺好玩的。他叫她别小题大做，因为我在追女朋友，他说。他们真的很好，人很单纯，玩笑都充满善意。我但愿他们对新理念能稍微接受就好，我是说耕种方面的新理念。他似乎从没阅读过这方面的东西，而且相当满足于用他曾祖父当年那一套来经营农场。想来农业向来都比其他任何事情更守旧、反动，那是根生于土壤的农民直觉。

我觉得自己昨晚走之前，应该要先跟你母亲说说话的。总之，我已经写信给她了，希望她不介意我把你从她身边抢走。我知道你对她而言很重要，但我想她也喜欢我。

我大概会在星期四过来，要看到时的天气而定。如果来不了，就星期天来。

献上我很多的爱

你深情的

吉姆 上

收过德伯格的情书之后，这样的信可别指望能让一个女孩子欢欣鼓舞!

西莉亚对吉姆感到懊恼。

她觉得可以很容易爱他,只要他稍微不一样就行了!

她把信撕碎了,丢进水沟里。

❖

吉姆不是个好情人,他的自我意识太强了。除此之外,他还有很肯定的理论和意见。

更重要的是,西莉亚根本就不是那种可以激励他的女人。吉姆的害羞可以激发经验老到女性的兴趣,从而激励他,而且会得出有利的结果。

实际上,他跟西莉亚的关系隐约不太令人满意。他们似乎失去了从前那种当朋友时的轻松情谊,却又什么也没换到。

西莉亚继续欣赏吉姆的性格,对他的谈话感到沉闷,看到他来信又生气,整体来说,对日子感到沮丧。

只有在她母亲的快乐心情中才找到真正的乐趣。

她接到彼得的一封信,因为她写信告诉他自己的事,并要求对方保密。

祝你一切顺利,西莉亚(彼得写道)。听起来他是个彻头彻尾的好男人。你没说他是否有现钱,我希望他有。女孩家都不去考虑这个的,不过我向你担保,亲爱的西莉亚,这点的确很重要。我比你年长,见过女人跟着她们的丈夫奔波劳碌，为了钱的问题担心得要死。我希望你过着王后般的日子，你不是那种可以过苦日子的人。

嗯，其他没什么好说的了。等我九月回来时，希望能瞧瞧你那位年轻小伙子，看看他是否配得上你。但我从不认为有谁配得上你！

愿你一切都好，丫头，祝你青春永驻。

老友

彼得 上

❖

说来很怪，却是真的，对于订婚，西莉亚最高兴的部分，反而是要做她未来婆婆的这个人。

从前对格兰特太太的孩子气崇拜心理又油然重生了。格兰特太太很美，她从前这样认为，现在也这样认为。如今她头发变灰了，但仍然具有当年那种女王般的优雅，同样动人的蓝眼睛和摇曳生姿的体态，同样让人清楚记得的清脆、动听声音，同样的主导个性。

格兰特太太晓得西莉亚对她的崇拜之情，对此很感开心。但她对这宗订婚不太满意，在她看来大概缺少了什么。不过倒是很赞成年轻人的决定：六个月之后才公开订婚，一年后结婚。

吉姆崇拜母亲，因此看到西莉亚也这么明显地崇拜他母亲,感到很高兴。

奶奶也非常高兴西莉亚订了婚,可又感到不得不抛出很多负面话,暗示婚姻生活有多难,内容从可怜的约翰·戈多尔芬在蜜月时发现有咽喉癌,到老海军上将科林韦"传染了恶疾给太太,然后又传染给了家庭女教师,到最后,我亲爱的,家里都留不住女佣了,可怜的太太。她丈夫经常从门后向她们扑去,而且身上一丝不挂。当然她们都不肯做下去了。"

西莉亚觉得吉姆健康得很,根本不会患上咽喉癌("啊,我亲爱的,就是健康的人才会得癌啊!"奶奶强词夺理说),而且无论怎样异想天开,都很难想象稳重的吉姆会像个老色狼般扑向女佣。

奶奶喜欢吉姆,但暗地里其实对他有点失望。一个既不抽烟又不喝酒的小伙子,而且听到人家讲笑话时,看起来很难为情的样子……这算哪门子的男人?坦白说,奶奶喜欢比较阳刚一点的。

"不过话说回来,"她满怀希望地说,"昨晚我看到他从花园露台上捡了一把小石子,我认为这举动很美,他连你脚踩过的地方都爱。"

西莉亚明知徒劳无功,还是解释说那完全是出于地质学上的兴趣。但奶奶才不愿意听这样的解释呢。

"这是他的说法,亲爱的,但我懂得年轻人。喏,年轻时的普兰特顿曾经把我的手绢贴着他的心带了七年,而他只不过在舞会上见过我一面而已。"

透过奶奶那张保不住密的嘴,结果消息泄露到了卢克夫人那里。

"嗯,孩子,听说你跟一个年轻人定下来了。我真高兴你回绝掉了约翰尼。乔治叫我不要多事,因为约翰尼是个这么好的对象,但我向来都认为他长得就像条鳕鱼似的。"

此乃卢克夫人。

她又接下去说:"罗杰·雷恩斯总是问起你。我泼了他冷水。当然,他是颇富裕的,所以才会没把他的嗓子当一回事。真可惜,因为他大可以成为专业歌唱家的。但我不认为你对他有意思,这人一直有点胖嘟嘟的。而且他早餐吃牛排,刮胡子老割伤自己。我最讨厌刮胡子割伤自己的男人了。"

❖

七月里的一天,吉姆来时兴奋万分。有个很有钱的人,是他朋友的父亲,打算要去环游世界,特别是要去考察农业方面的情形。这人愿意带他一起去。

吉姆兴奋地谈了好一会儿,很感激西莉亚马上表示兴趣并默许,本来他还半感内疚,怕她恼他要走。

两星期后,他欢天喜地出发了,从多佛发了封道别电报给西莉亚。

> 至爱好好照顾自己
>
> 吉姆

八月的早晨竟然这么美好……

西莉亚从屋子里走出来，到了房子前面的露台上，眺望着周围。这是大清早，草叶上还沾着露珠，还有米丽娅姆拒绝切割成一块块花坛的大片绿色长坡地。园中有榉木，比以前长得更大，成了更浓密的深绿色。天空蔚蓝、蔚蓝、蔚蓝得有如深海的海水。

西莉亚心想，她从来没感到这么快乐过。那种熟悉的"心痛"又紧紧抓住了她。那么可爱，那么美好，让人心痛……

噢！美丽的、美丽的世界……

宣布开饭的铜锣敲响了，她进屋里去吃早饭。

她母亲看着她。"你看起来很快乐，西莉亚。"

"我是很快乐，今天真是个美丽的日子。"

她母亲沉静地说："还不只是因为这样……是因为吉姆走了，是吧？"

直到那刻之前，西莉亚自己几乎不知道这点：如释重负，欣喜若狂。未来九个月里她都不用再看神智学或经济学的书了，九个棒透了的月里她能随心所欲过日子，随她自己高兴。她自由了、自由了、自由了……

她看着母亲，母亲也回看着她。

米丽娅姆和蔼地说："你一定不可以嫁给他，除非你自己想嫁……我并不知道……"

话从西莉亚嘴里滔滔不绝冒出来了。

"我自己也不知道……我以为我爱他……是的,他是我见过最好的人,而且各方面都很优秀。"

米丽娅姆凄然点点头。她新建立的内心平静这下子又毁了。

"我知道开始时你并不爱他,但我以为订了婚之后你或许会爱上他。结果刚好相反……你一定不可以嫁给让你感到沉闷的人。"

"让我感到沉闷?"西莉亚很震惊。"可是他这么聪明……他不可能让我感到沉闷的。"

"西莉亚,这正是他做的,"她叹了口气又说,"他很年轻。"

也许就是在那一刻米丽娅姆才有此念的:要是等吉姆年纪再大一点,他们两个才重逢,一切就可能顺利了。她一直觉得吉姆和西莉亚就差那么一点而错过了爱情……他们的确错过了……

尽管她感到失望,又担心西莉亚的前途,但是暗地里免不了仍有那么一丝高兴,"她还不会离开我,她还不会离开我……"

◆

等到西莉亚写了信,告诉吉姆说不能嫁给他之后,她感到如释重负。

九月,彼得回来见到她时,看到她精神很好又漂亮,感到很惊讶。

"所以你把那小伙子撵走了,西莉亚?"

"对。"

"可怜的家伙。不过话说回来,我敢说你很快就会找到更合你意的人。我料想一直都有人向你求婚吧?"

"哦,也没那么多啦!"

"有多少个?"

西莉亚想了想。

在开罗的时候,有那个可笑的矮小男人盖尔上尉;搭船回国的时候,船上有个傻小子(如果这个也算进去的话);当然,还有德伯格少校,以及拉尔夫和他那位种茶的朋友(顺便一提,如今他已经娶了另一位小姐),再来就是吉姆。此外,才一星期前又有那桩跟罗杰有关的滑稽事。

卢克夫人一听说西莉亚取消了婚约,马上就发电报邀她去小住。罗杰也会来,他一直请乔治安排让他跟西莉亚再碰面。事情看起来很有希望的样子。他们已经在客厅里合唱了一段时间。

"要是他能唱出求婚的话,说不定她会接受。"卢克夫人满怀希望地想着。

"她干嘛不接受他?罗杰是个很不错的家伙啊!"乔治语带责备地说。

跟男人解释是没用的,他们永远无法了解女人在男人身上"看到"什么或者没有"看出"什么。

"当然,他是有点胖嘟嘟的,"乔治承认说,"不过男人的外表不重要。"

"这句话是男人想出来的。"卢克夫人厉声说。

"嗯,算了吧,埃米,你们女人并不想要个中看不中用的男人吧。"

他坚持"应该给罗杰一个机会"。

罗杰最大的机会是向西莉亚唱出求婚曲,他有绝佳的动人嗓子,听他唱歌,西莉亚会很容易以为自己爱上了他。可是音乐一结束,罗杰就又回复了平常的性格。

西莉亚对于卢克夫人想牵红线感到有点紧张,她看到了她的眼神,于是很小心地避免跟罗杰单独相处。她不想要嫁给他,那干嘛要给他机会说出来呢?

但是卢克夫妇坚决"要给罗杰机会",于是西莉亚被迫和罗杰驾着双人小马车去野餐。

这趟兜风不是很顺利,罗杰一直讲着家庭生活有多愉快,而西莉亚则说住旅馆更有意思。罗杰说他一直想住在离伦敦不超过一小时车程的乡村环境中。

"你最讨厌住在哪里?"西莉亚问。

"伦敦。我受不了住在伦敦。"

"妙了,"西莉亚说,"那是我唯一受得了的居住地方。"

说完这番不是真心的话之后,她冷冷看着罗杰。

"哦,我敢说我也受得了,"罗杰叹着气说,"只要能找到理想对象——我想我已经找到了,我……"

"我一定要告诉你前些天发生的一件好笑事情。"西莉亚赶快说。

罗杰并没有专心听那轶闻趣事，等她一说完，他又前话重提："西莉亚，自从我认识你……"

"你看到那只鸟没？我相信那是只金翅雀。"

但是一点希望也没有。一个坚决求婚的男人和一个坚决不让他求婚的女人对决时，总是男人赢。西莉亚愈是要转移话题，罗杰就愈坚决要扣紧主题。等到西莉亚三言两语就拒绝了求婚之后，罗杰又自尊大受伤害。西莉亚很气自己没能挡开求婚，见到罗杰对她拒绝后所表现出的惊讶又感到懊恼。这趟兜风结果是在冷冰冰的沉默中结束。罗杰对乔治说，说不定他可能是幸运逃过一劫，因为西莉亚看来脾气不是太好……

西莉亚在思考彼得提出的问题时，这一幕幕又都浮现在她脑海中。

"我想应该是七个吧，"最后她举棋不定地说，"但只有两个算是真的。"

他们正坐在高尔夫球场树篱下的草地上，从那儿可以望见悬崖和大海的全景。

彼得从嘴边取下了烟斗，他正在用手指掐着雏菊花朵。

"你知道，西莉亚，"他说，语气变得古怪又拘束，"你也可以……若你愿意，随时把我加到这名单上。"

她吃惊地看着他。

"你？彼得？"

"对,难道你不知道吗?"

"不知道,我从来都没想过。你从来……不像那样的。"

"嗯,差不多从一开始我就是这样的……我想在埃莉婚礼上我就知道了。只不过,西莉亚,我不是你的合适对象。你要的是个勇往直前、很有脑筋的家伙。哦,是的,你要的是这种人。我知道你心目中的理想男人是什么样子的,这个人不是像我这种懒洋洋、随和的人。我的人生没什么大出息,我不是那块料。我就只是服完役退休而已。没有激情,现钱也很少,一年五六百英镑,我们就只能靠这么多钱过日子。"

"这个我倒不在乎。"

"我知道你不会在乎,但我替你在乎,因为你不知道那种滋味,但是我知道。你应该享有最好的,西莉亚,绝对要最好的。你是个很可爱的女孩,有的是人可以嫁。我可不要你委屈自己跟个要数着小钱过日子的军人,没有个像样的家,永远要打包搬到别的地方。不,我一直都打算不吭声,让像你这么漂亮的女孩有桩应该有的好姻缘。我只是想说,要是你到时没有……嗯,将来有一天,也许可以给我一个机会……"

西莉亚怯生生地把她修长红润的手放在那只棕色手上,然后那只手握住了她的,温暖地裹住她的手。感觉多好啊……彼得的手……

"不知道我现在该不该说,不过有命令下来,我们又要去海外了。我想要在走之前先让你知道,假设如意郎君没有出现……还有我,永远……等着你……"

彼得……亲爱、亲爱的彼得……不知怎地,彼得是属于育婴室以及花园、龙斯还有榉木的回忆。安全感……幸福……家……

她多快乐啊!坐在这里望着大海,她的手在彼得的手中。她跟彼得在一起会总是快乐的。亲爱的、随和又温柔体贴的彼得。

在这段时间里,他不曾看着她,一脸看来颇严峻的表情,颇紧张……脸色非常地深棕。

她说:"我很喜欢你,彼得,我愿意嫁给你……"

这时他转过头来——缓缓地,就像他做每件事情一样。他伸出手臂搂住她……那双善良的黑眼睛一直望到她眼里。

他吻了她。不像吉姆那样笨手笨脚,也不像约翰尼那样充满激情,而是带着深深的、令人满意的温柔。

"我的小爱人,"他说,"噢!我的小爱人……"

❖

西莉亚想马上结婚,跟着彼得到印度去,但彼得断然拒绝了。

他一意孤行地坚持说,她还很年轻,才十九岁,一定要先有所有其他机会才行。

"如果我贪心地就这样把你掳走了,西莉亚,我会觉得自己猪狗不如。你有权改变主意,或许你会遇到某个你喜欢他更甚于我很多的人。"

"我不会的……我才不会。"

"你不知道的。很多女孩子在十九岁时很迷某个人,等到二十二岁时,就怀疑自己究竟看中对方哪一点。我不会催你,你一定得要有充分时间,得要相当确定自己没有犯下错误。"

大量时间。梅特兰家的习惯想法:永远不赶着做某件事,有充分的时间。所以梅特兰家的人错过火车、电车和约会、吃饭,有时,错过更重要的事。

彼得也用同样方式跟米丽娅姆讲了。

"你知道我有多爱西莉亚,"他说,"我想,你一向都知道,所以你信得过我跟她出去。我知道自己不是你心目中的乘龙快婿……"米丽娅姆打断了他的话。

"我想要她幸福,我认为她跟你在一起会幸福。"

"我会奉献生命让她幸福的,你知道这点。但我不想赶着要她嫁。说不定哪个有钱人会来追求她,而她又喜欢那个人……"

"钱并非一切。我希望西莉亚不要过穷日子,这是真的。但话说回来,要是你和她相爱,两人小心点,也是够过日子的。"

"对一个女人来说,那是很悲惨的生活,何况还把她从你身边带走。"

"要是她爱你的话……"

"对,'要是'的话,你也觉得了。西莉亚得要有所有的机会才行。她太年轻,还不清楚自己的想法。我会离开两年,到时候要是她感情仍然一样的话……"

"我希望她会。"

"她这么貌美,你知道,我觉得她应该嫁得更好,我配不上她。"

"不要太过谦虚,"米丽娅姆突然说,"女人并不欣赏这个的。"

"对,也许你说得对。"

西莉亚和彼得在家一起度过的那两个星期很快乐。两年很快就会过去的。

"我向你保证,我会对你专一的,彼得。你回来时会发现我还在等着你。"

"喏,西莉亚,这就是你不该做的——认为自己要对我做出承诺。你是绝对自由的。"

"我不要自由。"

"没关系,反正你是自由的。"

她突然恨恨地说:"要是你真的爱我,就会要我马上嫁给你,跟你一起走。"

"噢!我的爱,我的小爱人,你难道不明白我不这样做,就是因为我太爱你了吗?"

看到他愁眉苦脸的表情,她知道他是真的爱她,那种见到渴望的宝物又害怕去攫取的爱。

三星期之后,彼得漂洋过海了。

一年三个月之后,西莉亚嫁给了德莫特。

第九章 德莫特

彼得是逐渐进入西莉亚人生中的；德莫特却是突然闯入的。

除了他也是个军人这点之外，再没有哪两个男人的对比会比彼得与德莫特更强烈的了。

西莉亚是在跟卢克夫妇去约克郡参加一场军团舞会时认识他的。

当人家介绍她给这位有火热蓝眼的高大年轻人时，他说："我要跟你跳三支舞，谢谢。"

跳完第二支舞后，他要求再跳三支，但西莉亚的顺序表已经排满了。他却说："没关系，把某个人的邀舞删掉就行了。"

他拿过她的顺序表，随便在上面挑了三个姓名打了叉。

"喏，"他说，"别忘了。我会先过来及时把你抢走的。"

肤色黝黑，高大，黑色鬈发，凤眼般的深蓝色眼睛，有点像神话中半人半羊的农牧之神，瞟来瞟去地看着你。态度坚决，一副永远都会得逞的样子——不管是在什么情况之下。

舞会结束时他问西莉亚还会在这地方待多久。西莉亚说第二天就要回去了。他问她会不会到伦敦去。

她告诉他说，下个月会去伦敦住在奶奶家，还给了他地址。

他说："那时候我也可能在伦敦，到时会去看你。"

西莉亚说："欢迎。"

但她根本就不认为他会真的去。一个月是很长的时间。他去帮她拿了一杯柠檬水来，她喝着柠檬水，两人谈着人生，德莫特说，他相信只要真的很想要某样东西的话，就一定可以到手的。

西莉亚对于删掉某些人的邀舞感到相当内疚，这不是她的习惯作风。只不过，她就是对此束手无策……这人就是这样。

想到可能不会再看到这人，她觉得遗憾。

然而，说真的，有一天她回到温布尔登奶奶家里，见到奶奶坐在她那把大椅子上，很起劲地倾身向前正在跟一个年轻人谈着话，这人难为情地涨红了脸，连耳朵都红了，其实西莉亚根本老早已忘了这个人了。

"希望你没忘了我。"德莫特嗫嚅着说。

他这时真的变得很害羞。

西莉亚说她当然没忘记，而向来对年轻男子有好感的奶奶则留他吃晚饭，他也留下来了。晚饭过后，他们到客厅里坐，西莉亚唱了歌给他听。

临走之前，他提了第二天的计划。他有早场的戏票，西莉亚是否愿意到市区跟他去看戏呢？等到搞清楚他的意思是指西莉亚单独去时，奶奶有异议，她认为西莉亚的母亲不会喜欢这种做法的。然而这年轻人却有办法哄得奶奶改变主意，于是奶奶让步了，但条件是看完戏不得带西莉亚去别的地方喝茶，她得直接回家。

事情就这么说定了，西莉亚跟他在早场剧院碰面，看戏看得很开心，比她看过的任何一次都开心，散场后在维多利亚火车站喝茶，因为德莫特说这样不算违规。

西莉亚回自己家之前，他又来过两次。

回家后第三天，她正在梅特兰家喝茶时，有电话找她，她母亲在电话里说："宝贝，你得马上回家，有个年轻人骑着摩托车来找你，你知道要我跟年轻人聊天是很烦恼的事。你赶快回家，自己来招呼他。"

西莉亚赶回家，一面奇怪这会是谁。她母亲说这人曾含糊地报上姓名，但她听不清楚他叫什么名字。

结果原来是德莫特，一脸孤注一掷、破釜沉舟、很惨的样子，见到西莉亚时，反而像是说不出话来，只是坐着嗫嚅着单音节字眼，不敢看她。

摩托车是借来的，他告诉她说，他想离开伦敦到别的地方转转，换换空气大概很不错。他寄宿在一家客栈里，第二天早上就得走了。走之前，她是否愿意跟他出去散散步？

第二天他的情绪也差不多一样：闷不吭声，很惨的样子，不敢正眼看她。突然，他说："我的假放完了，得要回约克郡去，有些事情一定要敲定下来，我非得再跟你见面不可。我想要一直见到你……无论何时都见到你。我要你嫁给我。"

西莉亚当场愣住，惊讶万分。尽管她晓得德莫特喜欢她，可是却压根儿没想到一个才二十三岁的陆军中尉竟然会想着结婚。

她说："抱歉……我很抱歉……可是我不能……喔，不，我没办法。"

她怎么能呢？她要嫁给彼得的啊！她爱彼得，是的，她仍然爱着彼得，照样爱，可是她也爱德莫特……

她明白自己想嫁给德莫特，比什么事情都想。

德莫特仍在继续说着："嗯，总之，我一定要见到你……想来我太快求婚了……我没办法等……"

西莉亚说："你知道……我……我已经跟人订婚了……"

他看着她，那种很快瞟她一眼的眼神。他说："那没关系，你放弃他就行了。你是爱我的吧？"

"我……我想是的。"

是的,她爱德莫特甚于世上所有一切,她宁可不幸福地跟德莫特相守,也不愿跟别人幸福相守。可是干嘛要这样想呢?怎见得她跟德莫特在一起就不会幸福呢?因为,她猜想,大概是她根本就不了解这个人吧……他是个陌生人……

德莫特期期艾艾地说:"我……我……喔!太好了,我们马上就结婚,我等不及了……"

西莉亚心想:"彼得,我不忍心伤害彼得……"

但是她心中有数,不管多少个彼得,德莫特都忍心伤害,而且她会乖乖听德莫特的话去做。

她终于首次正视他的眼睛,这时那双眼睛不再飘忽不定了。

非常、非常蓝的眼睛……

他们害羞又没把握地亲吻了……

❖

西莉亚进米丽娅姆卧房时,她正躺在卧房沙发上休息。她只看了女儿一眼,就知道有不寻常的事情发生了。米丽娅姆脑中念头一闪:"那个年轻人……我不喜欢他。"

她说:"宝贝,怎么啦?"

"噢!妈……他要我嫁给他,我也想要嫁给他,妈……"

她扑进母亲怀里,脸埋在米丽娅姆肩上。

米丽娅姆的心脏病折腾了起来,但念头转得更快了:"我不喜欢这事……我不喜欢这事……但这是自私,因为我不想让她走。"

◆

几乎马上就产生了许多困难：德莫特能操控西莉亚，却操控不了跋扈的米丽娅姆。他耐着性子，因为不想要让西莉亚的母亲反对自己，但只要有点不顺他意的话，他就很不高兴。

他承认自己没有钱——一年才八十英镑。但是当米丽娅姆问起他要怎样跟西莉亚维持生活时，他却很生气，说他还没空去想这个。他们总有办法维持的，西莉亚不介意过穷日子。当米丽娅姆说陆军中尉结婚是很不寻常的事，他很不耐烦地说，他才不管什么是寻常的呢！

他颇悻悻地对西莉亚说："你母亲好像什么都要谈到钱，英镑、先令和便士。"

他就像个任性小孩，一心只想要他看中的东西，其他什么都不理，也不愿意听人"讲理"。

等他走了之后，米丽娅姆心情很不好，她仿佛看到了一宗订婚很多年却结不了婚的姻缘前景。她觉得，说不定她根本就不该同意他们订婚……但是她太爱西莉亚了，无法让她痛苦。

西莉亚说："妈，我一定要嫁给德莫特。一定要。我不会再爱别人了。总有一天会有好结果的……噢！你说嘛，会有好结果的。"

"看起来机会很渺茫，我亲爱的，你们两个都两手空空，而他又这么年轻……"

"可是总有一天……要是我们等的话……"

"嗯,也许吧……"

"妈,你不喜欢他,为什么?"

"我是喜欢他,我觉得他很有吸引力,真的很有吸引力。但他却没有考虑……"

夜里,米丽娅姆睡不着觉,一再盘算着她那笔小收入。她能不能多少分给西莉亚一点津贴?要是她卖掉房子的话……

不过,起码,她是不用付房租的,家里开销已经减到最低了。房子也已经到了年久失修的地步,眼前这样的房产没有什么人要买。

她辗转难眠,要怎样才能让她孩子得偿所愿呢?

❖

要写信给彼得告诉他这件事,实在太难为了。

而且又是封很蹩脚的信。她能为自己的负心找什么藉口呢?

当彼得的回信寄来时,完全就是彼得的风格,因为太像他的人,所以西莉亚忍不住对着信哭了。

不要怪自己,西莉亚(彼得写道),这完全是我的错,要怪我那最要不得的拖延毛病。我们一家人都是这样的,所以我们总是没赶上公车。我本意是想做到最好，让你有机会嫁个有钱的人。结果现在你却爱上了比我还穷的人。

真正原因，是你觉得他比我有胆量。当初你要嫁给我并跟我来这里时，我应该听你话的……我是个活该的傻瓜。我失去了你，这都要怪我自己。他是个比我强的男人——你的德莫特……他一定是个很不错的人，否则你不会对他有意思的。祝你们两位一切顺利，永远。还有，不要为我难过，这是我完蛋，不是你……我只能怪自己是大傻瓜，错失了良机。愿神祝福你，我亲爱的……

亲爱的彼得……亲爱、亲爱的彼得……

她心想："跟彼得在一起的话，我会幸福的，永远都很幸福……"

但是跟德莫特在一起的生活，会是充满历险的！

❖

西莉亚订婚的这一年风波迭起。有时突然接到德莫特来信说：

我现在看清楚了，你母亲完全是对的，我们的确穷到不能结婚，我根本就不该开口求婚的。你尽快忘了我吧！

跟着，两天之后，他又骑着借来的摩托车跑来了，把眼泪汪汪的西莉亚拥在怀里，宣称他无法放弃她。事情一定会有转圜的。

结果发生的是战争。

❖

西莉亚就跟大多数人一样，战争的爆发对他们来说，完全就是难以置信的晴天霹雳。遭暗杀的大公①，报纸上的"战争恐慌"，诸如此类的事情，几乎都没怎么进到她意识中。

然后，突然间，德国和俄国就打起仗来了，比利时遭侵略。原本难以置信的异想天开成了可能。

德莫特的来信如下：

> 看起来我们得要参战了。大家都说要是我们参战的话，到圣诞节时，战争就会结束了。人家说我很悲观，因为我认为两年多就能打完的话，已经算很值得开心的事了……

接着他的话不幸言中：英国参战了……

这对西莉亚只意味一点：德莫特可能会阵亡……

他拍来一封电报，说他没法不告而别，问她能否由她母亲陪着去见他一面？

---

① 此指第一次世界大战因奥匈帝国皇储大公遭暗杀而引起。

银行已经关门了,但米丽娅姆身边有几张五英镑钞票(这是奶奶的教导:包里永远要备有一张五英镑的钞票,亲爱的)。火车站售票处拒收大钞。母女俩绕道火车货物场,越过铁轨,上了火车。一个又一个查票员来查票。没车票?"不,夫人,我们不收五英镑大钞……"然后一次又一次记下她们的姓名和地址。

整个过程就是场噩梦,一切都很不真实,只有德莫特是真实的……

身穿卡其军服的德莫特——完全不同的德莫特——躁动不安,眼神充满烦恼焦虑。没有人懂得这场新战争,这是那种谁都可能有去无回的战争……新的毁灭引擎。空军,没有人懂得空军……

西莉亚和德莫特像两个小孩般互相依靠……

"让我撑过去……"

"噢!神哪!让他回到我身边……"

别的事都不重要了。

❖

头几个星期里的悬念真令人难受。寄来的明信片上,用铅笔写着略为潦草的字迹。

"我们奉命不准透露行踪。一切平安。爱。"

谁都不清楚发生了什么事。

头批伤亡名单带来了震惊。朋友,还有曾跟你跳过舞的男生,阵亡了……

然而德莫特平安无事,只有这点才重要……

战争,对大多数女人而言,只意味着一个人的命运……

❖

过了头一两个星期的悬念之后,家里也有事情要做。西莉亚家附近开了一所红十字会医院,但她得要通过急救和护理考试才能去工作。奶奶家附近有开这种班,于是西莉亚就去住奶奶家。

新雇用的年轻漂亮女佣格拉迪丝来应门,如今由她和年轻的厨娘负责打理家中一切。可怜的老萨拉已经不在了。

"您好吗?小姐。"

"我很好。奶奶在哪里?"

一阵嘻嘻笑。"她出去了,西莉亚小姐。"

"出去了?"

奶奶——如今刚过了九十岁——比以往更加担心受到新鲜空气的伤害。奶奶竟然出去了?

"她去了陆海军福利社,西莉亚小姐。她说会在你到之前就回来的。噢!我想她现在回来了。"

一辆老旧的四轮马车驶近了大门前,在车夫的协助下,奶奶靠着那条好的腿小心翼翼下了车。

她脚步稳稳地走在车道上,看起来喜洋洋的,绝对喜洋洋的,臃肿鼓涨的披风在九月阳光下飘扬闪耀。

"西莉亚宝贝儿,你来啦?"

这么一张柔和的老脸,宛如老皱的玫瑰叶子。奶奶很喜欢西莉亚，也正在为德莫特织睡袜，好让他在战壕中可以保暖双脚。

但是一看到格拉迪丝，她语气马上就变了，奶奶愈来愈喜欢对"下女们"（如今都是能独立更生的女性，而且不管奶奶喜不喜欢，她们都照样有脚踏车！）凶了。

"哎，格拉迪丝，"语气很凶，"你干嘛不去帮那个男人搬东西下来？还有，提醒你，别把他们带进厨房里。招呼他们待在晨间客厅里。"

可怜的贝内特小姐已经不再独霸晨间客厅了。

门内堆放着大量的面粉、饼干、几十打沙丁鱼罐头、米、木薯、西米等。车夫大大咧嘴笑着出现了，搬进了五条火腿，后面跟着格拉迪丝，搬着更多火腿，总共十六条火腿都堆进了那间藏宝室里。

"虽说我已经九十岁了，"奶奶说（她那时还没能预见后来更戏剧化的事件），"但我才不会让德国人饿死我呢！"

西莉亚差点笑疯了。

奶奶付了车钱给车夫，还给了他很丰厚的小费，然后指点他去可以好好喂马的地方。

"好的，夫人，谢谢您，夫人。"这人用手略微碰碰帽子表示致意，依然满脸笑容，离开了。

"今天真是够我受的。"奶奶说着，一边解开软帽的帽带。她一点也没有累坏的样子，而且显然还挺自得其乐的。

"店里挤满了人，我亲爱的。"

显然是跟其他老太太们挤在一起,大家都雇了四轮马车去搬火腿。

❖

结果西莉亚一直没有去红十字会医院工作。

有几件事情发生了。首先,龙斯离职了,回家乡去跟她哥哥住。西莉亚和母亲接手做家务,格雷格对此很不以为然,她"不赞成"战争以及女士们做她们不该做的事。

然后奶奶写信给米丽娅姆。

最亲爱的米丽娅姆:

几年前你就建议我应该搬去跟你同住,当时我拒绝了,因为觉得自己老得不想搬家。但霍尔特医生(这人是个很聪明的男人,又喜欢好听的故事,但我恐怕他太太是不懂得欣赏他的)说,我的眼力愈来愈差,而且没得医。这是神的旨意,我也接受,但我不想由得女佣来摆布我。如今这种邪恶的事在报上看得多了,而且我最近还不见了几样东西。你回信给我时,千万别提这事,她们可能偷拆我的信。这封信是我自己去寄的。所以我想最好还是搬去跟你一起住,这样一来,事情就容易得多,因为我的收入也有帮助。想到西莉亚要做家务,我就不喜欢,这好孩子应该保留她的精力。你还记得频秦太太家的伊娃吗?也是娇滴滴弱不禁风的,她劳累过度,结果现在住进了瑞士一家疗养院。你和西莉亚得过来帮我搬家。恐怕这是件很头痛的差事。

的确是很头痛的事。奶奶在温布尔登的房子里住了五十年，而且又是俭省惯的那一代人，因此什么东西都舍不得扔掉，以防"万一有用得上的时候"。

家中有桃花心木的庞大结实衣柜、五斗柜等，柜里的每个抽屉和架上都塞满了一匹匹料子，还有奶奶收藏得好好的各种杂物，之后就忘得一干二净。有无数的"零头料子"，长短不一的丝绸和缎子，还有印花布和棉布。有几十本"圣诞节给女佣"的女红书籍，书中还有生了锈的针。有旧衣袍剩下的零头破布，还有信件、文件、日记、收据、剪报。有四十四个针插和三十五把剪刀。几抽屉又几抽屉都塞满了精美料子的内衣，全都被虫蛀了洞却还保存着，因为"上面的绣花手工很好，我亲爱的"。

最令人难过的是食品储藏柜（西莉亚小时的回忆），储藏柜打败了奶奶，因为她再也没法摸到柜内深处了。摆在里面的食品动都没动过，就又有新存货进来堆积在旧存货上面。长了虫的面粉、粉碎的饼干、发霉的果酱、化掉的腌制水果，通通都从柜子深处毫不留情地翻出来扔掉，奶奶则坐在一旁边哭边哀叹："这样浪费多可惜。""说真的，米丽娅姆，拿来给下人做她们吃的布丁，应该很好吧？"

可怜的奶奶，这么能干、起劲又俭省的家庭主妇，因为上了年纪眼力不好，结果束手无策，只能被迫坐着，看着这些外来人的眼勘察着她的败局……

她拼命维护每一样宝藏，而下一代却无情地想要扔掉她这些宝藏。

"别扔掉我这件棕色丝绒装，这是我的棕色丝绒装，是在巴黎的时候邦色拉夫人帮我缝制的，很有法国风格！我穿上它时，每个人都称赞。"

"可是都破烂了，亲爱的，绒毛都磨光了，而且有很多个破洞。"

"可以修补的，我肯定可以修补的。"

可怜的奶奶，年迈、无还击之力，任由下一代摆布，而且下一代还一脸蔑视，一副"这没用的，扔了吧"的口吻。

从小她就被教养成绝不扔掉任何东西，哪天说不定会派上用场。这些年轻人就不懂这一点了。

她们尽量对她好，尽量迁就她，结果是装满了十几口旧衣箱，都是些零星衣料和被虫蛀的皮毛衣服，全部都是再也不能用的，可是何必要让这位老太太那么难过呢？

奶奶坚持要自己收拾打包那些褪了色、从前那些老派绅士们的照片。

"这个是我亲爱的哈蒂先生，还有洛德先生……我们跳舞时，真是一对俊男美女！每个人都这样称赞。"

唉！奶奶的收拾打包！哈蒂先生和洛德先生抵达时，相框内的玻璃面都碎了。然而，从前奶奶打包的本领是备受称道的，她打包的东西从来都不会打破。

有时，当奶奶以为没人看到时，会偷偷摸摸取回一点碎布、口袋花边、一小段荷叶边、钩织图案等，塞到她自己的大口袋里，然后偷运到摆在她卧房里其中一口大得宛如诺亚方舟的衣箱里，这些箱子都是她个人打包用的。

可怜的奶奶，搬趟家简直要了她的命，但也要不了，因为她有活下去的意志。就因为有这意志，她才会离开这个住了这么久的家。德军别想饿死她，他们也别指望靠空袭取她的命。奶奶打算好要活下去，享受人生。当你活到九十岁，就知道可以享受人生是多不寻常的事，这是年轻人不懂的，他们讲得仿佛人老了就等于死了一半，肯定很惨。年轻人，奶奶心想，一面想起了她年轻时的一句格言，总以为老年人都是傻瓜，但是老年人则"知道"年轻人才是傻瓜！她姑妈卡洛琳在八十七岁时曾这样说过，而姑妈说得一点也不错。

总之，奶奶不怎么去多想今天的年轻人，他们没有体力、耐力。看看那些搬运家具的人，四个魁梧壮丁，居然还要求她把那个桃花心木大五斗柜的抽屉都拿出来。

"当年搬上楼的时候，每个抽屉都是锁上的。"奶奶说。

"您瞧，夫人，这是很坚固的桃花心木，而且抽屉里都装了很重的东西。"

"搬来时就是这样的！当年那些人才是男子汉。如今男人都虚弱得很，搬点重东西就大惊小怪的。"

几个小伙子咧嘴笑着，几经困难，终于还是把五斗柜搬下了楼，扛到门外货车上。

"这才像样,"奶奶嘉许地说,"你们看,不试试的话,是不会知道自己能做什么的。"

从奶奶家搬出的各种东西之中,有三十瓶柳条裹身的小口大酒瓶,装的都是奶奶自酿的利口酒。运到目的地卸下时,只有二十八瓶……

这会不会是那几个咧嘴笑的小伙子们报的仇呢?

"小坏蛋,"奶奶说,"这些小鬼都是些小坏蛋,还自称滴酒不沾呢!真是厚颜无耻。"

但她却赏给他们很丰厚的小费,而且也没真的不高兴。说到底,这毕竟是对她自酿的酒的恭维啊!

❖

奶奶安顿好之后,家里请了个厨娘来取代龙斯。这个厨娘二十八岁,名叫玛丽,脾气很好,很讨老年人喜欢,会跟奶奶聊天,讲追她的那些小伙子的事,以及她那些有病痛亲人们诉的苦。奶奶津津有味地听着玛丽亲戚那些不良于行的腿、静脉曲张以及其他疼痛故事,然后给她一瓶瓶成药还有披肩,让她送给亲戚。

西莉亚又开始考虑从事一些跟战争有关的工作,不过奶奶极力反对这念头,预言说要是西莉亚让自己"劳累过度",一定会有最可怕的灾难。

奶奶爱西莉亚,给她关于对抗人生各种危险的忠告,以及关于五英镑钞票的信念。奶奶人生中一项坚定不移的信念就是:"手头"一定随时要有张五英镑钞票。

她给了西莉亚五十英镑,都是五英镑的钞票,叫她"自己留着"。

"连你丈夫都不要让他知道有这笔钱。一个女人家永远不知道什么时候自己会需要有点积蓄……

"亲爱的,要记住,不可以信赖男人。绅士们会表现得很和蔼可亲,但你一个都不能信赖,除非是个婆婆妈妈、根本就一无是处的家伙。"

❖

忙着帮奶奶搬家,成功转移了西莉亚的注意力,她没再去多想战争和德莫特。

可是现在奶奶安顿下来,西莉亚又闲得发慌了。

要怎样才能让她不去想德莫特、将他挥之九霄云外呢?

在烦得要死之际,她把"那群女生"嫁掉了!伊莎贝拉嫁给一个有钱的犹太人,埃尔茜嫁给了探险家,埃拉当了学校教师,嫁给了一个年纪大的男人,有点残疾,他被埃拉的青春话语迷住了。埃塞雷德和安妮一起持家。薇拉很浪漫地邂逅了一位亲王,但却在婚礼那天发生车祸,两人不幸双双身亡。

计划安排婚礼、选择伴娘礼服、替薇拉安排丧礼音乐,这些都有助于西莉亚的脑子摆脱现实。

她渴望从事某样工作,好好努力,但这意味着要离家……米丽娅姆和奶奶会同意吗?

奶奶需要大量关注,西莉亚觉得自己不能丢下母亲。

但结果却是米丽娅姆怂恿西莉亚离家，她很了解辛苦的体力工作才是眼前对西莉亚最有帮助的。

奶奶哭哭啼啼的，但米丽娅姆却很坚定立场。

"西莉亚得走。"

但是，到头来西莉亚还是没有去做任何跟战事有关的工作。

德莫特的手臂受伤，因此回国住院疗养，复原后，被认为适合在国内服役，于是就分发到战情局去工作。他和西莉亚结婚了。

第十章　婚姻

西莉亚对婚姻的想法极其有限。

婚姻对她来说，就是她最心爱童话故事中的"从此快乐地生活在一起"，她完全看不到其中的艰难困苦，也看不到婚姻有触礁的可能。当人相爱时，他们是幸福的。她当然也知道有很多不幸福的婚姻，但她认为那是因为那些夫妻不相爱的缘故。

不管是奶奶对男人尖刻、讽刺、幽默的描述，或者是她母亲警告（听在西莉亚耳中是那么老套）说你得要"管住男人"，也不管阅读多少写实主义文学作品，看尽书中悲惨不幸的结局，都完全无法让西莉亚记在脑海中。她从来不曾想到过奶奶谈话中提到的"男人家"跟德莫特是同一物种。书中人物就是书中人物,尤其米丽娅姆自己的婚姻又异常幸福,因此更让西莉亚觉得她母亲的警告特别好笑。

"你知道,妈,爸爸除了你之外,从不看别的女人。"

"是不看,可是话说回来,他年轻时已经玩够了。"

"我不认为你喜欢德莫特或信赖他。"

"我是喜欢他,"米丽娅姆说,"我觉得他非常有魅力。"

西莉亚笑了,说:"但你不会认为娶我的人配得上我——你的宝贝小羊儿、小鸽南瓜——老实说吧,你会吗?超人中的超人都不行。"

结果米丽娅姆只好承认这说法虽不中也不远矣。

于是西莉亚和德莫特就快乐地生活在一起了。

米丽娅姆告诉自己:我太多心了,也太敌视这个把我女儿带走的男人。

❖

婚后的德莫特跟西莉亚原先所想象的很不同。所有的魄力、主宰他人的气焰、胆量全都从他身上消失了,他只是个年轻、心虚、陷入情网的人,而西莉亚则是他的初恋。

说真的,就某些方面而言,他跟吉姆·格兰特挺像的,不过吉姆的心虚所以会让西莉亚感到讨厌,是因为她不爱他的缘故,德莫特的心虚却使得西莉亚更疼爱他。

她其实半自觉地知道自己有点怕德莫特,这人对她来说是个陌生人,她觉得虽然自己爱他,对他却一点也不了解。

德伯格引起的是她感官上的愉悦,吉姆是知性上的,彼得则是跟她本身的生活交织在一起,但她却在德莫特身上发现了自己从未有过的"玩伴"。

德莫特性格中有长不大的一面,这点正好跟西莉亚的孩子气相投。他们两人的目标、想法、性格简直是南辕北辙,却在彼此身上找到了自己想要的玩伴。

婚姻生活对他们而言,是一场游戏,两人玩得很热衷。

❖

人会记得人生中哪些事情呢?绝不是所谓的"重要事情",不是,而是小事,琐碎的事……持续留在脑海里,挥之不去。

回顾她早期的婚姻生活,西莉亚记得些什么呢?

在裁缝那里买了一件连衣裙,是德莫特买给她的第一件衣裳。她在小小的试衣间里试穿,有位年长妇女来帮忙。穿好之后,德莫特就被叫过来,问他喜不喜欢。

他们两个对此都非常乐在其中。

德莫特当然装出一副以前经常这样做的样子,他们不会在店员面前承认是新婚夫妇——才不呢!

德莫特甚至还不经意地说:"这跟两年前我在蒙地卡罗买给你的那件挺像的。"

他们最后决定买了件紫蓝色的,肩上饰有小束玫瑰花蕾。

西莉亚一直留着这件衣裳，没有扔掉。

❖

找房子！当然，他们得找栋附家具的房子或公寓。当时无从知道什么时候德莫特可能又会派到国外去，因此房租一定要尽可能便宜。

西莉亚和德莫特对于住区或房租都毫无概念，于是信心满满地从梅费尔市中心①找起！

第二天他们去南肯辛顿区、切尔西区还有贝斯沃特。第三天则去了西肯辛顿、哈默史密斯、西汉普斯顿、巴特西以及其他边远地带。

到最后，他们看中了两处，却拿不定主意要哪一处好。一处是独户公寓，每星期租金三几尼②，位于西肯辛顿区的街区大厦里，一丝不苟，打扫得很干净，房东是位老小姐，令人凛然生畏的班克斯小姐，全身散发出效率感。

"没有餐具和桌布、餐巾？这倒省事。我从来不让房屋中介来列清单。我想你们也会跟我一样，认为这根本就是浪费钱。你们可以和我一起来检查所有的东西，列出清单。"

班克斯小姐吓到了西莉亚，从那之后，她很久都没再那么怕过哪个人。班克斯小姐提出的每个问题都揭露了西莉亚对于租房子的无知。

---

① 梅费尔市中心（Mayfair），伦敦市中心高级地段。
② 几尼（guinea），旧英国金币，相当于二十一先令。

德莫特说他们会再通知班克斯小姐，然后两人就赶快逃到街上。

"你认为怎么样？"西莉亚上气不接下气地问，"房子很干净。"

以前她从没想过清洁问题，但看了两天那些廉价附家具的公寓之后，让她深切体会到这点的重要。

"有些公寓根本就有臭味。"她又加上一句。

"我知道。而且这户公寓装潢布置得很体面，班克斯小姐说附近购物很方便。但我不太喜欢她这个人，简直就是个厉害婆娘。"

"她的确是。"

"我觉得她好像吃定我们了。"

"我们再去看看另外那间公寓，至少那里租金比较便宜。"

另外一户公寓的租金是每星期两个半几尼，位于一栋破旧老房子顶楼，房子从前是不错的。这户公寓只有两个房间和一间大厨房，但都是大房间，比例匀称，望出去有花园，而且园中还真的有两棵树。

不可否认，这间公寓是没有班克斯小姐的房子干净，但西莉亚说，是一种还挺好的脏法。壁纸呈现出潮湿渍痕，油漆也在剥落中，镶板也需要重新染色，不过棉布套子很干净（虽然已经褪色到几乎看不出图案了）而且还有很大又舒服的旧扶手沙发。

在西莉亚眼中，这房子还有一个很吸引人之处：住在地下室的那个女人可以帮他们做饭,而且看来是个很好的人,胖胖的,脾气很好,和蔼的眼神让西莉亚想起龙斯。

"我们应该可以不必请佣人了。"

"这倒是真的。不过,你确定你没问题吗?这住处不是跟房子其他部分完全隔绝的,而且不是……嗯,不是你以前住惯的房子,西莉亚。我是说,你的老家是那么好。"

对,老家是很好的,现在她才晓得有多好。浑厚庄严的奇彭代尔[①]和赫普尔怀特[②]家具,瓷器,干净凉爽的棉布套……那个家也许渐渐破败了:屋顶漏水、装潢过时、地毯也老旧了,但仍然是个美丽的家。

"不过等到战事一结束,"德莫特下巴一抬,毅然地说,"我就会努力去赚钱给你。"

"我不要钱。再说,你已经是上尉了。要不是因为打仗的话,你十年都升不了上尉。"

"上尉的薪水真的不高,待在军队里没有前途。我会去找份比较好的工作。现在有了你,要为你工作,我觉得自己可以做任何事情,而且我也会去做的。"

西莉亚听了他的话很激动。德莫特跟彼得太不同了,他

[①] 奇彭代尔(Thomas Chippendale, 1718—1779),英国木匠,作品糅合了法国、洛可可、中国及其他家具风格特征,却又不失设计上的一致性。
[②] 赫普尔怀特(George Hepplewhite, 1727?—1786),英国名家具设计师,与奇彭代尔、谢拉顿(Thomas Sheraton, 1751—1806)并列英国十八世纪家具制造三大龙头。

不会对生活逆来顺受，而会主动去改变生活。她觉得德莫特会成功的。

她心想："嫁给他是对的。我才不管人家说什么呢！有一天他们会承认我做得对。"

不用说，她这样想，当然是因为有些批评。卢克夫人尤其表现出打心底的不看好。

"可是，亲爱的西莉亚，你的日子过得太惨了。哎，你连一个厨房女佣都请不起，你只能像猪一样挨穷日子。"

卢克夫人光是想到请不起厨房女佣就已经够了，这在她看来已经是超大灾难，别的都不用再多想了。西莉亚很宽宏大量，索性忍着没告诉卢克夫人，说他们连厨娘都请不起，更别说厨房女佣了！

还有西里尔，接到西莉亚订婚消息时，他正在美索不达米亚打仗，写了一封很不赞同的长信来，说这事简直太荒唐了。

然而德莫特雄心万丈，他会成功的。这人有个特点，动力很强，西莉亚感觉到这点，也很欣赏这点，跟她所具有的性格完全不一样。

"我们就租这户公寓吧。"她说，"我最喜欢这里，真的。而且莱斯特兰奇小姐比班克斯小姐好多了。"

莱斯特兰奇小姐三十岁左右，人很随和，平易近人，笑容可掬，眼神闪亮。

就算这对找房子的小夫妻有什么让她感到可笑，她也没有在神情上显露出来。他们的建议她通通都接受，却很圆滑地传授了他们一定分量的资讯，并且又向大开眼界的西莉亚解释了热水锅炉的限用规则，西莉亚从来没听说过这样的事。

"不能太常洗澡，"她兴致勃勃地说，"因为瓦斯配给只有四万立方英尺，别忘了你们还要做饭。"

于是西莉亚和德莫特就租下兰特斯特街八号的房子，为期六个月。西莉亚开始过起主妇生涯。

❖

新婚初期，最让西莉亚感到苦的，是寂寞。

德莫特每天早上去战情局上班，留下西莉亚独自面对漫长空虚的一天。

德莫特的勤务兵彭德做好培根、鸡蛋早餐之后，打扫房子，然后就去领配给。斯特德曼太太这时就从地下室上来，跟西莉亚讨论晚餐做什么菜。

斯特德曼太太人很热心，爱说话，是个乐意做饭却拿捏不准的厨娘。她自己也承认"放胡椒时手很重"。她似乎完全没有中庸之道，做菜不是一点味道都没有，就是调味料多到吃得你呛到流泪。

"我一向这样，没出嫁以前就是如此，"斯特德曼太太很爽快地说，"很奇怪吧？我做糕饼也不拿手。"

斯特德曼太太像个母亲般管着西莉亚，因为西莉亚很急于要当个懂得精打细算的主妇，却又不知道该怎么做才好。

"买菜最好交给我去办,像你这样的少奶奶买菜会吃亏的。你们根本就想不到要捏着鲱鱼,让它的尾巴像两脚般站起来,用这方法检验它的新鲜程度。有些鱼贩很会出花招。"斯特德曼太太沉着脸摇头说。

战争期间持家成了复杂的事。一个鸡蛋要八便士,西莉亚和德莫特于是大量倚靠"代用蛋制品"来过日子,汤块也一样,不管广告怎么吹嘘它们味道有多好,德莫特总是称之为"棕色沙子汤",还有他们的肉类配给。

肉类配给让斯特德曼太太兴奋不已,长久以来,再也没有别的事让她这样兴奋了。当彭德首次领回很大一块牛肉时,西莉亚和斯特德曼太太围着这块牛肉转圈,欣赏着它,斯特德曼太太一面大声发表感想。

"多美的景象,可不是吗?简直让我流口水。自从打仗以来,我就不曾看过这样的肉了,简直是幅画,我要这么说。但愿斯特德曼在家就好了,我要叫他来看看,你不会反对吧,太太?让他看看这样一块肉,对他是一大享受。要是你想要烤它的话,我想瓦斯小烤炉恐怕装不下。我可以在楼下帮你烤好。"

烤好之后,西莉亚硬是要斯特德曼太太收下几片烤肉,斯特德曼太太客气推辞一番之后,终于勉强收下了。

"就这一次,下不为例。"

斯特德曼太太这样不吝赞赏,以致这"大块烤肉"端上桌时,西莉亚也感到很兴奋自豪。

至于午饭，西莉亚通常都外出解决，到附近的国立厨房买些现成的回家吃，她不敢太早把那个星期的瓦斯配给用光，只敢早晚用，洗澡次数也减到每星期两次，他们这样省着，才可以在客厅里生火取暖。

关于牛油和糖，斯特德曼太太可真是个宝贵的盟友，她买到的分量比配给券换到的多很多。

"你瞧，他们都认得我。"她对西莉亚说，"艾弗瑞德小子每次见到我都跟我打眼色。'太太，有很多可以给你。'他说。但他不会给每个进来的小姐太太们这么多，这是因为我们彼此熟。"

有斯特德曼太太打理这些事情，西莉亚几乎整天没事干。而她发现愈来愈难打发这整天的时间！

在娘家的时候，家里有花园，有花可以忙，有她的钢琴，还有米丽娅姆……

这里却没有别人。从前在伦敦的朋友不是嫁人了，就是到别的地方去了，要不就忙于战时工作。而且，对于现在的西莉亚来说，他们大部分也都太有钱了，西莉亚已经高攀不上。没出嫁前，别人可以随时邀她去家中作客、参加舞会、到高级场所去参加派对。可是现在成了已婚妇女之后，这一切都停止了，她和德莫特无法回请人家。西莉亚向来不在意别人，却感到自己的日子太空洞了。她向德莫特提议说她想去医院工作。

德莫特对此强烈反对，非常讨厌这念头，西莉亚只好听他的。最后,德莫特同意让她去上打字速记课程。西莉亚又指出,学学簿记也很有用,万一以后要找工作的话。

现在她觉得日子有意思多了,有些事可做。学簿记让她得到极大乐趣,整洁、清楚以及准确都让她感到愉快。

还有德莫特下班回家所带来的快乐,他们两个对于在一起过的新生活都感到既兴奋又开心。

最美好的时光,是上床之前两人坐在火炉前的时候,德莫特手持一杯阿华田,西莉亚则是一杯保卫尔牛肉汁。

两人仍然觉得很难以置信:他们真的在一起,要永远这样下去了。

德莫特不是感情外露的人,从来不会说"我爱你",也几乎不会主动抚摸她。当他打破自己的藩篱说了些话时,西莉亚总是当宝一样珍藏在记忆里。很明显他是很难说出这些话的,因此西莉亚也就更加珍惜这些无意中冒出来的话语,每天冒出这些话时,总让她大吃一惊。

他们有时坐着聊斯特德曼太太的一些怪事,然后德莫特会突然把她拉过来,嗫嚅着说:"西莉亚,你这么美……这么美。答应我,你要永远这么美。"

"要是我不美的话,你也一样会爱我的。"

"不,未必会。那会不太一样的。答应我,说你会永远美丽……"

❖

安顿下来三个月之后,西莉亚回娘家一个星期。她发现母亲看来满脸病容和倦容。奶奶却刚好相反，容光焕发，还有满肚子精彩的德军暴行故事。

米丽娅姆就像枯萎的花插到水中一样，西莉亚回娘家第二天，她就活过来了，又回到从前的样子。

"妈，你想死我了吧？"

"是的，宝贝，别提这个了，迟早总要来的。你很幸福，你看来很快乐。"

"对，噢，妈，你看错德莫特了。他很好，没有人能像他这么好……而且我们日子过得很好玩。你知道我有多喜欢吃蚝。为了开玩笑，有一天他买了一打蚝，全部放在我床上，说这叫做'蚝床'。噢，这话说得很傻，可是我们两个笑了又笑。他真是很体贴，这么好的人，我想他这辈子从没做过一件刻薄或者不光彩的事。他的勤务兵彭德满脑子想的都是'上尉'，对我却颇有微辞，我看他是认为我配不上他的偶像。有一天他说：'上尉很喜欢洋葱，可是家里好像从来没见到过洋葱。'所以我们马上就做了炸洋葱。斯特德曼太太是站在我这边的，她总想要我吃我喜欢的菜。她说男人身体都很好，但要是她对斯特德曼先生让步，那她会变成怎么样？她倒想知道。"

西莉亚坐在母亲床上，快乐地聊着天。

回家真好，家看起来比她记忆中的还要美好得多，这么干净——吃午饭时洁净无瑕的桌布餐巾，还有闪亮的餐具以及光洁的玻璃杯。以前是多么把这一切视为理所当然啊！

还有饭菜,虽然很简单,却很可口,做得很开胃,引人垂涎,上菜又上得好。

母亲告诉她,玛丽要去加入陆军妇女辅助队①了。

"我认为这决定挺正确,她应该去的,她还年轻。"

战事发生之后,格雷格出乎意料变得很难相处,老是不停地对饭菜唠叨不满。

"我习惯每天吃一顿有热肉食的饭菜,这些内脏还有这鱼完全不对,也没有营养。"

米丽娅姆怎么努力解释这是因为打仗而受限都没用,格雷格老得听不进这些话。

"精打细算是一回事,吃得像样是另一回事。还有植物奶油,我从来不吃,也不会去吃。要是我父亲知道自己女儿在吃植物奶油,而且还是在体面绅士家里吃,他在坟里都躺得不安了。"

米丽娅姆告诉西莉亚这些事情时,哈哈大笑。

"起初我拿她没办法,只好给她吃牛油,我自己吃植物奶油。后来有一天,我用植物奶油包装纸包牛油,牛油包装纸包植物奶油,把两包都拿出来,跟她说,这是非比寻常的植物奶油,就跟真的牛油一样,她要不要试试?她试了,吃了之后马上拉长了脸。不,她真的没法吃这样的东西。于是

---

① 陆军妇女辅助队(Women's Army Auxiliary Corps, WAACS),一九一七至一九一八年成立,集结了逾五万七千名英国妇女为战事效力。

我接着拿出用牛油包装纸包住的真正植物奶油,问她是否比较喜欢这个?她尝了之后说:'哎,对,这东西才对。'然后我就告诉她真相,而且我还挺凶的。从那之后,我们就均分牛油和植物奶油,再没那些啰嗦了。"

奶奶在吃的方面态度可是强硬无比。

"我希望,西莉亚,你有吃很多牛油和鸡蛋,对你身体有益处。"

"嗯,奶奶,人不能吃太多牛油。"

"胡说,我亲爱的,这对你身体有好处。你一定要吃。那个漂亮的女孩子,赖利太太的女儿,前些日子死了,她饿死了自己。整天外出工作,回家就只吃那么一点点东西。得了流行性感冒,又加上肺炎,我早就知道她这样做会有什么下场。"

奶奶边低头看着手中的织针,边兴致勃勃地点着头说。

可怜的奶奶,视力衰退得很厉害,如今只能用很粗的毛线针勾织东西了,即便如此,还经常会漏织了一针,或者针法错了。发现之后,她就坐着静静哭着,眼泪从老皱的脸颊上流下来。

"简直是浪费时间,"她说,"让我很生气。"

她对周遭环境愈来愈疑心。

当西莉亚早上进她卧房时,经常会发现这位老太太在哭。

"我的耳环,宝贝儿,你爷爷送给我的钻石耳环,那个丫头拿走了。"

"哪个丫头？"

"玛丽。而且她还想对我下毒，她在我吃的水煮蛋里放了些东西，我尝得出来。"

"噢，不会啦，奶奶，水煮蛋里面根本不可能放任何东西的。"

"我尝过了，亲爱的，舌头有苦苦的感觉。"奶奶做了个鬼脸。"前些日子有个下女对她的女主人下毒，我在报纸上看到的。玛丽知道我晓得她拿我的东西，我有几样东西不见了，现在轮到我那对美丽耳环了。"

奶奶又哭了起来。

"你确定吗，奶奶？说不定耳环一直在抽屉里。"

"找也没有用，亲爱的，耳环不在了。"

"本来在哪个抽屉里的？"

"右边那个抽屉，她端托盘来时会经过的。我把耳环包在手套里，但没有用，我已经很仔细找过了。"

然后西莉亚找出了卷裹在蕾丝花边里的耳环，奶奶表现出无限惊喜，说西莉亚真是个又乖又聪明的女孩，但她对玛丽的怀疑依然丝毫不减。

她会坐在自己固定坐的椅子上，倾身向前兴奋地窃窃私语。

"西莉亚，你的包，你的手提包放在哪儿了？"

"在我房间里，奶奶。"

"她们这会儿在楼上，我听得到。"

"对,她们正在收拾房间。"

"她们已经在那儿很久了,她们是在找你的包。你要永远随身带着包。"

由于视力衰退,奶奶发现签支票也成了很困难的事。她会叫西莉亚站在一旁看着,告诉她从哪儿开始签,到哪儿就是支票的尽头。

支票签好时,她叹一口气,然后叫西莉亚拿到银行去兑现。

"你会留意到我支票上签的是十英镑,不过兑现出来的钞票总是少到只有九英镑。但我绝不要签一张九英镑的支票,西莉亚,你要记住这点,一个不小心,就会被人篡改成了九十英镑。"

由于是西莉亚亲自去兑现支票的,所以她才是唯一有机会窜改金额数字的人,但奶奶没想到这点,这只不过是她自我保护的怒气部分而已。

另一件让奶奶难过的事,是米丽娅姆很和蔼地告诉她说,她得要再做些新衣服。

"你知道,妈,你现在穿的这件差不多都磨破了。"

"我的丝绒装?我漂亮的丝绒衣服?"

"对,你自己看不到,可是这件衣服已经破旧得很厉害了。"

奶奶于是可怜兮兮唉声叹气,眼泪汪汪。

"我的丝绒衣服,我这件丝绒好衣服;我在巴黎做的这件丝绒衣服。"

搬离住惯的环境,奶奶很感痛苦,在温布尔登住了几十年之后,她发现乡下生活无聊得要死,很少有人来串门子,也没有什么在进行的事情。她从来不到外面花园去,因为害怕空气。她整天坐在饭厅里,就跟住在温布尔登时一样。米丽娅姆念报纸给她听,之后,日子对她们两人来说,都过得非常慢。

奶奶唯一的消遣就是订购大量食品,食品送来之后,讨论怎么挑个收藏它们的地方,以免这些食品被人认为有"囤积"之嫌。柜子里的上层都摆满了沙丁鱼罐头和饼干,碗柜里意想不到的角落则塞满了牛舌罐头和一包包的糖。奶奶自己的大衣箱里藏满了一罐罐金色糖浆。

"可是,奶奶,你真的不该囤积食品。"

"啐!"奶奶心情开朗地哈哈大笑着。"你们年轻人什么都不知道。巴黎围城的时候,老百姓吃老鼠呢!老鼠!深谋远虑,西莉亚,我从小就被教导要深谋远虑。"

接着,奶奶突然现出警觉表情。

"那些下女,她们又在你房间里了。你的珠宝首饰呢?"

❖

西莉亚已经有几天觉得有点儿不舒服了,最后终于躺在床上趴着,强烈恶心想吐。

她说:"妈,你想这是不是表示我有孩子了?"

"恐怕是的。"

米丽娅姆看来很忧虑又情绪低落。

"恐怕?"西莉亚很惊讶,"你难道不想要我有个孩子吗?"

"不,我不想,还不到时候。你自己很想要吗?"

"嗯……"西莉亚思索着,"我没想过。德莫特和我从没谈过生孩子的事。我想我们是知道可能会有孩子的。我不愿意没有孩子,这会让我觉得少了什么似的……"

德莫特南下过来度周末。

情况一点也不像书上所写的,西莉亚照样整天害喜得很厉害。

"你为什么这么不舒服呢?西莉亚,你自己怎么认为?"

"嗯,我有了。"

德莫特非常不开心。

"我不想要你有孩子。我觉得自己是畜生,完全就是个畜生。我受不了你不舒服、惨兮兮的样子。"

"可是,德莫特,我很高兴有了呀!我们会很不喜欢没有孩子的。"

"我才不在乎,我不想要孩子。你会一直只挂着孩子,不理我了。"

"我不会的,不会的。"

"会的,你会的。女人都会这样。她们总是只顾着家务,忙着孩子,完全忘了丈夫。"

"我不会这样的。我会爱这个孩子,因为是你的孩子,你难道不了解吗？因为这是你的孩子，所以才教人感到兴奋，并不是因为孩子本身。而且我会一直最爱你的，一直、一直、一直……"

德莫特转过头去，含着眼泪。

"我受不了，我让你有了，其实我可以预防的，你说不定会死掉。"

"我不会死的，我强壮得很。"

"你奶奶说你很娇弱。"

"噢！奶奶是这样的。她没法相信有哪个女人会很乐得体壮如牛的。"

德莫特接受了大量的安抚。他为西莉亚而产生的焦虑和苦痛使得西莉亚深受感动。

他们两人回伦敦之后，德莫特很殷勤地服侍她，要她服用些专利食品以及江湖郎中药物，以便止住害喜。

"书上说，三个月之后就会好多了。"

"三个月是很长的时间，我不想要你害三个月的喜。"

"这是挺难受的，但是也难免。"

西莉亚觉得，等着做妈妈实在是很令人失望的事，跟书上描写的太不一样了。本来她想象中的是自己坐着缝制小衣裳，一面想着跟即将来临的孩子有关的美梦。

可是当人害喜得犹如晕船般严重时，哪有能力去想那些美梦呢？强烈的晕眩恶心把什么想法都驱之脑外了！西莉亚只不过是个健康但受苦的动物。

她不但大清早害喜，而且整天不时发作。除了不舒服之外，害喜也使得生活成了噩梦，因为她不知道什么时候会发作。有两次她在关键时刻从公车上跳下来，冲到路旁水沟去吐。在这样的情况下，接受邀请到人家的家里作客，成了很不保险的事。

西莉亚待在家里，惨兮兮地害着喜，偶尔也出去散散步，运动一下。她不得不放弃秘书课程，缝东西又让她头晕，只能靠在椅子上看书，要不就是听斯特德曼太太那一大堆想当年的怀孕生产经验。

"我还记得那是我怀碧翠丝的时候，去蔬果店时突然想吃得不得了（本来我到店里是要买半颗比利时甘蓝菜的），我非得买那个梨子不可！又大又多汁，那是有钱人家买来当饭后甜点的那种昂贵梨子。说时迟、那时快，我已经拿起梨子吃了起来！招呼我的那个小伙子瞪眼看着，也难怪他。但店老板是个很顾家的男人，他知道怎么回事。'孩子，没事儿。'他说，'你别在意。''真对不起。'我说。'没关系，'他说，'我自己有七个孩子，我老婆上次怀孕除了想吃腌黄瓜之外，什么都不想。'"

斯特德曼太太停下来喘口气，又说："但愿你妈能陪你，不过当然你的奶奶需要她照顾。"

西莉亚也很希望母亲能够来陪她，日子简直就像噩梦，当时是多雾的冬天，一天又一天的浓雾，每天等到德莫特下班回家之前，都是漫漫长日。

不过他下班回来之后是那么温柔体贴，牵挂着她。通常他都会带一本有关妊娠的新书回来，吃过晚饭后，往往抽出其中片段念出来。

"怀孕期间的妇女有时会想吃些很奇怪又非本土的东西。从前对于这种渴望都认为应该尽量予以满足，如今认为这些渴望若有害处，就要加以控制。西莉亚，你会想吃什么很奇怪又非本土的东西吗？"

"我对吃不在乎。"

"我也在看关于无痛分娩的半麻醉，看来挺应该做的。"

"德莫特，你认为我害喜到什么时候才会停？都已经过了四个月了。"

"噢！差不多快停了。所有的书上都是这样说的。"

尽管书上这样说，实际上却没停，还一直持续下去。

德莫特主动提议说，西莉亚应该回娘家去。

"你整天待在这里太苦了。"

但西莉亚不肯。她知道要是真的回娘家的话，德莫特会感到受伤的。何况她也不想回去。当然会顺利的；她不会死的，不会像德莫特那么荒谬地以为她会死，然而……万一……毕竟女人有时的确会……那她更不愿错过跟德莫特相守的每一分钟了……

虽然害喜很严重，她还是很爱德莫特，比以前更爱。

而他对她如此温柔体贴，又那么好玩。

一晚闲坐时，她看到他嘴唇在动。

"德莫特，怎么啦？你在自言自语些什么？"

德莫特看起来颇不好意思。

"我只是在想象医生跟我说：'我们没办法同时救母婴。'然后我说：'把小孩砍碎。'"

"德莫特，你真残暴。"

"我恨他这样连累你，如果是'他'的话。我希望是'她'。我倒不介意有个蓝眼长腿的女儿。可是想到万一是个可恶小男孩我就讨厌。"

"这是个男孩。我要个男孩，跟你一样的男孩。"

"我一定会打他的。"

"你这人怎么这么可怕。"

"做父亲的本来就有责任要打孩子。"

"德莫特，你在吃醋。"

他是在吃醋，吃醋吃得厉害。

"你很美，我要你整个都只属于我。"

西莉亚哈哈笑说："我这会儿还特别美哩！"

"你会重新变美的。看看格拉迪丝·库珀，已经有两个孩子了，还是像以前一样漂亮。想到这点，就让我大大放下心来。"

"德莫特，我希望你不要这么坚持要我保持美丽，这……这很让我害怕。"

"可是为什么害怕呢？你会永远美丽的，一年又一年……"

西莉亚略微做个鬼脸,不安地挪动着身体。

"怎么啦?痛吗?"

"不是,身体一边突然一阵剧痛,很吃不消,像有东西在踢我。"

"我想应该不是胎儿。上次那本书说,满五个月之后……"

"噢,可是,德莫特,你是指'胎儿律动'吧?这说法听起来如此诗意又动人。我还以为是很美的感觉,不应该是这种的。"

可偏偏就是!

她的胎儿,西莉亚说,必然很好动,整天踢个不停。

由于这种宛如运动员般的好动,于是他们为胎儿命名为"拳拳"。

"拳拳今天又动个不停了吗?"德莫特下班回家后会这样问。

"糟透了,"西莉亚回答说,"连一分钟太平都没有,不过我想这会儿他会睡一下了。"

"我期望,"德莫特说,"将来他会成为职业拳师。"

"不行,我可不要他被人打断鼻子。"

西莉亚最希望的倒是她母亲能来陪她,然而奶奶身体很不好,有点支气管炎(她归咎于自己一个不小心开了卧房的窗户造成的),米丽娅姆虽然很渴望去陪西莉亚,却丢不下老太太。

"我觉得自己对奶奶有责任,不能丢下她,尤其她又信不过佣人们。不过,噢,我的宝贝儿,我真想和你在一起。你能不能来这里呢?"

但是西莉亚又不愿意离开德莫特,脑海深处隐约有着恐惧:"我可能会死掉。"

结果是奶奶揽了这件事上身。她以潦草、龙飞凤舞的笔迹写信给西莉亚。由于视力衰退,纸上的字迹更是无规可循。

最亲爱的西莉亚:

　　我坚持要你妈去陪你,以你现在的情况,要是不能让你的意愿满足的话,对你是很不好的。我知道你亲爱的妈妈很想要去陪你,可是又不愿把我一个人丢给佣人们。这点我不会提,因为谁知道会有什么人偷看人家的信件。

　　亲爱的孩子,千万要好好保护脚,要记住。在看鲑鱼或龙虾时,别把手放在肌肤上,我妈怀孕时曾经在看着鲑鱼时伸手摸脖子,结果你卡洛琳姨婆生出来之后,脖子上有块鲑鱼状的胎记。

　　随信附上五英镑钞票(只有半张,另外半张随后另行寄给你),记得去买些好东西吃。

爱你的
奶奶

米丽娅姆的来访带给西莉亚极大的喜悦。他们在客厅长沙发上帮她铺了床，德莫特更是施展浑身解数招呼她。凭这点要打动米丽娅姆还成疑问，但是他对西莉亚所表现的温柔体贴却打动了米丽娅姆。

"我想是因为吃醋，所以我才不喜欢德莫特，"她招认说，"你知道，宝贝，即使到现在，我还是没法喜欢任何把你从我身边抢走的人。"

米丽娅姆到访第三天接到电报，匆匆赶回家去了。奶奶一天之后就去世，最后遗言几乎就是告诉西莉亚不要跳上公车，或者跳下公车。"少妇从来不会想到这些事情。"

奶奶一点都不知道自己即将离世，还操心着没来得及为西莉亚的小宝宝织好小袜子……根本没想到她未能活着见到曾外孙就去世了。

❖

奶奶的去世，对米丽娅姆和西莉亚的财务状况并没有太大的改善。奶奶绝大部分的收入是第三任丈夫留给她的房地产终生权益。剩下的钱，一半以上是各种小遗产，其余的都留给米丽娅姆和西莉亚。西莉亚成了每年一百英镑收入的拥有人，由于米丽娅姆更为拮据（奶奶给的遗产都贴在维持那栋房子上了），经过德莫特同意之后，西莉亚把这笔钱转交给米丽娅姆，用来帮忙保住"老家"。她比以往更排斥卖房子的念头，而她母亲也有同感。有栋乡下房子能让西莉亚的孩子来玩，这是米丽娅姆的憧憬。

"更何况，亲爱的，将来说不定有一天你自己也需要这房子的——等我走了之后。我会希望这地方成为你的庇护所。"

西莉亚觉得"庇护所"一词用得挺可笑的,但想到将来可能跟德莫特一起住在老家,她倒是很喜欢。

然而德莫特对此事看法却不同。

"你当然喜欢自己的老家,不过,我却不认为这房子对我们有什么大作用。"

"说不定将来有一天我们会去住在那里。"

"对,等我们差不多到了一百零一岁时。这房子离伦敦太远了,派不上什么用场。"

"就算你退伍以后也没用吗?"

"就算到那时,我也不想要坐下来不动。我会去找个工作,再说,我也不确定战后是否要留在军队里,可是现在我们还不需要谈这个。"

往长远看有什么用呢?德莫特仍然有可能随时又被派往法国,可能阵亡……

"不过我会有他留下的孩子。"西莉亚心想。

但她知道孩子无法取代德莫特在她心中的地位。对她来说,德莫特比世上任何人都重要,而且永远如此。

第十一章　为人母

西莉亚的孩子在七月出生了,而且是在二十二年前她出生的那个房间里出生的。

屋外的榉木浓绿枝叶轻拍着窗户。

德莫特生怕(而且怕得很厉害)西莉亚不在眼前,他已经认定待产母亲的角色是非常可笑的。这种态度反而大大帮助了西莉亚度过软弱时期,她一直保持坚强活跃,却仍不断地害喜。

孩子快出生前三个星期,她才回到娘家。到了第三个星期,德莫特有一星期假,于是就过去陪她。西莉亚希望孩子出生时,德莫特也在,她母亲则希望等德莫特走了之后孩子才出生。米丽娅姆认为男人在这种时刻完全就是个麻烦,碍手碍脚的。

护士来了,一副轻松愉快又老神在在的样子,以致西莉亚暗地里很恐惧、不放心。

一天晚上,正在吃晚饭时,西莉亚扔下刀叉叫了起来:"噢!护士小姐!"

护士陪着她出了饭厅,一会儿之后,护士又回到饭厅,向米丽娅姆点点头。"很准时,"她微笑着说,"真是个模范产妇。"

"你不赶快打电话叫医生来吗?"德莫特凶巴巴地问护士。

"哦,不用急,还要再等几个钟头才轮到他来帮忙。"

西莉亚回到饭厅里,继续吃完晚饭。晚饭过后,米丽娅姆和护士一起走出饭厅,低声讨论着要用的床单等物,钥匙叮当响着……

西莉亚和德莫特坐在饭厅里,拼命看着对方,说说笑笑,但此时恐惧袭上了他们心头。

西莉亚说:"我没事的。我知道我会没事的。"

德莫特粗暴地说:"你当然会没事的。"

两人惨兮兮地望着对方。

"你很强壮的。"德莫特说。

"非常强壮。再说,每天都有女人生孩子,平均一分钟一个,不是吗?"

猛然一下阵痛,痛得西莉亚的脸都扭曲了,德莫特大叫:"西莉亚!"

"没事的。我们出去走走,屋里现在变得像医院似的。"

"都是那个该死的护士害的。"

"她其实真的很好。"

他们走到外面夏日夜晚中,很奇怪地感觉很孤立。屋内正忙忙碌碌地在准备着。他们听到护士在打电话,听到她说:"是的,医生……不,医生……是的,十点钟左右应该最好……对,情况挺令人满意的。"

外面的夏夜凉爽,一片绿色……榉木沙沙作响……

两个孤单的孩子手牵手游荡着,不知道该怎样互相安慰……

西莉亚突然说:"我只是想说……倒不是因为会出什么事,不过万一发生的话……我要说的是,我过得很幸福快乐,其他什么事都不重要。你承诺过要让我幸福快乐,也做到了……我做梦也想不到人可以这样幸福快乐。"

德莫特断断续续地说:"我害你成了这样……"

"我知道,你感到十分难过……不过我却非常高兴,对每样事情高兴……"

她又加上一句:"而且之后……我们会永远爱着对方。"

"永远,我们一辈子……"

护士从屋里叫她。

"亲爱的,你最好现在进屋里来。"

"来了。"

终于降临到他们头上了,他们得要分开,西莉亚觉得这真是最糟糕的,得离开德莫特,自己独自去面对这新状况。

他们紧紧依偎着,对于分开的所有恐惧,都在那一吻中流露无遗。

西莉亚心想:"我们永远忘不了这个晚上……永远忘不了……"那天是七月十四号。

她走进了屋里。

❖

很累……如此疲倦……疲倦得要命……

房间在打转,一片朦胧,然后扩大了,化成了清晰的实景。护士对她微笑着,医生则在房间角落里洗着手。医生从她一出生就认识她了,这时诙谐地叫着她说:"西莉亚,我亲爱的,你生了个小宝宝。"

她生了个孩子了,不是吗?

这点似乎不重要了。

她疲倦得要死。

就是这样……疲倦……

大家好像都指望她做些什么或说些什么……

但是她没办法。

她只想一个人静一静……

休息……

可是却有件事……某个人……

她喃喃问道:"德莫特呢?"

❖

她迷糊地睡了一下，等到睁开眼睛时，德莫特已经在那里了。

可是他怎么了？他看起来很不一样，样子很奇怪。他一定是出问题了，接到了坏消息或什么的。

她说："怎么了？"

德莫特以怪异、不自然的口吻说："是个女儿。"

"不，我是指……你，你怎么了？"

他的脸皱成一团，皱得很奇怪，原来他在哭——德莫特在哭！

他断断续续地说："真可怕……这么久……你不知道这有多要命……"

他在床边跪下，脸埋在床上。她把手放在他头上。

他真的非常在乎……

"亲爱的，"她说，"现在没事了……"

❖

母亲在她眼前，一见到那张甜蜜笑容的脸，西莉亚马上就感到好多了、强壮多了。就像小时候在育婴室里的日子，她感到"现在妈妈在这里，一切都会很好的"。

"妈，你不要走开。"

"不会的，宝贝，我会坐在这里陪你。"

西莉亚握着母亲的手睡着了。醒来时，她说："噢！妈，没有害喜的感觉真是太好了！"

母亲哈哈笑起来。

"你待会儿就会看到宝宝了。护士小姐正抱她过来。"

"你确定不是男孩吗?"

"相当确定。西莉亚,生女孩好多了。对我来说,你就比西里尔贴心得多。"

"对,可是我之前那么肯定是个男孩……嗯,德莫特会很高兴的,他要个女儿。他总是会如愿以偿的。"

"照样如愿以偿。"米丽娅姆冷淡地回答。"护士小姐来了。"

护士笔挺僵直地,一副郑重其事的样子,抱着软垫裹住的某样东西。

西莉亚刻意坚强起来。新生婴儿都很丑,丑得吓人,她一定要做好心理准备。

"喔!"她大为惊讶地叫了出来。

这个小东西就是她的孩子?护士温柔地把孩子放进她臂弯里时,她既兴奋又害怕。这个可笑的红通通小东西,像个印第安老太婆,一头乱蓬蓬黑发,就是她女儿?一点也不像块生牛肉。小脸看起来又好玩又可爱,很滑稽的样子。

"八磅半。"护士很满意地说。

就像她这辈子之前一样,西莉亚觉得很不真实。她现在是真的在扮演年轻妈妈的角色了。

可是她却一点也没有为人妻、为人母的感觉。她只觉得像个参加过刺激但令人疲累的派对之后,回到家的小女孩。

❖

西莉亚为宝宝命名为"朱迪",仅次于"拳拳"的好名字!

朱迪是个最令人满意的宝宝。每星期体重如期增加,而且非常少啼哭。真的啼哭的时候,就像小老虎发威地怒吼。

按照奶奶所说的"坐过月子"之后,西莉亚就把朱迪留给米丽娅姆照顾,自己回伦敦去另找个合适的新家。

她和德莫特的团聚尤其欣喜,简直就像二度蜜月。西莉亚发现,德莫特的心满意足,有部分原因是因为她丢下了朱迪来陪他。

"我很怕你会只顾着忙家务而懒得再理我了。"

他的醋意消失了,一有时间,就会很起劲地陪她去找房子。西莉亚现在觉得自己找房子相当有经验了,不再是个十足的呆瓜,被那个讲究效率的班克斯小姐吓跑。她可能一辈子都要租房子住。

他们打算租一层不附家具的房子,因为比较便宜,且家具差不多都能轻易地由米丽娅姆从老家供应。

不附家具的房子却很少,而且隔很久才有房子可看,又总是除了房租之外,还有很大笔额外附加费。随着一天天过去,西莉亚愈来愈泄气。

最后是斯特德曼太太救了他们。

有一天吃早饭的时候,她出现了,一脸神秘兮兮,宛如在进行某种阴谋。

"先生,真是万分抱歉,"斯特德曼太太说,"在这时候来打扰。不过昨晚话传到我丈夫耳朵里，说兰切斯顿大厦十八号——就在我们这条街拐角——有房子要出租。他们昨晚写信给中介，所以，太太，要是你趁别人还没得到风声之前，现在就赶快去，可以这么说……"

不用再多说了，西莉亚马上从餐桌旁跳起身来，戴上帽子，像只追踪气味的狗一般，急忙冲了出去。

兰切斯顿大厦十八号也正在吃早饭。西莉亚站在门厅里，听到邋遢的女佣宣布说："太太，有人来看房子。"接着就是很激动的哀叫："可是他们应该还没接到我的信啊！现在才早上八点半。"

有个身穿日本浴衣的少妇从饭厅里走出来，一面擦着嘴，伴着一股咸鱼气味。

"您真的要看房子吗？"

"是的，拜托。"

"哎，好吧，我想……"

她带着西莉亚参观房子。是的，太好了，有四间卧房，两间客厅，当然，到处都挺脏的。年租八十英镑（便宜得很），但有附加费（老天）一百五十英镑，还有"油地毯[①]"（西莉亚最讨厌油地毯了）也要计价。西莉亚还价出了一百英镑附加费，穿浴衣的少妇轻蔑地拒绝了。

---

① 油地毯（lino，或译油地毡），是十九世纪中以亚麻油、天然树脂、黄麻布等制成的合成地板料，因维护容易，不久便迅速普及。

"好吧。"西莉亚心一横,"我租了。"

下楼的时候,她很高兴自己做出的决定。因为这时先后有两个女人上楼来,手里都拿着中介发出的看房子介绍单!

不到三天,就已经有人出价两百英镑附加费给西莉亚和德莫特,请求他们转让租权。但是他们紧抓不放,付了一百五十英镑,拿到了兰切斯顿大厦十八号的租权。他们终于有了自己的家了(很脏的家)。

一个月之后,这房子几乎改头换面,让人认不出来了。德莫特和西莉亚自己动手装潢,因为他们负担不起别的费用。两人自行摸索,靠着经验学会了有关粉刷、油漆、贴壁纸等的有趣窍门。装潢出来的结果很迷人,起码他们自己这样认为。灰溜溜的长通道贴上了廉价印花壁纸之后,明亮了许多。粉刷成黄色的墙壁使得朝北的房间看起来充满阳光。客厅是浅米色的,装饰着画和瓷器。铺在地毯四周的油地毯全部都扯了起来,送给斯特德曼太太,她毫不客气收下了。"我真的喜欢有一些好的油地毯,太太……"

❖

与此同时,西莉亚又成功通过另一项严厉考验——巴曼太太中介所。这家中介所提供保姆人选。

来到这处令人生畏的地方时,接待西莉亚的是个傲慢的黄头发人,她得要在一张洋洋洒洒的表格上回答三十四道问题,这些题目简直就是先给填表人一个下马威。填完之后,就被带到一个小隔间里,这小隔间看来就像个医疗室,拉上帘子之后,就把她丢在那里,等着黄头发人去把认为合适的保姆叫来见她。

等到第一个保姆进来时,西莉亚的自信心已经跌到谷底,一点也没因这第一个应征者而舒缓下来,这第一个应征者是个拘泥刻板的大块头女人,干净得要命,大模大样的。

"您早。"西莉亚软弱地说。

"您早,太太。"这大模大样的女人在西莉亚对面的椅子上坐了下来,定定地直视着她,她这样做,多少传达出了某种讯息,让西莉亚觉得自己的条件不适合任何一个自重的人。

"我要找个保姆照顾婴儿。"西莉亚开始希望自己并未令人感觉(她恐怕会)或听起来很外行。

"是,夫人。几个月?"

"对,最少两个月。"

立刻犯了一个错误:"几个月"是术语,不是时期。西莉亚觉得自己在这女人面前已经跌了身价。

"说得是!夫人。还有其他小孩吗?"

"没有了。"

"所以是头一个孩子。家里有几个人?"

"呃……我和我先生。"

"那您家里的编制怎么样,夫人?"

编制?用这词来形容尚未雇用的唯一佣人可真绝。

"我们家日子过得很简单。"西莉亚脸红着说,"就一个女佣而已。"

"育婴室有人负责打扫并服侍吗？"

"没有，你得要自己负责育婴室。"

"啊！"这大模大样的女人站起身来，用悲哀多过生气的口吻说，"夫人，恐怕您的条件不是我想要找的工作。我在韦斯特勋爵家里工作时，是有育婴室专用女佣的，而且有下级女佣照料育婴室的一切。"

西莉亚在心底暗自咒骂那个黄发人。干嘛要人填好需求和家庭状况表格之后，却派个显然只接受能讨好她幻想的豪门工作的人来应征呢？

第二个来应征的是个严肃、沉着脸的女人。

"一个孩子？从几个月大开始带？希望您了解，夫人，我要全权管理，不能容忍干涉的。"

她怒视着西莉亚。

"年轻的妈妈来烦我的话，我会教训她们的。"这个怒视者说。

西莉亚说她恐怕是不会去烦她的。

"我很疼孩子，夫人，我尊重他们，但是不会让一个母亲老是插手管。"

这个满脸怒容的应征者被除名了。

接着是个很邋遢的老太婆，形容自己是"保姆"。

西莉亚竭尽所能地靠眼看、耳听、理解，还是搞不懂她在说什么。

这个保姆也落选了。

然后来了个看来脾气很坏的年轻女子,听到要自己打理育婴室,就露出嗤之以鼻的神情。接着是个面颊红润挺随和的女孩,原本是当专门负责客厅和卧室的女佣,但自认为"跟小孩处得比较好"。

就在西莉亚开始感到绝望时,来了个三十五岁左右的女人,戴夹鼻单眼镜,非常整洁,有双和蔼亲切的蓝眼睛。

谈到"要自己打理育婴室"时,她没有表现出之前那些应征者的常见反应。

"嗯,我对这没意见,只除了壁炉的烤火架。我不喜欢清理烤火架,这会让手变粗,带小孩的话,就不希望手很粗。除此之外,我倒不介意自己做,我曾到过殖民地,什么事都能自己动手做。"

她让西莉亚看了之前带过小孩的各种照片,最后西莉亚决定只要她的介绍信令人满意的话,就雇用她。

离开巴曼太太中介所时,西莉亚舒了一口气。

结果玛丽·登曼的介绍信令人非常满意。她是个很仔细、很有经验的保姆。接下来西莉亚得找个女佣。

找女佣可说比找保姆还要费劲,起码保姆人选很多,但女佣人选几乎没有了,她们都到军需品工厂或陆军妇女辅助队、海军妇女联勤会[①]上班去了。

[①] 海军妇女联勤会(Women's Royal Naval Service, WRENS),为英国皇家海军的一支,于一九一七年成立。

西莉亚见到一个她很喜欢的姑娘，丰满、性情很好，名叫凯蒂。她费尽唇舌想说服凯蒂到家里来工作。

但凯蒂就像其他应征者一样，对于育婴室很抗拒。

"夫人，我不是讨厌小孩，我喜欢小孩，问题在保姆。自从上次那份工作之后，我发誓再也不要去有保姆的人家工作了。有保姆的地方就有麻烦。"

无论西莉亚怎么替玛丽·登曼说好话都不管用。凯蒂就只是不断重复一口咬定："哪里有保姆，哪里就有麻烦。这是我的经验。"

最后是德莫特扭转了局面。西莉亚把顽固的凯蒂交给他去应付，结果德莫特很灵巧地又得逞了，成功说服凯蒂给他们一段试用期。

"尽管不知道会有什么情况降临到我身上，因为我说过，再也不到有育婴室的人家去工作了。可是上尉讲话态度这么好，又认得我男朋友在法国的部队等等。好吧，我说，我们只好试试看了。"

就这样，终于敲定了凯蒂，在十月一个辉煌的日子里，西莉亚、德莫特、登曼、凯蒂还有朱迪，全都搬进了兰切斯顿大厦十八号，开始了家庭生活。

❖

德莫特对朱迪的态度很滑稽，他竟然怕她。当西莉亚想要让他抱女儿时，他紧张得直往后退。

"不，我不行，就是办不到。我不要抱这东西。"

"你总有一天会的,等她再大一点的时候。而且她也不是一样东西!"

"等她大一点时,她会比较好,一旦会说话、会走路时,我敢说我一定会喜欢她。现在她胖得吓人,你想她会不会长好?"

他一点也不肯欣赏朱迪的线条或酒窝。

"我想要她长得瘦巴巴的、有骨感。"

"现在可不行,她才三个月大。"

"你真的认为她将来有一天会瘦吗?"

"当然会。我们两个都是瘦子。"

"要是她长得胖胖的,我可受不了。"

西莉亚只好借助于斯特德曼太太对朱迪的欣赏来安慰自己,斯特德曼太太绕着小宝宝走了一圈又一圈,就像从前绕着那大块肉表达欣赏一样,多辉煌的记忆。

"简直就是上尉的翻版,可不是吗?啊,可以看得出她真的是家里制造出来的。请多包涵这句老话。"

整体而言,西莉亚觉得持家还挺好玩的。之所以好玩,是因为她并非很当真。登曼的表现证实了她是个绝佳保姆,很能干又爱孩子,非常讨人喜欢,只要仍有很多工作待做,或者家中乱七八糟的,她都很乐意去做好。一旦家里的事都安排好了,一切上轨道时,登曼就显露出性格的另一面来。她脾气很火爆,不是针对朱迪,因为她很疼爱朱迪,而是针对西莉亚和德莫特。所有的雇主都是登曼的天敌,最无心的话语都会导致一场突来的风暴。譬如西莉亚说了句:"昨晚你的电灯开着,我希望孩子没事吧?"

登曼马上就大动肝火。

"我想晚上我总可以开开灯看一下时间吧?你们可以把我当成黑奴,但总得有个限度。我在非洲的时候,自己手下就有黑奴——那些无知的异教徒可怜鬼——可是我也不会对他们的所需看不过眼。要是你嫌我浪费电,麻烦你直接说出来就好。"

登曼说起奴隶时,厨房里的凯蒂有时就会嘻嘻笑。

"保姆永远都不满意的,除非她手下有十几个黑鬼供她使唤。她老是在讲非洲的黑鬼,我才不要有个黑鬼待在我厨房里呢,这些讨厌的黑东西。"

凯蒂实在令人很感安慰,情绪很好,心平气和,处变不惊,她做她的事,做饭、清洁打扫,沉醉在怀念"待过的地方"。

"我永远忘不了我第一个工作的地方。不,永远忘不了。我还是个黄毛丫头,没满十七岁。他们给我吃的都很糟糕,让我吃不饱。中饭就是一条咸鱼,吃的是植物奶油而不是牛油。我瘦得一把骨头,简直可以听到骨头摩擦响声。我妈挺担心我的。"

看着原本就很丰满又日益增加分量的凯蒂,西莉亚很难相信这个故事。

"希望你在这里有足够的东西吃,凯蒂?"

"您放心，夫人，没事的，而且您别亲自动手，这只会把自己操劳坏的。"

可是西莉亚却很内疚地爱上了下厨。自从很惊讶地发现原来下厨只要小心地遵照着食谱做就可以之后，她就一头栽进了这活动。由于凯蒂不赞成，迫使她只在凯蒂放假外出的时候才下厨，这时她就会在厨房里玩得不亦乐乎，为德莫特的下午茶和晚饭做出令人兴奋的美味来。

近来德莫特回到家时，总是因为消化不良而要求以淡茶及薄薄的烤吐司，取代龙虾排和香草舒芙蕾，实在是人生憾事。

凯蒂本人则坚持做家常便饭。她没办法照食谱做菜，因为她对量分量很反感。

"这个一点，那个一点，我就是这样放的，"她说，"我妈就是这样做菜的。下厨的人从来不去量分量。"

"要是量分量的话，说不定比较好。"西莉亚建议着说。

"你得靠眼力去做，"凯蒂坚定地说，"我向来就是看着我妈这样做的。"

真是好玩，西莉亚心想。

有自己的房子（或者该说公寓），还有个丈夫、一个孩子、一名女佣。

好不容易，她觉得自己终于长大成人了，成了一个真正的人。她甚至还学起了正确的行话。她跟同栋大厦里另两位年轻主妇交了朋友。这些人都对好牛奶的品质、哪里可以买到最便宜的布鲁塞尔甘蓝、佣人的罪孽等等，十分热衷。

"我盯着她的脸看，说：'简，我向来不容许态度傲慢的。'就这样。她还真给我脸色看呢！"

除了这些话题之外，她们似乎从不谈别的。

私底下，西莉亚很怕自己永远不能成为真正的主妇。

幸亏德莫特并不在意。他常说很讨厌那些主妇，说她们的家总是那么不舒服。

而且，他有些话似乎也没说错。那些只谈佣人的主妇似乎总是要看那些"傲慢"脸色，而她们的"得力"佣人却总是在最不方便的时候走掉，把所有的做饭和家务事都丢给她们去解决。而整个早上都花在选购食物上的主妇，似乎比谁都更会买到最差劲的货色。

西莉亚认为，在持家这件事上，大家都太大惊小怪了。

像她和德莫特这样的人，乐趣就多得多了。她不是德莫特的管家婆，她是他的玩伴。

将来有一天，朱迪会跑会说话了，也会像西莉亚爱慕米丽娅姆一样爱慕自己的母亲。

到了夏天，伦敦又热又闷时，她就带着朱迪回娘家小住，朱迪会在花园里玩耍，发明一些跟公主和恶龙有关的游戏，西莉亚会把育婴室书架上的童话故事书都念给朱迪听……

第十二章　和平

停战协定让西莉亚大感惊讶,她已经习惯了战争,以致觉得战争永远都不会结束了……

这不过是人生的一部分……

如今战争结束了!

战争期间做什么打算都没用,你只能听天由命,一天天过日子,只能希望并祈祷德莫特不会又被派到法国去打仗。

可是现在……不一样了。

德莫特满脑子打算,不愿再待在军队里,军队里没有前途。一复员之后,他准备到锡蒂① 谋职,他已经知道有家很

---

① 锡蒂(the City),伦敦的金融中心,大型商业机构的发祥地。

好的公司有个职位空缺。"

"可是，德莫特，留在部队里不是有保障得多？我是说，有养老金什么的。"

"要是留在军中，我会霉掉。再说，那苦哈哈的退休金有什么好？我打算去赚钱，赚很多钱。西莉亚，你不介意冒个险吧？"

不，西莉亚并不介意。她最欣赏德莫特的，就是他这种勇于冒险的性格，他一点也不怕人生。

德莫特永远不会逃避人生，他会面对人生，迫使人生如他的意。

她母亲曾说德莫特很无情。嗯，就某方面来说，也是对的，他是对人生很无情：不受任何婆婆妈妈的考量所影响。但他对她却一点也不无情，看看在朱迪出生之前，他对她有多温柔体贴……

❖

德莫特冒了他的险。

他退役之后在锡蒂找了一份薪水不多的工作，但这工作前景很好，将来可以赚到很多钱。

西莉亚本来还纳闷他是否会觉得办公室生涯很厌烦，但他似乎没这种感觉，反而显得很开心，很满足于他的新生活。

德莫特喜欢从事新的事。

他也喜欢新的人。

他从来不去爱尔兰探望两位抚养他长大的姑姑，西莉亚对此有时颇感震惊。

他送她们礼物，每个月固定写一次信给她们，却从来不想去看她们。

"难道你不喜欢她们吗？"

"我当然喜欢她们，尤其是露西姑姑，她就像是我母亲一样。"

"嗯，那么，你怎么不想去看看她们呢？要是你喜欢的话，我们可以请她们来住住。"

"噢！那挺麻烦的。"

"麻烦？怎么会？你不是喜欢她们吗？"

"嗯，我知道她们过得很好，相当开心如意。我倒并不真的想见她们。毕竟，人长大之后就要离开亲人，这是很自然的事。现在露西姑姑和凯特姑姑对我来说不算什么了，我已经长大到不再需要她们了。"

西莉亚心想，德莫特真是与众不同。

不过反过来说，可能德莫特也认为她与众不同，对于她一辈子熟悉的地方和人都那么舍不得。

事实上，他没认为她与众不同，他是根本没想过这回事，德莫特从来都不去想别人是怎样的，去谈论想法和感觉，在他看来简直就是浪费时间。

他喜欢现实，不喜欢空想。

有时西莉亚会问他些问题，例如："要是我跟人跑了，你会怎么办？"或者"万一我死了，你怎么办？"

德莫特从来都不知道他会怎么办。事情没发生之前，他怎么会知道他要怎么办？

"可是难道你不能想象一下吗？"

不能，德莫特就是不能想象。想象跟眼前不同的状况，在他而言是白费工夫。

当然，这点也是真的。

然而，西莉亚却无法停止想象，她天生就是爱想象的。

❖

有一天，德莫特伤了西莉亚。

他们出席了一个晚宴。西莉亚还是很怕出席晚宴，生怕万一羞怯毛病发作起来，会张口结舌说不出话。有时的确会这样，但有时不一定会这样。

但这次她出席这个晚宴，结果却出奇地好（起码她自认为）。起初她有点讲不出话来，之后，她鼓起勇气发表了一下意见，逗得跟她交谈的男士笑了起来。

胆子一大，西莉亚舌头也灵活了，之后就颇能跟人聊，大家都笑了，聊了很多。西莉亚就跟别人一样谈笑风生，说了些自认很风趣的话，而且似乎别人也认为很风趣。她兴高采烈地回到家里。

"我并不笨，原来我并没有那么笨。"她很快乐地跟自己说。

隔着梳妆室的门，她叫着德莫特。

"我认为这是个很不错的派对,我玩得很开心。幸亏我及时发现丝袜抽丝了。"

"还不错。"

"噢,德莫特,你不喜欢这晚宴吗?"

"嗯,我有点消化不良。"

"喔,亲爱的,真遗憾。我去替你弄点消化片来。"

"哦,现在没事了。你今天晚上是怎么回事?"

"我?"

"就是,你跟平常不太一样。"

"我想我是很兴奋吧。你说的不一样是指哪方面?"

"嗯,平常你挺懂事的,今天晚上你一直不停又说又笑的,不太像你。"

"你不喜欢我这样吗?我还以为我表现得很好。"

西莉亚心里生出了一股怪诞的寒意。

"嗯,我只不过认为听起来挺傻的。"

"是啊,"西莉亚缓缓地说,"我想我是表现得挺傻的……不过大家好像喜欢这样,他们都笑了。"

"噢,大家!"

"再说,德莫特,我玩得很开心……是挺差劲的,但我认为自己是喜欢有时傻一下的。"

"噢,好吧,那就算了。"

"可是我不会再这样了,如果你不喜欢的话。"

"嗯,我是挺讨厌你表现得傻兮兮的,我不喜欢傻女人。"

这话很伤人……哦，是的，是很伤人……

傻瓜，她是个傻瓜。她当然是个傻瓜，她向来都知道这点的。不过她多少期望过德莫特不会介意这点，希望他会……怎么说呢，很温柔地看待她的这点。要是你爱一个人的话，对方的缺点和不足只会让你更疼惜他，而不是减少。你说"喏，你不就是这副德性吗？"的时候，不是用恼怒的口吻说的，而是用怜惜的口吻说的。

不过话说回来，男人是不大懂得表现怜惜的……

一阵奇异的恐惧感席卷了西莉亚。

男人本性就不是温柔的……

他们不像母亲们……

疑虑突然袭来，她其实并不懂得男人，对于德莫特她根本就没有真正的认识……

"男人家！"她想起奶奶常说的这句话。奶奶像是有十足把握，清楚知道男人是怎样以及不是怎样的。

不过，当然，奶奶可一点也不傻……她以前常常笑奶奶，可是奶奶却一点也不傻。

而她，西莉亚，却是……她向来心里都有数，很知道自己傻，但她曾以为跟德莫特在一起就没关系了。原来，还是有关系的。

在黑暗中，眼泪不知不觉滑下了她的双颊……

她让自己哭个够，在夜晚黑暗的遮掩下哭泣。到了早上，她就不一样了，从此再也不会当众表现傻气了。

她被宠坏了，就是这么回事。大家向来都对她这么好，鼓励了她……

但她并不想要德莫特只去看他曾经看到过的某一刻而已……

这又让她想起了某件事，很久以前的事。

不，她想不起来是什么事。

不过从此她会很小心，不再表现傻气了。

第十三章　伴侣关系

西莉亚发现，她有些地方是德莫特不喜欢的。

要是表现出无助迹象的话，他就很没好气。

"明明你自己可以做得很好的事情，干嘛要我帮你做？"

"噢，德莫特，可是有你帮我做感觉很好的。"

"胡说，要是我顺着你，你就会愈来愈差劲。"

"大概会吧。"西莉亚难过地说。

"又不是因为你根本做不好这些事。你很明理、聪明又能干。"

"想来，是跟维多利亚式女性作风有关吧，就像常春藤一样，自动想依附。"

"嗯，"德莫特欣然说，"你可不能依附我，我是不会让你依附的。"

"德莫特，我爱做白日梦、爱幻想，喜欢假想可能会发生的事情以及万一发生时我该怎么办，你对这些很介意吗？"

"我当然不介意，要是你自己乐在其中的话。"

德莫特向来都很公平，他自己很独立，所以他也尊重别人的独立。想必他对事情也有自己的想法，却从来不会形诸话语，或想要跟别人分享。

问题就在于，西莉亚样样都想要分享。楼下院子里的杏树开花时，她心里就是会有股奇异的狂喜，渴望牵着德莫特的手，把他拖到窗前，要他也感受一下同样的狂喜。可是德莫特却讨厌别人牵他的手——他根本就讨厌人家碰他，除非是在他充满爱意的时候。

当西莉亚在炉子上烧到了自己的手或被厨房窗子夹到了手指，就会满心渴望能把头倚在德莫特肩上，得到一些安抚，却感到这种事情只会让德莫特厌恶，而且她一点也没想错。德莫特很不喜欢别人碰他，或者依偎着他寻求安慰，或要他去感受别人的情绪。

于是西莉亚坚强地违反自己对分享的热爱、喜爱肢体接触，以及渴望安全感的性格。

她告诉自己：她太稚气也太傻气了。她爱德莫特，德莫特也爱她。也许他爱她的程度比她爱他更深，因为他不需要那么多爱的表达来满足自己。

她从德莫特那里得到激情和志同道合之情，要是再要求疼爱的话就不合理了。奶奶就清楚得多,"男人家"不是这样的。

❖

每逢周末,德莫特和西莉亚就一起到乡间去,带着三明治搭火车或公车到某个选定的地点,然后漫步过乡野,再搭另一路线的火车或公车回家。

整个星期里,西莉亚就盼望着周末来到。德莫特每天从锡蒂回家之后,总是筋疲力尽,有时还头疼,甚至闹消化不良。吃过晚饭后,他喜欢坐着阅读。偶尔会跟西莉亚说说白天发生的一些事,但大致上他是宁可不交谈的。通常他都有本关于某种技术的书要阅读,而在阅读的时候,他是不喜欢有人打断他的。

但是到了周末,西莉亚又找回了她的伴儿,他们散步过树林,开些荒唐玩笑,偶尔在爬山的时候,西莉亚会说:"德莫特,我非常喜欢你。"一面伸手挽着他。这是因为德莫特跟她比赛跑上山,而西莉亚则跑得上气不接下气。德莫特这时并不介意让她挽着自己,只要是开玩笑式的而且又真的能协助她爬上山的话。

有一天,德莫特提议说,他们应该去打打高尔夫球。他打得很差,他说,但他会打一点。西莉亚拿出了球杆,擦干净上面的锈迹,一面想起了彼得。亲爱的彼得……亲爱、亲爱的彼得。她对彼得那份温馨感情会终生留在她心底。彼得是她的自己人……

他们找到了一处不起眼的高尔夫球场，球场费不太高。能再打起高尔夫实在太开心了。她的球技生疏得很，不过德莫特的球技也好不到哪里去。他打出很强劲的长距球，但是这些长距球都偏得很厉害。

两人一起打球实在很好玩。

不过，并非只停留在好玩阶段而已，德莫特这人玩的时候也和工作一样，很重效率又下苦功。他买了本书深入研究，在家练习挥杆，还买了些软木球来练习。

接下来那个周末，他们并没有打一个回合，德莫特光是练习打球而已，而且也要西莉亚照做。

德莫特开始全心投入高尔夫，西莉亚也努力这样做，却不太成功。

德莫特的球技突飞猛进。

西莉亚的球技则还是差不多老样子。她热切希望，但愿德莫特有一点点像彼得就好了……

然而她爱上的却是德莫特，而且也就是他这些和彼得截然不同的性格吸引了她。

❖

有一天，德莫特回家后跟她说："你听我说，下个星期天我要和安德鲁斯去道顿西斯打球，可以吧？"

西莉亚说当然可以。

德莫特玩回来后满腔兴奋。

高尔夫太棒了，尤其是在一个一级的球场打球。下星期西莉亚一定也得去道顿西斯看看。那个球场周末是禁止妇女打球的，不过她可以跟他去那里走走。

他们又去了一两次之前去的便宜小球场，但德莫特对那里已经没什么兴趣了，说那种地方对他没好处。

一个月之后，他告诉西莉亚说要加入道顿西斯高尔夫球会。

"我知道很贵，但是，毕竟我还可以从别的地方省钱。我唯一的消遣娱乐就是高尔夫，这对我会起很大作用。安德鲁斯和卫斯顿也都是那里的会员。"

西莉亚缓缓说："那我呢？"

"你加入会员不划算。女会员在周末不能打球，再说我想你也不会想要自己一个人在平时过去打球的。"

"我的意思是，那我周末怎么办？你会去跟安德鲁斯以及别人打高尔夫。"

"嗯，加入了高尔夫球会却不去用，这是挺笨的。"

"是没错，但是我们一向都是一起度周末的，你和我。"

"哦，明白了。嗯，你可以找别人啊！你可以吧？我是说，你自己就有很多朋友。"

"没有，我没有朋友。现在没有。以前住在伦敦的少数几个朋友都结了婚，到别的地方去了。"

"还有安德鲁斯太太和卫斯顿太太，以及其他人啊！"

"她们不算是我的朋友，她们是你朋友的太太。这是不一样的。何况，这根本不是重点，你不明白，我是喜欢跟你在一起,喜欢跟你一起做些活动。我喜欢我们的散步和三明治,喜欢我们一起打高尔夫,以及所有的乐趣。平时你上班很累,我都没让你操心或者拿什么事来烦你,但是我盼望着周末来临,我很喜欢这些周末日子,噢,德莫特,我喜欢跟你在一起,可是现在看来,我们以后都不会在一起从事什么活动了。"

她但愿自己的声音没有颤抖,但愿能忍住泪不流下来。她是不是太不讲理了呢?德莫特会不会因此生气?她是不是自私了些?她在依附……对,毫无疑问她是在依附。又做了常春藤!

德莫特尽力表现出耐心和讲理。"西莉亚,我认为这样不太公平。我从来都没干涉过你想做的事情。"

"可是我并不想要做什么事啊!"

"嗯,要是你去做想做的事,我是不会介意的。如果哪个周末你说要跟安德鲁斯太太或某个老朋友上街,我是会很乐得让你去的。我会去另外找别人做伴,去别的地方。毕竟,我们结婚的时候,同意过彼此给对方自由,让对方可以做自己想做的事。"

"我们从没同意过或谈过这类事情,"西莉亚说,"我们只是彼此相爱,想跟对方结婚,认为两人永远在一起是最美满的事。"

"嗯,说的也是。倒不是我不爱你,我还是照样爱你,但是男人喜欢跟别的男人一起从事些活动,而且需要练习。

要是我想要跟别的女人去混的话,那你大概就有可以抱怨的理由了。不过我从来都不想要去理别的女人,除了你之外。我讨厌女人。我只是想要跟别的男人一块儿打场像样的球而已。我想你对这点不会很不讲理吧。"

是的,也许她的确是不讲理……

德莫特想要做的是这么纯真的事,这么自然的事……

她觉得很惭愧……

但德莫特不明白,她会多想念两人共度的周末……她不是只想要晚上跟德莫特睡在一张床上而已,她爱德莫特这个玩伴更甚于他做爱人时……

她以前常听别的女人说,男人只想要女人做床上伴侣兼管家婆而已,这话难道是真的吗?

婚姻的整个悲剧莫非就在于:女人想要做伴侣,而男人却对此感到厌烦?

她说了这类的话,而德莫特也一如以往老实回答。

"西莉亚,我想这话是真的。女人老想跟男人一起从事活动,而男人却宁可跟别的男人一起。"

嗯,她得到了很坦白的回答。德莫特是对的,她是错的。她的确不讲道理,于是她这样说了,德莫特的脸色豁然开朗。

"你真体贴,西莉亚,我期望你到头来真的比较能享受,我是说,能找到也喜欢聊事情和感受的人,一起出去消磨时间。我知道在这方面我是很不行的。而且这样我们还是很开心的,事实上,我大概只有星期六或星期天才去打高尔夫,其他的日子我们还会像过去那样一起外出的。"

接下来的星期六,他容光焕发地自己出去了。星期天他主动提议和西莉亚去漫步。

他们去了,感受却不若从前。德莫特非常体贴,但西莉亚知道他挂念着道顿西斯。因为卫斯顿曾邀他那天去打高尔夫,德莫特回绝了。

他对自己做出的牺牲非常自觉地引以为豪。

接下来的周末,西莉亚怂恿他那两天都去打高尔夫,而他也兴高采烈地走了。

西莉亚心想:"我一定得要再学学自己一个人玩,要不然,就得交些朋友。"

她曾经很瞧不起那些"管家婆",对自己和德莫特的伴侣之情很感自豪。那些管家婆全心全意都在儿女、佣人、家务上,对于她们的丈夫在周末去打高尔夫只会感到松了一口气,因为他们不会在家添乱:"亲爱的,这对佣人们来说轻松很多。"男人家必须做个养家糊口的人,但是他们待在家里时却是个麻烦。

或许,说到底,管家婆还算是一份不错的工作。

看起来像是这样。

第十四章　常春藤

　　回到娘家多好啊！西莉亚摊直了身子躺在绿草上，感觉是多么美妙地温馨与活着……
　　榉木在头顶上方窸窣作响……
　　绿油油……绿油油……整个世界都是绿色的……
　　朱迪拖着一匹木马吃力地走上了草坡……
　　朱迪实在太讨人喜欢了，结实的小腿、红润的双颊、蓝色的眼睛、一头浓密的栗色鬈发。朱迪是她的宝贝女儿，就像她曾经是母亲的宝贝女儿一样。
　　只不过，当然，朱迪颇不相同……
　　朱迪不要人讲故事给她听，这真可惜，因为西莉亚不费吹灰之力就可以编出一大堆故事。然而，朱迪根本就不喜欢童话故事。

朱迪对于假想完全不在行，当西莉亚告诉朱迪说，自己小时候如何假装这片草地是大海，而她玩的滚铁环则是在河中奔驰的马时，朱迪只是瞪着眼说："可是这是草地，而且你滚的是个铁环，不能骑在上面的。"

很显然，她认为西莉亚一定是个挺傻的小女生，使得西莉亚觉得颇泄气。

先是德莫特发现她很傻，现在则是朱迪！

朱迪虽然才四岁，却充满常理判断。而西莉亚则发现，常理判断经常会很令人泄气。

更甚的是，朱迪的常理判断对西莉亚有很不好的影响。她很努力要在朱迪眼中——充满评判眼光的清澈蓝眼睛——表现出明智，结果反而经常弄巧成拙，让自己显得更傻。

朱迪在自己母亲眼中完全是个费解的谜，西莉亚童年时所有爱做的事情，朱迪都觉得很无聊。朱迪没办法独自在花园里玩上三分钟，她会迈步走回屋里，宣称花园里"没有事情好做"。

朱迪喜欢做真实的事情。她在自己家的公寓里时，从来不会感到无聊。她会用掸子拂拭桌子，帮忙整理床铺，帮她爸爸清洁高尔夫球杆。

德莫特和朱迪突然成了朋友，两人之间发展出彼此都非常满意的交情。虽然对于朱迪的胖嘟嘟体形仍然感到痛惜，德莫特却不由得感染了女儿有爸爸陪伴时所表现出的开心。

他们一本正经地跟对方说话，就像两个大人似的。当德莫特把一根球杆交给朱迪清洁时，他是期望她把这事情做好的。而当朱迪说："这个很好吧？"来征求评论时——譬如她用砖块盖了房子、卷好了一个毛线球，又或者自己洗干净了一根调羹——德莫特从来不会随口说"做得好"，除非他真的认为好，否则他会指出哪里做得不对，或者结构错了。

"你这样会让她泄气的。"西莉亚说。

可是朱迪却一点也没泄气，也从来没觉得伤感情。她喜欢爸爸多过喜欢妈妈，因为爸爸难讨好得多。她喜欢做困难的事情。

德莫特很粗野，跟朱迪一起蹦跳玩耍时，朱迪几乎总是会受伤，跟德莫特玩游戏一定会撞出个包，或者擦破皮、夹到手指等等。朱迪却一点也不在乎。西莉亚那些比较温和的游戏在她看来太乖了。

只有在她生病时，她才要妈妈而不要爸爸。

"妈妈，你不要走开，不要走，在这里陪我。不要让爸爸进来，我不要爸爸。"

对于孩子不想要他在眼前，德莫特倒是相当乐得这样，因为他不喜欢病人。任何生病或不开心的人，都让他感到不自在。

朱迪就像德莫特一样，不喜欢人家摸她，讨厌人家亲吻她或抱起她。晚上睡觉前她可以忍受妈妈亲她一下，其他就不行了。她爸爸从来没亲过她。当他们互道晚安时，是互相咧嘴笑笑。

朱迪和外婆却相处得很好，米丽娅姆对于外孙女的活力十足和聪明很感开心。

"她反应快得不同寻常，西莉亚，一次就学会了。"

米丽娅姆从前的教学热情又复活了，她教朱迪字母以及一些简单的生词。外婆和外孙女双方都很享受上这些课。

有时候，米丽娅姆会跟西莉亚说："可是她不是你，我的宝贝……"

听起来好像是她在为自己对青春感兴趣而辩解。米丽娅姆喜欢青春。在她复苏的头脑中有着教师的喜悦。朱迪在她来说是个持久不变的刺激因素和志趣。

但她的心是完全向着西莉亚的，母女之间的爱比以前更强烈。当西莉亚回到娘家时，见到的母亲就像个小老太婆，又灰又褪了色。然而一两天之后，她就活了过来，脸色变好了，眼睛也有了神采。

"我又得回了我的丫头。"她会很开心地说。

她总是邀请德莫特也来她家，但德莫特没来时，她也总是很高兴，她要西莉亚完全属于她。

而西莉亚也很爱那种重返昔日生活的感觉，感受到安心的快乐浪潮席卷了她：被爱着的感觉，很充实的感觉……

对她母亲来说，她是完美的……母亲不要她不一样……她可以就只做自己。

能够做自己真是令人安心……

还有,她可以尽情表现柔情,说自己想说的话……

她可以说:"我是这么的快乐。"不用怕因为看到德莫特皱眉,而要设法收回自己的话。德莫特讨厌听人说出自己的感受,他总觉得这很不像样……

回到娘家,西莉亚可以随她喜欢而尽情不像样……

回到娘家,她可以更体会到跟德莫特在一起有多快乐,她有多爱他和朱迪……

在纵情表达爱意并把脑中所想到的事情说个痛快之后,再回去做个德莫特认可的明智、独立的人。

噢,亲爱的娘家,还有那棵榉木……青草生长、生长,触着她的脸颊。

她蒙眬地想着:"它是活的,是只绿色大野兽,整个地球就是只绿色大野兽……仁慈、温馨又活生生的……我这么快乐,这么快乐……我已经有了世上所有我想要的一切……"

德莫特在她的思绪中快乐地忽进忽出,是她生命旋律的主题。有时她非常想念他。

一天,她对朱迪说:"你想爸爸吗?"

"不想。"朱迪说。

"可是你会想要他在这里吧?"

"会,我大概会想。"

"难道不确定吗?你那么喜欢爸爸。"

"我当然喜欢他,可是他在伦敦。"

在朱迪而言，事实就是如此。

西莉亚回去时，德莫特见到她很开心，他们度过了一个小别胜新婚般的夜晚。西莉亚喃喃说："我好想你。你有没有想我？"

"嗯，我没想过这点。"

"你是说，你没想过我？"

"没有。想了又有什么用？想你又不能让你回到这里来。"

当然，这话也说得很对又很有理。

"可是你现在很高兴我在这里吧？"

他的回答让她很满意。

后来德莫特睡着了之后，她躺着没睡，感到如梦般的快乐，心想着："真要命，但我想我是希望德莫特有时可以稍微不诚实一下……"

"要是他能说'我想你想得要命，亲爱的'，那有多让人感到舒心又温馨呀！而且说真的，这话是不是真的都没关系。"

不，德莫特就是德莫特，她那可笑、会说真话犀利伤人的德莫特，朱迪完全就像他……

如果不想要听到真实答案的话，也许，聪明一点的做法就是不要去向他们提问题。

昏昏欲睡中，她想着："不知道将来有一天我是不是会吃朱迪的醋……她和德莫特彼此的了解比跟我的深得多。"

她倒是想到过，朱迪有时吃她的醋，她喜欢爸爸的注意力完全放在她一个人身上。

西莉亚心想:"多奇怪呀!朱迪没出生之前,德莫特吃她的醋,甚至在她还是个小娃娃的时候也一样。没想到事情竟然发展得跟当初所以为的正好相反……"

亲爱的朱迪……亲爱的德莫特……如此相似,如此滑稽,又这么甜蜜……而且他们是她的。不对,不是她的,她是他们的。她比较喜欢这样,让人感到更温馨,更舒心。她属于他们。

❖

西莉亚发明了一个新游戏,其实,她认为这只不过是"那群女生"的新阶段而已。"那群女生"已经处在垂死状态,西莉亚竭力让她们复活过来,让她们生了孩子,住在宏伟的庄园豪宅,还有有趣的生涯,但全都不管用。"那群女生"拒绝活过来。

西莉亚创造了一个新人,叫黑兹尔。西莉亚兴致勃勃跟着她从童年一直发展下去,追踪她的生涯。黑兹尔是个不快乐的小孩,一个穷亲戚。从小,她在育婴室女佣之中就有个恶名,因为她习惯念着:"有事情要发生了,有事情要发生了。"而通常总是会有事情发生的,就算只不过是育婴室女佣刺破了手指而已。黑兹尔发现自己已经建立起了类似女巫的名声。成长过程中,她学到要左右耳根子软的人是多容易的事……

西莉亚满怀兴致跟着黑兹尔进入到通灵、算命、降神等等的世界里。黑兹尔最后在邦德街一家算命所落脚，声名大噪，其实背后有个贫穷社会的"密探"小圈子帮她暗中调查。

然后她爱上了一个年轻的海军军官，他是威尔士人，因此又有了威尔士村落的风光。慢慢地，情况开始明显了（人人都看得出，唯有黑兹尔没察觉），在她诈欺的手法之下，有着真正的预知天赋。

最后黑兹尔自己也发现了这种能力，因此吓坏了。可是她愈是想用欺骗手法，结果她那些离奇的猜测愈是说中……那能力已经抓住了她，不肯放过她。

那个年轻军官欧文则比较模糊不清，到最后事实证明了他是个花言巧语的无赖。

西莉亚只要有一点闲暇时，或者带朱迪去公园玩时，这故事就会在她脑海中继续发展。

有一天她想到，应该把这故事写下来……

事实上，说不定可以写成一本书……

她花了六便士买了些练习簿和很多枝铅笔，因为她用铅笔很粗心，然后动手写了起来……

真要写下来，反而不是那么容易。她写这段时，脑子其实已经想到六段之后了。等到真的写到了那一段时，原先想到的文字又已经从脑海中消失了。

不过她还是有所进展。虽然写出来的跟她原先脑海里的故事不大一样，但阅读起来还是挺像一本书的，有篇章等等。她又买了六本练习簿。

有一段时间她并没有告诉德莫特这件事,事实上,在没能把黑兹尔在威尔士复兴派①见证会上"见证"的那段内容写好之前,她不会说的。

这章写得比西莉亚原先想的顺利,她很有胜利之感,想对别人说。

"德莫特,"她说,"你想我能写本书吗?"

德莫特欣然说:"我认为这个主意好极了。要是我是你,我就会写。"

"嗯,事实上,我已经……我是说,已经开始写了,写了一半了。"

"很好。"德莫特说。

西莉亚跟他说话时,他曾放下正在阅读的一本有关经济学的书。说完这话,他又把书拿了起来。

"这是讲一个通灵女孩子的故事,但她不知道自己能通灵。然后她勾搭上了一个作假的算命所,在降神会上使出诈骗手法。后来她爱上了一个威尔士青年,还跑到威尔士去,发生很多奇怪的事情。"

"想来有个故事情节吧?"

"当然有,我讲得不好而已。"

---

① 威尔士复兴派(Welsh Revival),二十世纪威尔士最大、最著名的基督教复兴会,成立于一九〇四至一九〇五年间,影响力远及海外。

"你懂得通灵或降神之类的事情吗?"

"不懂。"西莉亚颇受挫折地说。

"那么,写这些东西不是有点冒险吗?再说,你也从来没去过威尔士,是吧?"

"对。"

"写你真正懂的东西不是比较好吗?写伦敦或者你家乡。在我看来,你只是在给自己制造困难而已。"

西莉亚感到羞愧。一如以往,德莫特是对的,她表现得就像个傻瓜。干嘛要挑自己完全不懂的主题来写呢?还有那个复兴派见证会也是,她从来没去过复兴派的见证会,那干嘛要描写这样的一个见证会呢?

然而说归说,她还是没法放弃黑兹尔和欧文……他们就在那儿……不,得帮他们想想办法。

接下来那个月,西莉亚把所能想到有关招魂、降神、通灵能力、诈欺手法等的文章通通看了。然后,花了很多心血慢慢重写那本书的第一部分。她做这事很没乐趣,所有的句子像是吞吞吐吐,甚至毫无明显原由地陷入了最惊人复杂的文法纠结中。

那年暑假德莫特乖乖同意去威尔士度他那两星期的假期,这样西莉亚就可以去看看"当地色彩"。他们正式展开了这项计划,但西莉亚发现当地色彩非常难以捉摸。她随身带了小笔记本,以便记下让她印象深刻的事。但她天生观察力就特别不敏锐,日子一天天过去,看来要记下任何事情根本是不可能的。

可怕的诱惑吸引着她,让她很想放弃威尔士,把欧文改成名叫赫克托、住在高地的苏格兰人。

可是接着德莫特又向她指出:还是会产生同样难题的。因为她也对高地一无所知。

失望之余,西莉亚索性放弃了整件事。这样下去不会有结果。何况,她已经开始在脑海中演起新故事,这回是住在科尼什海岸的一户捕鱼人家……

她已经相当熟悉阿莫斯·波利杰了……

她没告诉德莫特,因为觉得心虚,很清楚晓得自己对渔夫或大海一无所知。写下来也没用,不过在脑海里编故事却很好玩。故事里会有个老奶奶,牙都差不多掉光了,而且颇邪恶……

迟早她总会写完黑兹尔那本书的。欧文可以成为伦敦一个卑劣的股票经纪人……

只不过,或者可说在她看来,欧文并不想要那样……

他生闷气,变得很模糊,以致真的根本不存在了。

❖

西莉亚已经相当习惯于贫穷,过日子很小心。

德莫特一心指望将来会赚到钱,事实上,他对这点相当肯定。西莉亚却从来没指望会有钱。她相当满足于保持现况,却希望德莫特不至于太失望。

两人都没预料到的是一场真正的金融灾难。战后蓬勃繁荣过后，随之而来的是不景气。

德莫特的公司清算后结束营业，他也因此失业了。

他们拥有的是德莫特每年的五十英镑，西莉亚每年的一百英镑，再加上"战争贷款"①中存下来的两百英镑，以及可以让西莉亚与朱迪栖身的米丽娅姆的房子。

那是很糟糕的时期，主要是经由德莫特而影响了西莉亚。德莫特很难面对不幸，尤其是像这种非他应得报应的不幸（因为他工作得很好），这使得他满肚子苦，脾气很坏。西莉亚解雇了凯蒂和登曼，打算在德莫特找到另一份工作之前自己来做家务。然而，登曼却拒绝接受解雇。

她气冲冲地说："我留下来，跟我争也没用。我会等着有工资发的那天，现在我才不会离开我的小宝贝。"

于是登曼留了下来，和西莉亚轮流分担家务、做饭、照顾朱迪。一天早上由西莉亚带朱迪去公园，登曼负责做饭和打扫，第二天早上则是登曼出去，西莉亚留在家里。

西莉亚从中发现了奇特的乐趣，她喜欢忙碌。到了晚上，就找时间继续写黑兹尔的故事，费尽苦心完成了这本书，不断参考她的威尔士笔记，然后把书稿寄给了一家出版社。说不定会有些结果。

然而，很快就被退稿了，西莉亚把退稿往抽屉里一塞，没再去尝试了。

---

① 战争贷款（War Loan），指战争期间人民借给政府的资金。

西莉亚生活中的主要难题是德莫特。德莫特完全不讲理，对失败如此敏感，以致变得很让人受不了跟他一起生活。要是西莉亚开开心心的，他就叫她要对他的困苦起码表现出一点同情。要是她沉默，他就说她大可以试试为他打打气。

西莉亚强烈地感觉到，要是德莫特能配合的话，他们其实很可以把这时期变成愉快的经历。人在遇到困难时，最好的方法不就是含笑以对吗？

但是德莫特笑不出来，这跟他的自尊有关。

不管德莫特对她多么不好又不讲理，西莉亚都没像那次晚宴风波般感到受伤了。她了解德莫特很痛苦，而且是因她而痛苦的成分更多过为自己。

有时他跑来表白。

"你和朱迪为什么不走？带她回你母亲那里去，我现在很不中用了，我知道自己不是个适合一起生活的对象。我以前就告诉过你，遇到患难我就很不行，我受不了患难。"

但是西莉亚不肯离开他。她但愿自己能让情况变得对他比较容易些，但看来是束手无策。

随着日子一天天过去，德莫特找工作总是不成，情绪也愈来愈坏。

最后，就在西莉亚觉得自己已经完全失掉了勇气，德莫特又不断建议她回娘家去，她差点就决定要这样做时，却时来运转。

一天下午,德莫特回家来,完全像是换了另一个人似的,看来又像从前那个孩子气的年轻人了,深蓝眼睛闪烁着光芒。

"西莉亚,实在太好了,你还记得汤米·福布斯吗?我们很久没见,我去看他,只是顺便而已,他马上抓住我,他们正在找一个像我这样的人选。起薪每年八百英镑,一两年内我就可以加薪到一千五或两千英镑。我们出去找个地方庆祝一下吧!"

那天晚上多快乐啊!德莫特满腔热情又兴奋,就像个小孩似的。他坚持买件新衣裳给西莉亚。

"你穿这种风信子蓝色很美。我……我还是非常爱你,西莉亚。"

情侣——是的,他们仍然是情侣。

那天晚上,醒着躺在床上时,西莉亚心想:"我希望……我希望德莫特永远顺利,事情不顺利时,他是那么想不开。"

"妈妈,"第二天早上朱迪突然对她说,"什么叫做'只能共享乐的朋友'?保姆说她那个在佩卡姆的朋友就是这种人。"

"这是指某种人在你一切顺利时,他对你很好,但你遇到困难时,他就不会陪着你分担。"

"哦!"朱迪说,"我明白了,就像爸爸一样。"

"不,朱迪,爸爸当然不是这种人。爸爸担心的时候,是不开心也不很欢乐,但要是你或者我病了、不开心的话,爸爸就会为我们做任何事。他是全世界最忠诚的人。"

朱迪若有所思地看着她母亲说:"我不喜欢生病的人,他们躺在床上不能玩。昨天玛格丽特在公园时,有东西弄到眼睛里,结果就得停下来不能跑,要坐下来。她要我陪她一起坐着,可是我不肯。"

"朱迪,这样对人太不好了。"

"才不,才不是这样。我不喜欢坐着,我喜欢到处跑。"

"但要是换了你眼睛里进了东西,你也会想要有人坐下来陪你说说话,而不是丢下你跑开。"

"我不会在意的……再说,我眼睛又没有进了东西,是玛格丽特眼睛里有东西。"

第十五章　发迹

德莫特发迹了，一年赚将近两千英镑，西莉亚和他过着很美好的日子。两人都同意应该存钱，但也都同意不用急着马上开始存钱。

他们买的第一样东西是辆二手汽车。

其次，西莉亚渴望住在乡间，对朱迪来说会好得多，而且她自己又很讨厌伦敦。以往德莫特总是以开销为由反对这个念头：通勤的火车费、市区买食物比较便宜等等。

但是现在他也承认喜欢这个想法，他们会在离道顿西斯不太远的地方找栋村舍。

最后他们在一处大庄园分割出来建造的门房住宅定居下来，道顿西斯高尔夫球场就在十英里之外。他们也买了一只狗，很可爱的威尔士白色长毛小猎犬，名叫"奥布里"。

登曼拒绝随他们去乡间住。在他们经济环境恶劣的时候，登曼一直像个天使般守护着他们，然而随着富裕的降临，她却成了与之作对的恶魔。她对西莉亚非常无礼，经常不耐烦或轻蔑地把头一甩，最后干脆辞职，说是她认识的某人已经变得自命不凡了，所以到了她该做个转变的时候。

他们在春天里搬进了新家，最让西莉亚兴奋的是紫丁香，有无数盛开的紫丁香，从淡紫色到紫色，各种色调都有。清早漫步走进花园里，奥布里跟在她脚边，西莉亚觉得日子简直完美极了，不再有污垢灰尘和雾气，这是真正的家……

西莉亚非常喜爱乡间生活，以及带着奥布里去散很长的步。家附近有一所小规模学校，朱迪早上就去那里上学，如鱼得水。只面对一个人时，她很害羞，但是在大庭广众面前却毫不怯场。

"妈妈，将来我能去上真正的大学校吗？有好几百、好几百、好几百个女生的那种学校？英国最大的学校是哪一所？"

西莉亚和德莫特为了这个小小的家交锋过一次。楼上前方的房间之一要用来做他们的卧房，另一间德莫特要用来做他个人的更衣室，但西莉亚坚持要用来做朱迪的小孩房。

德莫特很懊恼。

"我想你会照你意思去做。我就成了家里唯一在自己房间里得不到阳光的人。"

"朱迪应该有个阳光充沛的房间。"

"什么话,她整天都不在房间里,后面那个房间相当大,有很多空间可以让她跑来跑去。"

"可是没有阳光。"

"我就不明白,为什么阳光对朱迪很重要,对我就没那么重要。"

然而西莉亚这次坚定立场,毫不让步。她也很想给德莫特有阳光的房间,但结果没给。

最后,德莫特倒是坦然接受了这次的落败,当作发个牢骚,不过却是那种好脾气的牢骚,假装是个被糟蹋的丈夫和父亲。

❖

附近有不少邻居,大多数都有孩子,大家都很友善。唯一困扰的是,德莫特不肯到别人家去吃晚饭。

"听我说,西莉亚,我从伦敦下班回来累得要死,你还要我穿得很正式出去吃饭,过了半夜才回到家上床,我办不到。"

"又不是每天晚上,这还用说。但我看不出每星期一次有什么关系。"

"嗯,我不要去,你喜欢的话,你自己去好了。"

"我没法自己一个人去,人家请客吃饭都是一对对夫妇。而且要是我跟人说你晚上从来不出门——但毕竟你还年轻,这种说法听起来很奇怪。"

"我肯定你不用我陪着一起去也行的。"

但这却很不容易。就像西莉亚所说的,在乡间,人家请客时一定请夫妇两人,要不就不请。不过德莫特的话也有几分公道。他养家活口,当然在他们的共同生活里也该有置喙的余地。于是她回绝了所有邀请,两人都待在家里,德莫特阅读财经方面的书籍,西莉亚有时缝纫,有时紧握着双手,思索着她脑中那户科尼什的捕鱼人家故事。

❖

西莉亚想要再生一个孩子。

德莫特不肯。

"你以前总是说伦敦家里不够大,"西莉亚说,"当然那时我们也没钱。但是现在我们够富足了,家里房间很多,而且带两个孩子不会比带一个麻烦到哪里去。"

"嗯,现在可不是我们要孩子的时候,重新又来一次那么多的辛苦和麻烦,小孩啼哭和奶瓶等等。"

"我想你会一直这样说的。"

"不会,我不会一直这样说的。我想再要两个孩子,但不是现在。来日方长,我们两个都还挺年轻的。等到我们两个都开始对事情感到有点厌倦时,养孩子就会成了有点刺激好玩的事。现在就先享受一下人生。你可不想又再开始害喜吧?"他停了一下又说:"告诉你,我今天去看了什么。"

"噢,德莫特!"

"汽车。这辆二手车车况蛮烂的。是戴维斯带我去看的，但它是辆跑车，只行驶了八千英里而已。"

西莉亚心想："我多爱他啊！就像个长不大的男孩。这么热衷……而且他工作如此努力。难道不该有他喜欢的东西吗？……将来我们会再生个孩子的。在这之前，先让他买车吧……毕竟，我在乎他多过世上任何小宝宝……"

❖

德莫特从来都不想要招呼老朋友来家里住，这点很让西莉亚不解。

"可是你以前不是很喜欢安德鲁斯吗？"

"对……可是我们已经彼此没联络了，最近也一直没见面。人会变的……"

"那卢卡斯呢？我们订婚的时候，你和他是形影不离的。"

"哦，我才没工夫去理从前部队里所有的人呢！"

一天，西莉亚收到埃莉·梅特兰的来信，现在她是彼得森太太了。

"德莫特，我的老朋友埃莉从印度回来了。我当过她的伴娘，可不可以请她和她先生来度周末？"

"当然可以，要是你喜欢的话。她先生会打高尔夫吗？"

"我不知道。"

"要是不会打的话，还挺麻烦的。不过，也没什么关系，你不会要我留在家里陪他们吧？"

"我们能不能一起打打网球？"

这个住宅区有几个供居民使用的网球场。

"埃莉一向都很热爱打网球,至于汤姆,我知道他打网球的,他从前打得很好。"

"听我说,西莉亚,我不能打网球,这会毁了我的比赛。再过三个星期就是道顿西斯杯高尔夫球赛了。"

"难道除了高尔夫,别的事都不重要了吗?这真的让状况变得很棘手。"

"西莉亚,要是大家都可以做自己喜欢的事,情况不就容易多了吗?我喜欢高尔夫,你喜欢网球。你请朋友来,跟他们去做你们喜欢做的事。你知道我从来都不干涉你做你想做的事。"

这倒也是真的。听起来完全正确,但是做起来多少让事情变得很难。西莉亚寻思着,人一旦结了婚,多少就跟丈夫绑到一块儿了,没有人当你是一个独立的个体。要是只有埃莉一个人来,那就一点问题也没有,但是她丈夫也来的话,德莫特当然应该要陪他做点什么才是。

毕竟,当戴维斯(德莫特几乎每个周末都跟他打高尔夫)和太太来住时,她,西莉亚,就得整天帮忙招待戴维斯夫妇。戴维斯太太人很好,却很沉闷,只是坐着,得要找话跟她讲。

但她却没跟德莫特提这些事,因为知道他最讨厌人跟他争辩。她邀请了彼得森夫妇来家度周末,然后只能听天由命了。

埃莉没怎么变,她和西莉亚津津有味地聊着从前的事情。汤姆有点不爱说话,稍微老了一点,看起来就像个和善的小男人,西莉亚暗自认为,他总是看来有点心不在焉,却很开朗。

德莫特表现得非常良好,向客人解释说他星期六得参加比赛(埃莉的丈夫不会打高尔夫),但整个星期天他都帮忙招待客人,带他们去河边,西莉亚知道,他其实最讨厌把下午花在这种玩法上的。

等到客人离去之后,他对西莉亚说:"喏,老实说吧,我表现得够不够高尚?"

"高尚"是德莫特的口头禅之一,总是会引得西莉亚哈哈大笑。

"你是表现得很高尚,像个天使。"

"嗯,短时间之内别再让我做第二次了,要等很长一段时间之后了,行吗?"

西莉亚没有让他再这么做。其实后来她挺想邀另一个朋友和她先生来度周末,但知道朋友先生不会打高尔夫,而她则不想要德莫特做出第二次牺牲……

跟一个要牺牲他自己的人生活在一起,西莉亚心想,实在太难了。要他做烈士的话,德莫特会是个很难相处的人。但是当他自己很享受时,跟他一起生活会好过得多……

更何况,他连对自己的老朋友都没什么感情。老朋友在德莫特看来,通常都是累赘。

在这一点，朱迪显然跟父亲是同一鼻孔出气的，几天之后，当西莉亚提到朱迪的朋友玛格丽特时，朱迪只是瞪大了眼。

"玛格丽特是谁？"

"你不记得玛格丽特了吗？在伦敦的时候，你常和她在公园里玩的。"

"不记得了。我从来没在什么地方跟玛格丽特玩过。"

"朱迪，你一定记得的，才一年前的事啊！"

可是朱迪根本就记不得有玛格丽特这个人。她不记得任何一个在伦敦跟她玩过的人。

"我只知道学校里的那些女生。"朱迪安然地说。

❖

发生了一件颇令人兴奋的事。话说西莉亚接到一通电话，临时邀她去替补一个不能出席晚宴的客人。

"我知道你不会介意，亲爱的……"

西莉亚一点也不介意，她很高兴。

那天晚上她很尽兴。

她没有害羞，发现谈话很容易，不用留神自己是否"发傻"，现场没有德莫特的批判眼光落在她身上。

她觉得仿佛突然又回到了没出嫁前的时期。

坐在她右边的那个男人曾经常到东方国家旅行，这是西莉亚最渴望去旅行的地区。

有时她觉得，如果有机会的话，她会丢下德莫特、朱迪和奥布里以及一切，冲到远方，消失得无影无踪……去漫游世界……

她旁边这人说到巴格达、喀什米尔、伊斯法罕、德黑兰、设拉子（真好听的地名，光是说出来，不用有任何意义都觉得动听）。他也讲到在巴基斯坦的俾路支斯坦省的游历经过，那时很少旅人能去那儿。

坐在她左边的是个年纪比较大、很和蔼的男人，他挺喜欢坐在自己旁边这个聪慧少妇，等到她终于转过头来跟他聊天时，还一脸沉醉在远方国土光华中的表情。

这人的工作跟书有关，她推想，于是就笑着把自己投稿失败的故事讲给他听了。他说很愿意看看她的稿子。西莉亚告诉他说，写得很糟糕。

"总而言之，我还是想看看。您是否愿意给我看看？"

"要是您想看，当然可以，但您会失望的。"

他认为也许会失望，因为她看起来不像个作家——这个金发白肤，长得宛如北欧人的少妇。不过，正因为她吸引了他，所以他才有兴趣想看看她写了什么。

西莉亚凌晨一点回到家时，见到德莫特已欣然入睡。她太兴奋了，忍不住叫醒德莫特跟他说话。

"德莫特，我过了一个很美好的晚上。噢！我非常尽兴！有位男士讲波斯和俾路支斯坦省的事情给我听，还有个很客气的出版商——晚饭后他们要求我唱歌。我唱得很差，可是他们好像不介意。后来我们去了花园里，我跟那个旅行家去看了莲花池，他还想亲我呢，不过挺好的，一切都那么好，有月光还有莲花以及种种一切，我还真愿意让他……不过我没有，因为知道你会不喜欢的。"

"没错。"德莫特说。

"可是你不介意，是吧？"

"当然不介意，"德莫特很好性子地说，"我很高兴你玩得尽兴，却不知道你为什么要把我叫醒，跟我讲这些。"

"因为我玩得太开心了，"她抱歉地补上一句说，"我知道你不喜欢我这样说。"

"我倒不介意，只不过在我看来这样挺傻的。我是说，人可以玩得很尽兴，却不必非要说出来不可。"

"我就忍不住，"西莉亚老实说，"我就是得要说很多才行，不然我会爆炸。"

"嗯，"德莫特说着翻过身去，"你现在已告诉过我了。"

然后他又继续睡他的觉。

西莉亚边脱衣服边有点清醒冷静下来，心想，德莫特就是这样，喜欢泼冷水，不过挺善意的……

❖

西莉亚已经忘了曾答应要给出版商看她的稿子，因此第二天下午这人上门来访，提醒她曾做出的承诺时，她很惊讶。

她从阁楼的柜子里翻找出了那叠蒙尘的稿子，再度声明这是个很愚蠢的故事。

两星期后,她接到来信,请她到伦敦去见他。

很不整洁的办公桌上到处堆了一捆捆的稿子,他两眼从眼镜后面对她闪烁着光芒。

"你瞧,"他说,"我晓得这是本书,不过这稿子却只有一半多一点,其他部分呢?是不是不见了?"

西莉亚困惑万分,从他手中接过稿子来。

接着沮丧得不由得张开了嘴。

"我拿错稿子了。这是我没有写完的旧稿。"

接着她就解释起来,他用心听着,然后叫她把修订过的版本寄给他,至于这份没写完的稿子,就暂时先由他先保管。

一星期后,她又被叫去。这次她朋友的眼睛光芒比上次闪烁得更厉害了。

"这第二次写的版本不好,"他说,"你找不到出版商愿意看的,而且不看也是对的。但你原来的那个故事一点也不差。你想是否能够写完它呢?"

"可是这故事根本就是错的,错误连篇。"

"听我说,亲爱的孩子,我会很坦白地跟你谈谈。你不是个天降奇才,我不认为你会写出杰作来。但是你的确是个天生的说故事人。你带着某种浪漫迷雾去想招魂、灵媒以及威尔士复兴派见证会这些事,可能你所想的全都是错误的,但你看到的却是跟百分之九十九的读者(读者其实也是不懂这些东西的）看到的一样。这百分之九十九的读者可并不会喜欢阅读精心得出的事实，他们要的是虚构的，也就是像是真的却又不是真实的。注意，一定得要是似是而非的。你会发现你所告诉我的科尼什渔夫故事也是同样情况。你就把这些故事写成书好了，但是，看在老天的份上，在没写完之前，千万不要接近科尼什或者渔夫，这样，你才会写出那种人家在阅读科尼什渔夫时所期望会读到的逼真内容。你不会想要跑到那里去，结果发现科尼什渔夫并非自成一格，而是跟伦敦沃尔沃思水管修理匠差不多的同类。你真正知道的事情，你永远写不好的，因为你有个很诚实的脑子。你可以在想象中不诚实，却无法在实际中不诚实。你知道的事情，你没法写出假话，但是对于你不知道的事情，却可以写出最棒的假话。你得要写捏造的东西（对你来说是捏造的），却不能写真实的东西。喏，回家去写吧。"

一年后，西莉亚第一本小说出版了，叫做《寂寞海港》。出版社改正了那些很明显不准确的部分。

米丽娅姆认为这本书非常好，德莫特则认为颇差劲。

西莉亚晓得德莫特的看法是对的，但她却很感激母亲。

"现在，"西莉亚心想，"我自命为作家了。我认为这比自命为妻子或母亲还要奇怪。"

第十六章　丧亲

米丽娅姆生病了。每次西莉亚见到母亲，心里就觉得一阵抽搐。

母亲看起来这么瘦小、可怜。

而且她一个人住那栋大房子，如此孤零零的。

西莉亚要母亲搬去跟他们住，但米丽娅姆极力拒绝了。

"行不通的。对德莫特也不公平。"

"我已经问过德莫特了，他挺愿意的。"

"他很客气。但我绝不会想要这样做。年轻人必须单独待在一起。"

她说得很坚决，西莉亚就没有再跟她争了。

过了一会儿，米丽娅姆说："我一直想要告诉你这话已经有一段时间了。我错看了德莫特。当初你要嫁给他时，我并不信任他，不认为这人老实或专一……我以为会有别的女人。"

"噢！妈，德莫特除了高尔夫球之外，从来不看别的东西的。"

米丽娅姆微笑了。

"我看错了……我很高兴……我觉得就算现在我走了，也已经把你交托给了能看顾你并照顾你的人。"

"他会的。他的确是这样。"

"对，我很满意……他很有魅力，对女人很有吸引力，西莉亚，记住这点……"

"妈，他是个很喜欢待在家里的人。"

"对，幸亏这样。而且我想他是真的很爱朱迪。朱迪完全就像他，不像你。她是德莫特的孩子。"

"我知道。"

"只要我觉得他会对你好……起初我并不这样认为的。我以为他很残酷，很无情……"

"他不是这样的人。他好得不得了。朱迪出生以前他就很体贴。他只不过是那种不喜欢把事情说出来的人而已，什么都放在心里，就像块石头一样。"

米丽娅姆叹息了。

"我以前很吃醋，不愿意去看他好的特点。我太想要你幸福了，我的宝贝。"

"我是很幸福,亲爱的妈妈,我很幸福。"

"是的,我想你是……"

过了一两分钟后,西莉亚说:"在这世界上,其实我已经没什么别的想要了,只除了或许想再生个孩子吧。我想要有一儿一女。"

她本期望母亲也会赞同她的愿望的,哪知米丽娅姆却微微皱起了眉头。

"我不知道你的想法是否明智。你太在乎德莫特了,儿女会把你从男人身边夺走的。照说本来是有了孩子会拉近你们两人的距离,但其实不是这样的……不,并非这样的。"

"可是你和爸爸……"

米丽娅姆叹息。

"实在很难的。两边拉扯……总是朝两边拉扯。很难做。"

"可是你和爸爸很幸福美满……"

"是的,不过我也花了很多心血……有很多事我都很留神。为了儿女的缘故而放弃某些事情,有时让他很懊恼。他爱你们,但是我们最快乐的时候,却是他和我出去度个小假的时候……西莉亚,要记住,永远不要丢下丈夫太久,男人是会忘记的……"

"爸爸除了你之外,是绝对不会看其他女人的。"

她母亲的回答却挺妙的。

"或许他是不会去看。不过我却总是留神看着他。曾经有一个专门负责客厅的女佣,是个高头大马的漂亮女孩,我以前常听你爸说他欣赏这种型的女人。有次她把槌子和一些钉子递给他,可是在过程中,她却趁机把手放在他手上。我看见了。你爸几乎没留意到,他只是看来很惊讶的样子。我想他是没对这小动作有什么念头,大概以为是无意而已,男人都很单纯……但是我把那个女孩辞退了,马上辞退,给了她一封很好的介绍信,然后说她不适合我。"

西莉亚很震惊。

"可是爸爸从来没有……"

"可能是没有。但我才不冒任何险呢!我看得太多了。太太身体不好,然后女家教或陪伴人帮忙当家……都是些年轻聪明的女孩。西莉亚,答应我,替朱迪找女家教时要非常小心。"

西莉亚笑了起来,亲了母亲。

"我不会雇用高头大马的漂亮女孩,"她承诺着说,"我会找又瘦又老戴眼镜的。"

❖

朱迪八岁的时候,米丽娅姆去世了。当时西莉亚在国外。德莫特有十天的复活节假期,他要西莉亚跟他一起去意大利度假。本来西莉亚有点不愿意离开英国,因为医生已经告诉她,母亲的身体很差。她身边有个陪伴人在帮忙照顾她,每隔几个星期,西莉亚就回娘家去探望她。

然而,米丽娅姆却不肯让西莉亚留下来陪她,让德莫特自己去度假。她来到伦敦,住在洛蒂表姐家(表姐这时已经守寡），朱迪和女家教也过去住在一起。

在科莫湖时，西莉亚接到电报叫她速返。她搭上能赶上的第一班火车，德莫特也要同去，但西莉亚劝他留下来把假度完。他需要换换空气和环境。

就在她坐在餐车里，火车经过法国时，突然一阵奇异的心寒感觉通过她全身。

她心想："不用说，我再也见不到她了。她走了……"

抵达时，她发现米丽娅姆果然就是差不多在那时去世的。

❖

她母亲……她那英勇矮小的妈妈……

那么静止又奇怪地躺在那里，包围在花朵和白色之中，一张冰冷安详的脸孔……

她母亲，有着忽喜忽悲的性情，有着迷人、会转变的外表，还有坚定不移的爱与保护……

西莉亚心想："我现在是一个人了……"

德莫特和朱迪是外人……

她心想："以后再没有人可以依靠了……"

一阵惊慌席卷了她……接着是懊悔……

最后这几年里，她满脑子只想着德莫特和朱迪……很少想到母亲……她母亲却一直都在那儿……一直都在……在所有事情的背后撑着……

她彻头彻尾晓得母亲，母亲也晓得她……

年幼的时候,她就发现母亲又精彩又令人满意……

而母亲也一直保持着她的精彩和令人满意……

如今母亲却走了……

西莉亚的世界垮了下来……

她的弱小母亲……

第十七章 灾祸

德莫特本意是好的,他厌恶麻烦和不快乐的事,但他却想要心存善意。他从巴黎写信给西莉亚,建议她应该过去度一两天假,藉此振作起来。

也许这是出于善意,也许是因为他对于回到居丧的家中感到畏怯……

然而,这点却是他无论如何也得做的事……

要吃晚饭之前,他回到了家中。西莉亚正躺在床上迫切地等着他的归来。办丧事的操劳结束了,她很急于不要让悲戚的气氛造成朱迪的反感。小朱迪,这么小又生气蓬勃,比她自己的事更重要。朱迪曾经为外婆而哭,但是很快就忘了。小孩子本就该遗忘的。

德莫特马上就会在这里了，然后她就可以让一切成为过去。她满腔热情想着："我有德莫特实在太好了。要不是因为德莫特的话，我会想死掉的……"

德莫特情绪很紧张，纯粹是因为这种紧张才使得他进房里来说："嗯，大家都好吗？开朗又开心吗？"

换了别的时候，西莉亚就会看得出造成他说话这么轻率的原因，偏偏这个时刻，这些话仿佛像是他在她脸上打了一巴掌。

她往后缩着身子，眼泪冒了出来。

德莫特向她道歉，并努力解释。

最后，西莉亚握着他的手睡着了，看到她睡着之后，德莫特如释重负地抽出了自己的手。

他漫步走出房间，去到朱迪的小孩房里。朱迪兴高采烈地对他挥挥调羹，她正在喝一杯牛奶。

"哈啰，爸爸，我们要玩什么？"

朱迪可一点也不浪费时间。

"不可以玩太吵的游戏，"德莫特说，"你妈妈睡着了。"

朱迪很懂事地点点头。

"我们来玩'老小姐'。"

他们玩起老小姐游戏来。

❖

日子像往常一样过着。到最后，终于也还是不太像往常了。

西莉亚如常持家，一点也没露出悲戚的样子，但是这阵子她完全没了原动力，她就像个停摆的钟。德莫特和朱迪都感觉到这种变化，两人都不喜欢这变化。

两星期后，德莫特要邀朋友来家里过夜，结果西莉亚在还没来得及制止自己之前就叫了起来。

"哦，现在不行，我受不了得整天跟一个不熟的女人说话。"

但是她马上就后悔了，跑去找德莫特跟他说她不是有意这样不通人情的，他当然可以请朋友来家小住。于是朋友来了，但是这次作客却并非宾主尽欢。

几天后，西莉亚接到埃莉的来信。内容令她既惊讶又很悲痛。

我亲爱的西莉亚（埃莉写道）：

我觉得应该由我自己来告诉你（要不然你可能会听到各种乱七八糟的版本），汤姆跟别的女人跑掉了，那是我们在回国船上认识的女人。这对我来说是很伤心的打击。我们在一起时那么幸福，而且汤姆很爱儿女。这简直就像是一场可怕的梦。我伤透了心，不知道该怎么办。汤姆一直是个完美的丈夫，我们甚至从来没吵过架。

西莉亚为她朋友的遭遇感到非常难过。

"这世界上的伤心事还真多。"她对德莫特说。

"她丈夫必定是个烂人,"德莫特说,"你知道,西莉亚,有时你似乎认为我自私,但你说不定还得忍受更糟糕的呢!起码,我是个又好又正派、不欺骗的丈夫,不是吗?"

他语气颇有些喜剧味道。西莉亚亲他一下,笑了起来。

三星期后,她带着朱迪回到娘家房子去,得要把房子整个清理一遍,这是个让她退避三舍的任务,但是没有别人能做这事。

少了她母亲迎接的笑容,家简直难以想象。要是德莫特能陪她来就好了。

德莫特则试着用他的作风为她打气。"你会真的喜欢这件事的,西莉亚,你会发现很多根本已经完全忘掉的东西。再说这个时节去那里也正是时候,转换一下环境对你也有好处。我反而要一个人待在这里的办公室做苦工。"

德莫特在这方面太不足了!他一贯地忽略掉情绪压力的意义,就像匹受惊的马儿般闪避着情绪压力。

西莉亚叫了起来,这次破例地生气了:"你说得好像这是去度假似的!"

他转移目光不去看她。

"嗯,"他说,"也算是吧……"

西莉亚心想:"他不厚道……他不……"

一股寂寞如浪潮般淹没了她,她感到害怕……

没有了母亲,这个世界多冰冷啊……

❖

接下来几个月，西莉亚经历了很苦的时期。她要见律师，要处理好各种事务。

不用说，她母亲几乎没留下什么钱。房子成了要考虑的问题：究竟是要留着还是要卖掉？房子状况很差，因为一直以来都没有钱修理。如果不想让整个地方完蛋的话，几乎就得马上花相当大一笔钱去维修。总而言之，以这房子的现状，买家是否会考虑，很成疑问。

西莉亚举棋不定，左右为难。

她受不了和这房子分开，然而常识又告诉她，卖掉是最好的做法。这房子离伦敦太远了，她和德莫特没法住在这里，就算德莫特曾有此念（西莉亚却很肯定，德莫特根本不会受此念头吸引）。对于德莫特而言，乡间，是指一流的高尔夫球场。

这么说来，她坚持守着这房子，不过就是出于感情的缘故？

然而她受不了放弃这房子。米丽娅姆曾经做出如此英勇的奋斗，为她保住这房子。是她自己很久以前劝阻母亲卖房子的……米丽娅姆当初是为了她去保住这房子，为她以及她的儿女们。

要是她保住了这房子，朱迪会当一回事吗？她不认为。朱迪是那么超然事外，不受羁绊，就像德莫特。德莫特和朱迪这类人会住某个地方，只因为那地方很方便而已。到最后，西莉亚去问了女儿。她常觉得才要九岁的朱迪比她自己要明智又实际得多。

"卖了它你会不会得到很多钱，妈妈？"

"不会，恐怕是不会的。你瞧，这是栋老式的房子，又在很乡下的地方，不靠近城镇。"

"嗯，这样的话，或许你最好保留它，"朱迪说，"我们可以在夏天来这里。"

"朱迪，你喜欢来这里吗？还是你比较喜欢我们现在住的家？"

"我们现在住的家很小，"朱迪说，"我喜欢住在多米屋大饭店，我喜欢很大很大的房子。"

西莉亚笑了起来。

朱迪说的倒是真的。现在把房子卖掉的话，她拿不到多少钱。无疑地，就算从生意眼光来看，最好还是等到乡间房屋在市场上没那么滞销时再脱手。于是她转而着手最起码的维修问题。或许，等这些基本维修完毕之后，她可以为布置好的房子找个房客。

这些事情的生意面很令人操心，但也让她的心思从伤心思绪中转移开来。

接下来要面对的是她退避三舍的清理。如果要把房子租出去，首先就得全部清理过。有些房间已经锁上多年，里面有很多古老的大木箱、抽屉、橱柜，全都塞满了过去的回忆。

❖

回忆……

待在这房子里是如此寂寞,如此怪异。

没有了米丽娅姆……

只有装满旧衣服的大木箱,塞满信件和照片的抽屉……

让人心痛……心痛得厉害。

有着鹳鸟图案的日式盒子是她小时候的最爱。盒子里面有折叠的信件,有一封是妈妈写的:"我的宝贝小羊儿小鸽南瓜……"热泪滑下了西莉亚的脸颊。

一件饰有小朵玫瑰花蕾的粉红丝绸晚装塞在一口大木箱里,以便万一哪天可以"改头换面",但结果却被遗忘了。这是她最早穿的晚装之一……她还记得上次穿这件晚装时的情景:当时她是个如此不善社交、傻里傻气急于投入社交圈的黄毛丫头……

奶奶的信件塞满了整整一口大木箱,八成是当初搬来住时一起带来的。坐在三轮推车椅上的老先生照片上写着"永远对你专一的仰慕者",以及其他一些潦草的缩写。奶奶和"男人家",永远是"那些男人家",就算他们已经老到了要坐在海边的三轮推车椅上时……

一个印有两只猫图案的马克杯,这是有一年她生日时,苏珊送给她的生日礼物。

回到……回到过去……

为什么这么让人心痛呢?

为什么这么可恨地让人心痛?

如果她不是一个人在这房子里就好了……要是德莫特能陪她就好了!

但是德莫特一定会说:"为什么不干脆连看都不要看,一把火通通烧掉就好?"

这么明智,然而她就是做不到……

她打开了更多原本锁住的抽屉。

诗。一张张纸上的诗,褪了色的花体字写成的,她母亲还是个黄花闺女时的字迹……西莉亚一首首看了。

充满感伤,矫揉造作,完全是那个时代的风格。是的,但是有些内容——有些峰回路转的想法,某个突如其来的原创句子——使得这些诗成为她母亲的风格。米丽娅姆的脑子,那个快速、急如飞鸟的脑子……

"约翰生日时送给他的诗……"

她父亲,满脸大胡子、快活惬意的父亲……

有张银版照片,呈现出他年轻时胡子刮得一干二净、表情一本正经的样子。

年轻时——逐渐变老——多神秘啊,这一切多令人害怕啊!有没有哪个特别的时刻里,你会比其他时刻更像自己呢?

未来……西莉亚,会往未来的哪里去呢?

嗯,情况很明显,德莫特比较有钱了……有大房子住……再生一个孩子……说不定再生两个。疾病、孩子的病痛，德莫特变得有点难相处，对于任何他想要做的事所遇到的阻力更加不耐烦……朱迪长大成人，活泼、充满决心、活得很投入……德莫特和朱迪一起……她自己，则变得比较胖了，人老珠黄，父女俩用带点好玩的嘲弄态度对待她……"妈，你是挺傻的，你知道……"对，失去了容貌之后，就更难遮掩你的傻气了。（脑中回忆突然闪现："西莉亚……答应我，你要永远这么美。"）对，可是如今那已经过去了。他们会在一起活很久，久到美貌之类的事都失去了意义。德莫特和她彼此爱对方入骨。他们属于彼此——虽然彼此陌生，却互属于对方。她爱他，因为他如此不同，虽然现在她已经清楚知道他对事情会有怎样的反应，却仍不知道、也永远不会知道为什么他有这样的反应。也许他对她也有同感。不，德莫特就只是接受事物，却从不去思考它们，在他看来这似乎徒然浪费时间而已。西莉亚心想："这是对的，嫁给你爱的人绝对是对的。金钱和外物不算什么。就算我们得住在很小的村舍里，我得要自己煮饭、做家务。有了德莫特，我就会永远幸福。"但是德莫特不会变穷的，他是个成功人士，会继续成功下去的。他是那种人。当然，他的消化不良倒是会恶化下去。他会继续打高尔夫……而且他们会一直这样下去，也许在道顿西斯或者其他类似的地方……她则永远没得开眼界了，去看远方的事物：印度、中国、日本；俾路支斯坦省的荒野；波斯，那里的地名宛如音乐：伊斯法罕、德黑兰、设拉子……

她全身颤栗了一下……要是一个人可以自由的话——相当自由——什么都没有，身无长物、没有房子、没有丈夫或孩子，没有什么牵绊着你，绑住你，扯着你的心……

西莉亚心想："我想跑掉……"

米丽娅姆也曾这样觉得。

尽管爱丈夫和孩子，有时却也曾想要抽身而出……

西莉亚打开了另一个抽屉。是信件。父亲写给母亲的信件。她拿起了最上面的一封，信上日期是他去世前一年。

最亲爱的米丽娅姆：

希望过不久你就能来跟我会合。母亲似乎身体很好，精神挺不错的。她的视力在衰退，但还是照样为她那些情人们织很多睡袜！

我跟阿穆尔做了次长谈，谈关于西里尔的事。他说这孩子不笨，只是不用心。我也跟西里尔谈了，希望能让他听进去。

尽量在星期五前来与我会合，我最亲爱的，那天是我们结婚二十二周年庆。我发现很难道尽你对我的意义。亲爱的，你是男人梦寐以求的忠诚妻子。因为你，我满怀谦卑地感恩上帝，我亲爱的。

转达我的爱给我们的小宝贝娃儿。

你忠诚的丈夫

约翰

西莉亚又泪盈于眶了。

将来有一天,她和德莫特也会结婚二十二周年,德莫特不会写出这样一封信,但是,内心深处,他说不定也有同感。

可怜的德莫特。过去那个月里,她这样伤心低沉,对他来说也够难受的。他不喜欢不快乐。嗯,等到她忙完了这件差事,她就会把悲恸抛到脑后去。米丽娅姆活着的时候,从没有横梗在她和德莫特之间。去世后的米丽娅姆当然也一定不会这样做……

她和德莫特会一起向前走,幸福、快乐并享受事物。

这才是会让她母亲感到最高兴的事。

她把父亲的信全部从抽屉里取出来堆在壁炉里,点燃了火柴。这些信属于死者所有,她只留下了读过的那封。

抽屉底有个褪色的袖珍旧记事本,封面绣有金线。里面有张折叠的纸,很破旧。上面写着:"生日那天米丽娅姆送给我的诗"。

深情……

这个世界如今鄙视深情……

但是在那个时刻,对西莉亚来说,不知何故却是无法承受的甜蜜……

❖

西莉亚感觉病了。房子里的孤寂压得她受不了,她但愿有个人可以说说话。虽然有朱迪和胡德小姐在,但她们却是属于一个截然不同的世界,跟她们在一起,非但不能解脱,反而更有压力。西莉亚很急着不要让朱迪的生活蒙上阴影,朱迪是如此地生气蓬勃,对什么都那么开心投入。当她跟朱迪在一起时,西莉亚刻意表现出欢乐状。她们一起玩剧烈的游戏,用上各种球、羽毛球板、毽子等等。

等到朱迪上床睡觉以后,包住房子的那片寂静就裹住了西莉亚,感觉那么地空虚……如此空虚……

寂静带回了历历如绘的往事,那些快乐、温馨的夜晚,和母亲谈着德莫特、朱迪、书籍以及人和想法。

如今,没有了可以谈话的人……

德莫特不常来信,即使有也很简短。他去参加了七十二洞的比赛,跟安德鲁斯一起,罗西特也和外甥女来了。他让玛乔丽·康奈尔做第四个搭档。他们在希尔斯伯勒打高尔夫,很烂的球场。女人来打高尔夫真是个麻烦。他希望西莉亚过得很开心。能否代他谢谢朱迪写信给他呢?

西莉亚开始睡不好。往事一幕幕浮现,让她醒着无法入睡。有时她惊恐地醒过来,却不知道究竟是什么吓到了她。看着镜中的自己,她知道自己看来面带病容。

她写信给德莫特,求他那个周末过来陪她。

他回信说:

亲爱的西莉亚:

我查了火车班次,但真的很不值得。我要不得在星期天赶回来,要不就得在凌晨抵达镇上下火车。家里的汽车现在行驶得不太好,所以我送去翻修了。你也晓得,我整个星期忙于工作,感觉有点过劳,到了周末已经累得要死,不想再搭火车奔波了。

再过三个星期我就可以放假了。我认为你提议去法国迪纳尔度假的点子很好,我会写信去订房间的。不要太过操劳累坏了自己,要经常出去走走。

你还记得玛乔丽·康奈尔吗?挺漂亮的黑发女孩,巴雷特家的外甥女。她刚失业,说不定我可以帮她在这里找份工作。她相当有效率。有一晚我带她去看戏,因为她现在过得不太顺利。

你保重并看开一点。现在我认为你不卖房子是对的,情况说不定会好转,以后你可能会卖个比较好的价钱。我不认为这房子对我们有什么大作用,但要是你对它有感情的话,我想把房子封起来,雇个人看管,也花不了多少钱。你说不定还可以布置一下这房子,你写书赚到的钱就够付费用和园丁薪水了,要是你愿意的话,我也会帮忙达成这目标的。我工作得非常辛苦,大多数晚上回到家时都在闹头痛。

一切马上就会好转的。

转达我的爱给朱迪。

　　　　　　　　　　　爱你的

　　　　　　　　　　　　德莫特

最后那个星期，西莉亚去看了医生，请医生开点能让她入睡的药。医生是看着她出生长大的，问了她一些问题，检查了她身体，然后说："你能不能找个人陪陪你？"

"再过一星期我先生就会来了。我们要一起到国外去。"

"啊！太好了！你知道，我亲爱的，你快要精神崩溃了。你很消沉，受到了打击，心很乱，这都很自然，我知道你跟你母亲感情很深。一旦你跟你先生离开这里，去到新环境，你马上就会好起来的。"

他拍拍她肩膀，开了处方给她，就叫她走了。

西莉亚天天数着日子。等德莫特来了以后，一切就好了。他预计在朱迪生日前一天到，他们准备一起庆祝，然后出发前往迪纳尔。

新的生活……把悲痛和回忆抛到脑后……她和德莫特继续向未来迈进。

再过四天德莫特就到了……

再过三天……

还过两天……

今天！

❖

有些事情不对劲……德莫特是来了，但是这人却不像德莫特，看着她的是个陌生人：不正眼看她，视线望着旁边，然后又转移开去……

一定是有什么事了……

他病了……

出了问题……

不，跟这不一样……

他是……一个陌生人……

❖

"德莫特，出了什么事吗？"

"会有什么事呢？"

他们单独在西莉亚的卧房里，西莉亚正在用丝带和绵纸包装朱迪的生日礼物。

为什么她感到那么害怕呢？为什么会有这种很难受的恐惧感呢？

他的眼神，游移不定的眼神，不时从她脸上转向别处……

这不是德莫特，那个正派、英俊、开怀大笑的德莫特……

这是个鬼鬼祟祟、畏首畏尾的人，看起来几乎……就像是罪犯……

她突然说："德莫特，是不是有什么事？跟钱有关？我是说，你是不是做了什么……"

该怎么开口说呢？德莫特，这样一个诚实的人，怎会是贪污舞弊的人呢？真是胡思乱想……胡思乱想！

然而那游移畏缩的眼神……

仿佛她会在意他做了什么似的!

他看来很惊讶。

"钱?哦,没有,钱没问题。我……这方面很好。"

她放下心来。

"我还以为……我真荒唐……"

他说:"是有事……我想你也猜得出来的。"

但是她猜不出来。要是跟钱无关(她曾一直隐约唯恐公司会倒闭),她就想不出还会是什么事了。

她说:"告诉我吧。"

不是……不会是癌症吧……

有时候,连强壮、年轻的人也会得癌症的。

德莫特站起身来,语气听来很奇怪又很僵。

"是……嗯,是关于玛乔丽·康奈尔。我经常跟她见面,我很喜欢她。"

噢!真叫人松了一大口气!不是癌症……但是玛乔丽·康奈尔……为什么会是玛乔丽·康奈尔呢?难道德莫特……德莫特向来不看别的女人的……她柔声说:"没关系,德莫特,要是你做了傻事的话……"

跟人调情。德莫特不惯于调情的。但话说回来,她还是很感惊讶,又惊讶又受伤。就在她如此悲戚的时候,如此渴望德莫特在眼前安慰她的时候,他却在跟玛乔丽·康奈尔调情。玛乔丽是个挺好的女孩,又长得蛮好看的。西莉亚心想:"奶奶一定不会感到惊讶。"脑中念头一闪,说到底,也许奶奶是真的相当懂得男人的。

德莫特粗暴地说:"你不明白,不是像你所想的那样,没有事……没有事的……"

西莉亚脸红了。

"那当然,我并没有认为有……"

他继续说下去。

"我不知道怎么样才能让你明白。这不是她的错……她对这事也感到苦恼,还有对你……噢!老天!"

他坐了下来,脸埋在双手里……

西莉亚惊愕地说:"你真的很关心她……我明白了,哦,德莫特,我很遗憾……"

可怜的德莫特,被这股热情冲昏了头。他会很不快乐的,所以她……她不可以对这事太过苛责,得要协助他走出这件事,而不是责怪他。这不是他的错,她没待在他身边,他感到寂寞,这是很自然的……

她又说:"我深深为你感到难过。"

他又站起身来。

"你不明白。你不用为我感到难过……我是个烂人,我觉得自己是个卑鄙小人,不能像样地对待你。我对你和朱迪都没用了……你最好跟我一刀两断……"

她惊呆了……

"你是说,"她说,"你不再爱我了?一点都不爱了?但我们一直这么幸福……在一起总是很快乐。"

"对，在某种程度上……很安定……这是相当不同的。"

"我认为安定的幸福是世上最好的。"

德莫特做了个手势。

她惊愕地说："你要离开我们？不再见我和朱迪？但你是朱迪的父亲呀……她爱你。"

"我知道……我也非常在乎她。但是这样不好。我不想做的事情从来都勉强自己不来的……我不快乐的时候，没法表现得像样……我会像个畜生似的。"

西莉亚缓缓说："你要一走了之……跟她？"

"当然不是。她不是那种女孩，我绝不会建议她做这种事的。"

他语气听起来很受伤又被冒犯。

"我不明白……你只是要离开我们吗？"

"因为我对你们不再有好处……我只会变得很差劲。"

"但我们一直这么幸福，这么快乐……"

德莫特不耐烦地说："对，当然，我们的确是，在过去是。但我们已经结婚十一年了。经过十一年后，人需要有个转变。"

她退缩了。

他则继续说着，语气充满说服力，比较像他本人了："我收入相当不错，为了朱迪，我答应给你足够的赡养费，何况你现在自己也在赚钱了。你可以到国外去，去旅行，去做各种你一直很想做的事……"

她举起了手,仿佛在挡他挥来的一击似的。

"我敢说你是很乐在其中。你跟她在一起是真的比跟我要快乐得多……"

"别说下去了!"

过了一两分钟后,她平静地说:"九年前,就是在今天晚上,朱迪就快出生,你还记得吗?这对你难道没有任何意义吗?难道我和……和你想要用退休金打发掉的女主人没有任何差别吗?"

他绷着脸说:"我说过我对朱迪感到很抱歉……但毕竟我们同意过,另一方可以完全自由……"

"我们有吗?什么时候?"

"我肯定我们同意过。这是看待婚姻唯一像样的方式。"

西莉亚说:"我认为,当你把一个孩子带到这世上来之后,维系住婚姻才是更像样的方式。"

德莫特说:"我所有朋友都认为理想婚姻应该是自由……"

她笑起来。他的朋友们。德莫特可真不同寻常,只有这时候他才会把他朋友扯进来。

她说:"你是自由的……要是你选择离开我们的话,你可以离开……要是你真的选择……可是你要不要再等一下,你要不要确定一下?有十一年的幸福回忆,相对另一边是一个月的意乱情迷。在毁掉一切之前,先等一年,以便确定这些事……"

"我不愿意等。我不想要这种等待的压力……"

西莉亚突然伸出手去抓住了门柄。

这一切都不是真实的,难道是真的……她叫了出来:"德莫特!"

房间陷入黑暗,围着她旋转。

她发现自己躺在床上,德莫特拿着一杯水站在她旁边。他说:"我不是有意要你难过的。"

她遏制住了自己歇斯底里的大笑……接过了那杯水喝了下去……

"我没事,"她说,"没关系的……随你高兴去做……你现在可以走了,我没事……随你高兴去做,不过让朱迪明天过她的生日。"

"那当然……"

他又说:"要是你确定没事的话……"

他缓缓穿过那扇开着的门,走进了他房间,关上了身后的门。

朱迪的生日就在明天……

九年前,她和德莫特漫步走进花园里,后来她独自进入疼痛和恐惧中,而德莫特曾为此心痛……

想必……想必……世上没有人做得出这么残酷的事,选择这天来告诉她吧……

对,德莫特就做得出……

残酷……残酷……残酷……

她的心狂喊着:"他怎么能……他怎么能……对我这么残酷?"

❖

非得给朱迪过生日不可。

礼物,特别的早餐,野餐,坐到饭桌上跟大人一起吃饭,游戏。

西莉亚心想:"从来没有过像这样漫长的一天……如此漫长,我快疯了。但愿德莫特表现得再热烈一点就好了。"

朱迪却什么都没留意到。她留意到她的礼物,她的乐趣,大家都对她百依百顺。

她这么开心,毫无所觉,真让西莉亚心碎。

❖

第二天,德莫特走了。

"我会从伦敦写信来,好吗?你暂时还会留在这里吧?"

"不留在这里……不,不要这里。"

留在这里?处在空虚、孤寂中,没有米丽娅姆来安慰她?

哦,母亲,母亲,回到我身边,母亲……

哦,母亲,你在这里就好了……

独自留在这里?在这个充满幸福回忆,跟德莫特有关的回忆的房子里?

她说:"我情愿回家。我们明天回家。"

"随你高兴。我会留在伦敦。我还以为你喜欢这里。"

她没回答。有时你就是没办法回答。人要不是明白,就是不明白。

德莫特走了以后,她陪朱迪玩,告诉朱迪说他们不会去法国了。朱迪平静地接受了这项宣布,没感兴趣。

西莉亚觉得很不舒服,两腿作痛,头晕眩,感觉自己像个很老的老妇。头痛愈来愈厉害,痛到她简直要大叫出来。她服用阿司匹林,却没有用。她感到恶心想吐,想到食物就退避三舍。

❖

西莉亚害怕两点:一怕自己会疯掉,二怕朱迪会留意到蛛丝马迹……

她不知道胡德小姐是否留意到了什么,这人很安静,有她在真是很大的安慰,她是如此镇静又不多事。

胡德小姐安排了回家的事。她似乎认为西莉亚和德莫特结果没去成法国是相当自然的事。

西莉亚很高兴回到自家住宅。她心想:"这好多了,我终究不大可能发疯了。"

她的头痛现象好些了,但身体却愈来愈糟糕,全身仿佛被人打过似的。两腿无力行走……这点再加上要命的反胃,使得她跛行又无力……

她心想:"我要病倒了。为什么心思会这么影响身体呢?"

她回家两天后,德莫特从伦敦回来。

那人仍然不是德莫特……怪异,而且吓人——发现你丈夫身体里住了个陌生人……

这点让西莉亚恐惧到想要尖叫……

德莫特很不自然地谈着外界的事物。

"就好像来串门子的人似的。"西莉亚心想。

然后德莫特说:"你不认为这样做最好吗?我的意思是,分手。"

"这样做最好?对谁而言?"

"嗯,对我们大家。"

"我不认为这样做对朱迪或我最好。你知道我不这样认为的。"

德莫特说:"不是每个人都能幸福的。"

"你是指你会幸福,而朱迪和我则不会……我看不出为什么就该是你幸福而不是我们。哦,德莫特,你能不能就去做你想要做的事,而不要坚持谈这个?你得要在玛乔丽和我之间做出选择……不,不是这样,你厌倦了我,说不定这是我的错,我早该看出来的,我早该多加努力,但我太肯定你是爱我的了,我相信你就如同相信上帝一样,这点很愚蠢——奶奶就会这样告诉我。不,你得要做出选择的,是玛乔丽和朱迪。你的确爱朱迪,她是你的亲骨肉,而我跟她也永远不及你跟她,你们两个之间有这种心意相通,她跟我就没有。我爱她,但我不了解她。我不想要你遗弃朱迪,不想要她的生命有残缺。我不会为自己奋战,但我会为朱迪奋战。遗弃你自己的孩子是很刻薄寡恩的事。我相信,要是你这样做的话,你不会快乐的。德莫特,亲爱的德莫特,你肯不肯试一下？你肯不肯付出你人生中的一年？要是过完这一年，你做不到，觉得还是得要去玛乔丽那里，嗯，那么，你就该去。但那时我会觉得你已经尽力了。"

德莫特说："我不想要等待……一年是很长的时间……"

西莉亚做了个泄气的手势。

（要是她没感到不舒服得要命就好了。）

她说："好吧，你已经做出决定……但哪天你想要回来，你会发现我们在等着你，而且我不会责怪你……走吧，而且……快快乐乐地，说不定哪天你会回到我们身边的……我想你会的……我认为在一切表面之下，真正爱你的还是我和朱迪……而且我也认为，在这表面之下，你是正派又专一……"

德莫特清清喉咙，看来很尴尬。

西莉亚但愿他走掉就好，这一切谈话实在……她如此爱他，要看着他实在太痛苦了，要是他干脆走掉，去做他想要做的事就好了，不要把这些痛苦带回家来给她……

"真正的重点是，"德莫特说，"要多久我才能获得自由？"

"你是自由的，你现在就可以走了。"

"我想你不明白我在说什么。我所有的朋友都认为我应该尽快离婚。"

西莉亚瞪大了眼。

"我还以为你告诉我说没有……没有……没有理由要离婚。"

"当然没有。玛乔丽是个非常正派的人。"

西莉亚忽然有狂笑的冲动,但她遏制住了。

"嗯,那么呢?"她说。

"我永远不会要她做那种事的,"德莫特以震惊的口吻说,"但我相信一点,要是我自由的话,她是会愿意嫁给我的。"

"可是你已经娶了我呀!"西莉亚困惑地说。

"所以才得要离婚。离婚可以办得相当容易又快,不用麻烦你,所有费用我来出。"

"你是说,你和玛乔丽终究会一起走掉?"

"你以为我会把这样一个女孩拖到离婚法庭上吗?才不,整件事情可以轻易办好,一点也不用让她的名字出现。"

西莉亚站起身来,两眼冒火。

"你是说……你是指……哦,我认为这真是恶劣透顶!要是我爱上一个男人,我会跟他一走了之,就算这是不对的。我或许会抢了某人的丈夫,但我不认为我会把孩子的爸爸也抢走。不过话说回来,这种事谁也说不准。但我会很诚实地去做这件事。我才不会躲在暗处,让别人去当坏人,自己没事。我认为你和玛乔丽两个都恶劣透顶——恶劣透顶。要是你们两个彼此相爱,没有了对方就活不下去,起码我还会尊重你们。我会跟你离婚的,尽管我认为离婚是不对的,但我不愿意去碰这些谎言、假装以及圈套。"

"胡说,别人都是这样的。"

"我不管。"

德莫特朝她走过来。

"听我说,西莉亚,我要离婚,我不愿意等,而且我不会让玛乔丽牵扯进来。你得要同意离婚。"

西莉亚正面看着他。

"我不要。"

第十八章　恐惧

不用说，德莫特在这点上犯了错误。

要是他恳求西莉亚，请她大发慈悲，告诉她说他爱玛乔丽，想要拥有她，没有了她就活不下去，西莉亚就会心软，不管他要什么都会同意的，无论这样有多伤她感情。德莫特一不开心，她就没辙了，他想要什么，她都会给他，而且也没办法下次不这样。

她是站在朱迪这边来对抗德莫特，要是德莫特对她用对了方法，她也会为了德莫特而牺牲朱迪的，尽管事后她会恨自己这样做。

但是德莫特却用了截然不同的手法，他把想要得到的当作是自己的权利，而且还欺压西莉亚逼迫她同意。

她向来都很软，任由他搓圆捏扁的，因此这回她做出反抗让他很吃惊。她几乎食不下咽，无法入睡，两腿发软几乎走不动，饱受神经痛和耳痛之苦，但态度却很坚定。而德莫特则百般欺凌她，想迫使她同意。

他说她表现得很丢脸，是个鄙俗、死抓着不放的女人，应该为自己感到惭愧，他为她感到可耻。但这些都对西莉亚产生不了作用。

表面上是这样，内心里，这些话让她心如刀割，留下了伤口。那个德莫特……德莫特，竟然会认为她是这样的人。

她愈来愈担心自己的身体状况，有时话说到一半，却忘了原本要说什么，连她的思绪也混乱起来了……

她会在夜里满怀恐惧地醒过来，很肯定感到德莫特在对她下毒，想把她除掉。到了白天，她知道这些都是晚上的胡思乱想而已，但还是照样把园艺工具小屋内的除草剂锁起来。一边这样做时，一边心想："这样做脑筋不大正常，我绝对不可以疯掉，就是不能疯掉……"

她在夜里醒来之后，会满屋子晃来晃去想找某样东西。有一天晚上，她知道自己在找什么了，她在找她母亲……

她得找到母亲。她穿好衣服，加上外套和帽子，拿了母亲的照片，要去警察局请他们寻找母亲下落。她母亲失踪了，但是警察会找到她……一旦找到母亲之后，一切就都没事了。

她走了很长时间，那天又下雨又潮湿……她记不得究竟为什么走着。哦，对了，要去警察局……警察局在哪里？应该是在镇上，而不是在空旷的乡下地方吧！

她转身往另一个方向走去……

警察会很好心又乐意协助，她会把母亲姓名给他们……母亲叫什么名字来着……怪了，她记不起来……她自己叫什么名字？

真令人害怕……她不记得自己的名字了……

西比尔，是这名字吗？还是叫伊冯娜……无法记得名字真是糟糕……

她非得想起自己的名字不可……

她跌倒在一条水沟里……

沟里的水满满的……

你可以让自己淹死在水里……

淹死比吊死好，只要躺进水里就行了……

哦，水好冷！她办不到……不行，她做不来……

她会找到母亲的……母亲会处理好所有事情。

她会跟母亲说："我差点就淹死在水沟里了。"然后母亲会说："那可就真是太傻了，宝贝儿。"

傻，对，傻。德莫特就认为她傻，很久以前就这样认为。他曾这样说过。他的脸让她想起了某件事。

啊！可不是！那是梦中枪手的脸孔！

那是梦中枪手所代表的恐惧，其实一直以来，德莫特就是那个梦中枪手……

她恐惧到不舒服……

她得回家……得躲藏起来……那个梦中枪手正在找她……德莫特正在偷偷跟踪她……

她终于回到家里，那时已凌晨两点钟，屋里的人都睡了……

她悄悄走上了楼梯……

惊恐，梦中枪手就在那儿……在门后面……她听得到他的呼吸声……德莫特，那个梦中枪手……

她不敢回到自己房间。德莫特想要除掉她，他可能会偷偷潜进来……

她狂奔上了一段楼梯，朱迪的女家教胡德小姐的房间就在那里。她冲进去。

"别让他找到我……别让他……"

胡德小姐非常善体人意又令人安心。

她送西莉亚回房间，留在那里陪她。

西莉亚快入睡时，突然说："我真笨，我是不可能找到我母亲的。我想起来了……她已经死了……"

❖

胡德小姐去把医生请来。医生很好心又当机立断，决定要胡德小姐来照管西莉亚。

医生自己则和德莫特面谈了一番，直言西莉亚情况很严重，警告说，除非完全让西莉亚免于忧虑，否则后果不堪设想。

胡德小姐很有效率地扮演了她的角色，尽可能不让西莉亚和德莫特单独相处。西莉亚紧紧依靠着她，跟胡德小姐在一起很感安全……她很善良……

有一天，德莫特进到她房间里，站在她床边。

他说："很遗憾你病倒了……"

那是原来的德莫特在跟她说话，不是那个陌生人。

她哽咽了……

第二天，胡德小姐一脸担心地进她房间来。

西莉亚平静地说："他走了，是吧？"

胡德小姐点点头。西莉亚如此平静地接受，让她放了心。

西莉亚躺着不动。她感受不到悲痛，感受不到煎熬……她只是感到麻木和安详……

他走了……

有一天，她得要站起来重新开始人生，跟朱迪一起……

一切都过去了……

可怜的德莫特……

她睡着了——几乎连着睡了两天。

❖

然后他又回来了。

回来的是德莫特，不是那个陌生人。

他说他很抱歉，说他一走了之后就很凄惨，说他认为西莉亚是对的，他应该跟她和朱迪厮守在一起。起码，他会努力一下……他说："但你一定要好起来。我受不了见到病痛……或者不快乐。部分原因就是因为今年春天里你不快乐，所以我才会去跟玛乔丽交往。我想要有个人跟我玩……"

"我知道，我应该要'保持美丽'，就像你以前一直告诉我的。"

西莉亚迟疑了一下，然后又说："你……你真的是说要再努力一下？我的意思是，我已经再也受不了了……要是你衷心地努力一下，三个月也好。等三个月结束时，要是你办不到，那就算了。但是……但是……我很害怕旧事重演……"

他说他会再试三个月，甚至不会跟玛乔丽见面，说他很抱歉。

❖

但是情况并不如所想。

西莉亚知道，胡德小姐很遗憾德莫特又跑回来。

后来，西莉亚承认胡德小姐并没有看错。

这情况不是突然而来的。

德莫特变得很情绪化。

西莉亚为他感到难过，却不敢说什么。

慢慢地，情况愈来愈糟糕。

要是西莉亚进房间，德莫特就走出房间。

要是她跟他说话，他也不回答。他只跟胡德小姐和朱迪说话。

德莫特根本不跟她说话或正眼看她。有时开车带朱迪出去。

"妈妈来不来？"朱迪会问。

"来，要是她愿意的话。"

等到西莉亚准备好时，德莫特就会说："还是让妈妈开车带你去吧。我想我很忙。"

有时西莉亚会说"不去"，她很忙，于是德莫特就带朱迪出去。

难以置信的是，朱迪竟然什么也没留意到，又或者是西莉亚以为是这样。

但偶尔朱迪说的话让她吃惊。

那时她们正在谈要对奥布里好，现在它成了大家都疼爱的狗儿，朱迪突然说："你很好心，非常好心。爸爸就不好心，但是他非常非常快活……"

有一次她若有所思地说："爸爸不太喜欢你……"然后很满意地补上一句："但是他喜欢我。"

有一天，西莉亚跟她说话。

"朱迪，你爸要离开我们，他认为去跟另一个人住会比较开心。你认为让他走是不是比较好心？"

"我不想要他走，"朱迪很快地说，"拜托，拜托，妈妈，不要让他走。他跟我玩的时候很开心……还有……还有，他是我爸爸。"

"他是我爸爸！"这些话里充满了自豪和肯定。

西莉亚心想:"朱迪还是德莫特?我得要选其中一边。朱迪只是个孩子,我得站在她那边才行……"

但她又想:"我再也受不了德莫特的薄情了。我又抓不住了……愈来愈害怕……"

德莫特再度失去踪影,那个陌生人取代了德莫特的位置,以严峻、敌意的眼光看着她……

你在世上最爱的人用这种眼光看你,是很可怕的事。西莉亚可以理解不忠,却无法理解十一年的感情一夜之间突然转变成了不喜欢……

激情会淡下来而消失,但是难道就再没有别的什么了吗?她爱过他,跟他生活在一起,为他生孩子,跟他一起挨过穷日子,而他却挺安然地准备永远不再看到她……哦,真令人害怕,太害怕了……

她是个阻碍……要是她死了的话……

他希望她死掉……

他一定是希望她死掉的,否则她不会这么害怕。

❖

西莉亚在育婴室门口往里看,朱迪睡得正熟。西莉亚悄悄关上房门,下楼到门厅里,走到前门。

奥布里赶紧从客厅里跑出来。

"哈啰,"奥布里吠着表示,"去散步吗?晚上这个时候?嗯,要是我也去的话,我不介意……"

但它的女主人却别有念头。她双手捧住奥布里的脸,在它鼻子上亲了一下。

"待在家里，乖乖狗。你不能跟女主人去。"

不能跟女主人去。不行，真的！别人绝对不能跟着去女主人要去的地方……

她知道自己再也受不了了……她得要逃掉……

跟德莫特耗了这么久之后，她感到心力交瘁……也感到绝望……她得要逃掉……

胡德小姐到伦敦去了，去见国外回来的妹妹。德莫特趁机"摊了牌"。

他马上承认有继续跟玛乔丽见面。他曾许下诺言，却没能遵守……

这倒没关系，西莉亚觉得，只要他不再打击她就行了。但他又开始了……

她现在也记不清有多少无情、伤人的话语，充满敌意的陌生人眼光……德莫特，她曾爱过的德莫特，现在恨她……

而她受不了了……

所以这是最容易的解脱方法……

他曾说会离开一下，但两天后会再回来，她说过："你不会在这里找到我的。"他眼睛亮了一下，她很肯定他知道她的意思……

当时他马上说："嗯，当然，要是你喜欢到别的地方去的话。"

她没有回答……之后，等到一切都过去了，他就可以对大家说（也让自己认为）他当时不理解她所指的意思……这样对他会容易得多……

他已经知道了……因为她看到了那瞬间的眼睛一亮，满怀希望。或许他自己并未察觉这点，他会很震惊于承认这种事情……但他的眼睛的确一亮……

当然，他并非比较喜欢这个解决方式。他会喜欢的是她也能像他一样，说她欢迎"有个转变"。他要她也得到她的自由。他想要的是做他想做的，与此同时，又能对此感到心安理得。他想要她开心又满足地到国外旅行，然后他就可以觉得："嗯，这其实对我们两个都是最好的解决方法。"

他想要快乐，又想让自己良心过得去。他不肯接受事实真面貌，他想要事情是按照他喜欢的那样。

但是死亡是个解决方法……他倒不见得会觉得要怪自己，他会很快说服自己说，西莉亚自从母亲去世后就一直很不对劲。德莫特在说服自己方面是非常聪明的……

她玩味了一下这个想法：他会感到抱歉，感到非常懊悔……她想了一阵子，就像个小孩："等我死了以后，他就会感到很难过了……"

但她知道不是这样的。一旦对自己承认要对西莉亚的死负上任何责任的话，他会崩溃的。他唯一的解救就是自欺……所以他会自欺……

不行，她要一走了之，完全解脱掉。

她再也无法承受了。

太让人心痛了……

她不再去想朱迪，已经过了这阶段……除了她自己的痛苦和渴望解脱之外，什么对她都不重要了。

那条河……

很久以前，曾有条河穿越过山谷，还有报春花……在什么事情都还没发生的很久以前……

她走得很快，这时已来到了道路通往桥上的地点。

那条河，疾流过桥下……

周围没有人……

她心想不知此时彼得·梅特兰在何方。他结婚了，战后娶了妻子。当初若嫁了彼得，彼得就会对她好的，她跟彼得在一起也会幸福的……幸福又安全……

但她永远不会爱他如同爱德莫特一样……

德莫特……德莫特……

如此残酷无情……

整个世界都残酷无情，真的，残酷又奸险……

那条河比较好……

她爬过桥栏纵身跃下……

# 第三卷 岛

第一章　屈从

这，对西莉亚而言，就是故事的结局。

之后发生的所有事情，在她看来都不算什么了。这些事包括上警察法庭的过程，把她从河里拖上来的伦敦东区小伙子，裁判官的谴责，报章上的报道，德莫特的生气懊恼，胡德小姐的忠心耿耿。当西莉亚坐在床上告诉我这一切时，对她来说，似乎都如梦幻泡影不重要了。

她没有再想过自杀。

她承认自己很坏，想要去寻死，这样做就跟她指责德莫特所做的完全一样，同样是在遗弃朱迪。

"我当时觉得，"她说，"唯一的补救方法就是为朱迪活下去，永远不再想我自己。我觉得很惭愧……"

她和胡德小姐带着朱迪出国到瑞士去。

在瑞士的时候，德莫特写信给她，并附上了离婚所需的证据。

有好一阵子她完全没有处理这件事。

"你知道，"她说，"我感到心太乱了。我只想做他要我做的任何事情，以便他不再来烦我，让我清静……我很害怕，怕会有更多事情发生在我身上。从那之后我一直很害怕……"

"所以我不知道该怎么办才好……德莫特以为我不处理是因为存心报复……其实不是这样的。我曾经承诺过朱迪不会让她父亲走掉，可是那时我太胆小、懦弱，已经准备屈从了……我但愿……噢，我有多希望如此，希望他和玛乔丽一起走掉，这样一来我就可以跟他们两个脱离关系……可以在事后对朱迪说：'我没得选择……'德莫特写信给我，说他所有朋友都认为我的举动很可耻……他所有的朋友……又是这句！

"我等待着……我只是需要歇息，在某个安全的、德莫特抓不到我的地方。我太害怕他会又来摧残我……人所以没法屈从是因为吓坏了。这是很不像样的事，我知道自己是个懦弱的人，我向来都是个懦弱的人。我很讨厌大吵大闹，我会乖乖做任何事，只求放过我……我没有出于恐惧屈从。我坚持到底……

"我在瑞士又坚强了起来……没法告诉你这有多美好。

每次走上山时，不会再想哭了。每次看着饭菜时，不会再觉得反胃，连原先很厉害的脑神经痛都消失了。身心一起受折磨实在是太让人承受不起……人只能一次承受一样，生理的或心理的，但不能两样都来……

"最后，等到我觉得真的恢复了气力，我回到英国，写信给德莫特，说我不相信离婚……我相信（虽然在他眼中或许过时又很不对）为了孩子应该继续在一起，努力维持下去。我说人家常告诉你说，如果父母不合，最好就分开，这样对孩子比较好。我说我不认为这是真的。儿女需要父母，两个都需要，因为他们是父母的骨肉。父母争吵对孩子来说，其实并没有大人所想象的那么严重，说不定还是好事，让孩子学到人生是怎么一回事……我的娘家太幸福了，结果把我养成了个傻瓜……我也说了，他跟我从来没有吵过架，我们一向都相处得很好……

"我说，我并不认为应该把外遇看得很严重……他可以相当自由，只要他对朱迪好，做个好爸爸就行了。我还告诉他，我知道他在朱迪心中的分量比我重得多，我永远比不上。她只有在肉体上需要我，就像小动物一样，生病的时候要妈妈，但在心灵上他们却互相属于对方。

"我说要是他回头的话，我不会责怪他，甚至不会念叨他。我问我们能不能彼此客气些，因为双方其实都很苦。

"我说选择在于他，但他得记住我是不想也不相信离婚的，因此要是他选择离婚，那责任就只在于他。

"他回信给我，寄来了别的离婚新证据……

"我跟他离了婚……

"离婚……实在是件很丑恶的事……

"要站在大庭广众前……回答很多问题……很个人的问题……连管卧室的女佣人也要出庭作证……

"我恨透了这一切，让我觉得很恶心。

"离婚肯定是比较容易的，不用再熬下去……

"所以，你瞧，我到底还是让步了。德莫特得逞了。我大可一开始就让步，省了自己许多痛苦和烦恼……

"我也说不上来自己是否高兴并没有一开始就让步……

"我甚至不知道自己为什么让步，也许因为我太累了，想要清静。又或者因为我已经认为这是唯一要做的事，要不就是因为，说到底，我是想要对德莫特让步的……

"我想，有时候，这就是最后了……

"这也是为什么从那之后，每次朱迪望着我时，我就感到很内疚……

"你瞧，到最后，我还是为了德莫特而对不起朱迪。"

第二章　内省

离婚判决手续完成几天之后，德莫特就跟玛乔丽·康奈尔结婚了。

我对西莉亚怎么看待第三者颇感好奇，在整个故事中，她很少提到第三者，简直就像这个女人不存在似的。她从没有摆出"因为德莫特软弱所以才被带坏了"这种态度。一般妻子在碰到丈夫外遇不忠时，这种态度是最常见的。

西莉亚马上很老实地回答了我的问题。

"我不认为他是……我是指，被带坏的。玛乔丽？我怎么看待她？我不记得了……当时看来也无关紧要。重点是在于德莫特和我，不是在于玛乔丽。是他对我的残酷让我无法释怀……"

我想，在这点上，我看出了西莉亚永远无法看出的一点。西莉亚基本上是心很软、见不得人受苦的。换了德莫特，小时候别人在他帽子上钉了一只活生生的蝴蝶，他是绝对不会感到难过的，反而会认定蝴蝶就是喜欢这样！

他就是这样对待西莉亚的。他喜欢西莉亚，但是他要玛乔丽。基本上，他是个合乎道德的年轻人。德莫特要想娶玛乔丽的话，就得先除掉西莉亚才行。由于他喜欢西莉亚，所以他也要西莉亚喜欢这个念头。等到西莉亚不喜欢时，他就对她生气。由于伤害西莉亚让他感觉很不好，结果反而弄巧成拙伤害得更多，而且还很不必要地野蛮残酷……我可以理解——几乎同情起他来……

要是他能让自己相信这样对待西莉亚很残酷的话，他就不会这样做了……他就像许多残酷的诚实男人一样，对自己很不诚实，认为自己是个比实际上好很多的人……

他要玛乔丽，因此非得要得到她不可，他向来想要什么都能得逞，而跟西莉亚共度的生活并没有让他改进这点。

我想，他是爱西莉亚的，为了她的美貌爱她，也只爱她的美貌而已……

她爱他却是终生的，诚如她提到过一次的形容：爱他入骨……

于是，唉，她紧紧依附着他，而德莫特却是个受不了人依附他的那种男人。西莉亚的本性不狠，女人不够狠的话，就很难管住男人。

米丽娅姆就够狠,尽管她爱约翰很深,但我不认为约翰跟她的婚姻生活一直都很轻松容易。她爱慕约翰,但也很考验约翰。男人本性里有个蛮横之处,喜欢人家勇于与之对抗……

米丽娅姆有些地方是西莉亚所缺乏的,或许就是俗称的"胆量"。

当西莉亚终于起而反抗时,已经太迟了……

她承认如今对德莫特已经有了不同的看法,不再困惑于他那突如其来的没人性了。

"起初,"她说,"似乎都是我在爱他,对他百依百顺,然后……第一次我真正需要他而且处在艰难中时,他不但转过身去,还在背后捅我一刀。这说法像是媒体报道,但的确表达出我的感受。

"《圣经》上就有这样的话。"她停了一下,接着引述起来:

"原来不是仇敌辱骂我,若是仇敌,还可忍耐……不料是你;你原与我平等,是我的同伴,是我知己的朋友[①]!

"就是这个,你明白,这种伤害。'我知己的朋友'。

[①] 出自《圣经·诗篇》第五十五篇。

"如果德莫特可以这样奸险，那么任何人都可以是这么奸险。人间变得很不确定了，我再也不能相信任何人或任何事……

"这实在太令人害怕了，你不知道有多吓人，没有什么是安全的。

"你瞧……嗯，那个枪手无所不在……

"但是，当然，这其实也是我的错，因为我太相信德莫特了。人是不该相信任何人到这样地步的，这是不公平的。

"这些年来，随着朱迪长大成人，我有时间去思考……我想了很多，看出了真正的问题是在于我自己愚蠢……愚蠢又自负！

"我爱德莫特，但却没能留住他。我应该看出他喜欢以及想要的，那样的话，我就会了解到（就像他说的）他会'要个转变'……母亲叫我不要丢下他一个人走开，我却这么做了。我太自负了，从没想到会有这种可能发生。我太肯定以为自己才是他爱的人，而且也是他永远爱的人。就像我所说的，太过相信人是不公平的，这太考验他们，只因为你喜欢他们，就把他们捧得高高在上。我从来都没有看清楚德莫特……我本来可以看清楚的，要是我没那么自负的话——一心以为发生在别的女人身上的事绝对不会发生在我身上……我很愚蠢。

"所以，现在我不怪德莫特了，他就是那样的人。我早该知道且应留神看着他，而不是过于自信，沾沾自喜。要是有件事对你来说比人生其他任何事都重要的话，你就得学着聪明点……我没学会这聪明……

"这是个很常见的故事，我现在知道了。只要看看报纸就知道有多常见了，尤其是那些星期天专门刊登这类事情的特刊。女人把头放进煤气炉里自杀，或者服用过量安眠药。这个世界就是这样子的，充斥着残酷和痛苦，因为人很愚蠢。

"我愚蠢，一直活在自己的世界里。是的，我愚蠢。"

第三章　溃退

"从那之后呢？"我问西莉亚，"你都做了什么？那已经是挺久以前的事了。"

"是的，已经十年了。我去旅行，去看了那些我想看的地方，交了很多朋友，有过不少冒险经历。我想，说真的，我玩得相当开心。"

她对所有这些似乎挺隐讳的。

"当然，还有朱迪放假的时候。我一直对朱迪感到内疚……我想她也知道我内疚。她从没说过什么，但我想，暗地里她是怪我让她失去了父亲的……说到这个，当然，她是对的。有一次她说：'爸爸不喜欢的是你。他是喜欢我的。'我辜负了她。一个做母亲的应该让孩子的父亲喜欢她，这是做母亲的部分职责。我却没做到。朱迪有时是无意识地残酷,但对我有好处,她是毫不妥协地诚实。

"我不知道自己跟朱迪的关系是失败还是成功,也不知道她爱我还是不爱我。我给了她物质,却未能给她其他东西——我在乎的东西——因为她不要那些。我只做了另一件我能做的,因为我爱她,那就是随她去。我曾经努力要让她觉得如果需要我的话,我会在那里。可是,你瞧,她根本就不要我。我这种人对她那种人一点帮助都没有,除了我刚才说的,物质上的东西……我爱她,就像我爱德莫特一样,但我不了解她。我曾努力对她放手,但同时又要设法不是因为出于懦弱而对她让步……我究竟对她有没有用处,我是永远不会知道了。我希望能知道……噢,我多希望啊……我这么爱她……"

"她现在在哪里?"

"已经结婚了。所以我才会来这里。我是说,以前我不自由,得要看顾朱迪。她十八岁就嫁了,对方是个很好的人,年纪比她大,很正直、人很好、颇富裕,可说是我的乘龙快婿了。我要她再等等,以便确定,但她不肯。你是斗不过像朱迪和德莫特这种人的,他们要什么就得如他们愿。再说,你怎能替人家去判断呢?当你以为是在帮对方时,说不定反而是在毁了他们的人生。旁人一定不可以插手的……

"她到东非去了。偶尔写信给我,都是很快乐的短信,就跟德莫特写的一样,信上除了一些事实之外,什么都没告诉你，但你可以感受到一切都好。"

❖

"然后呢？"我说，"你跑到这里来。为什么？"

她缓缓说："我不知道是否能让你明白……有个男人曾经跟我说过一些话，让我印象深刻。我告诉过他一点我的往事。他是个明白人，跟我说：'那你下半辈子打算怎么办？你还年轻。'我说还有朱迪，以及去旅行、看看世界等等。

"他说：'这不够的。你要不得找一个情人，要不就找几个情人。总得决定要做哪一样。'

"你知道吗？听了这话很让我害怕，因为我知道他是对的……

"人，没脑筋的普通人会说：'哦，我亲爱的，有一天你会再婚的——遇到个好男人，补偿你一切。'

"结婚？我害怕结婚。除了丈夫之外，没有人能伤害你的……几乎没有人……

"我倒不是说永远不跟男人有什么了……

"但是那个年轻人吓到我了……我并不老……还不算老……

"或许有个……有个情人？情人没有像丈夫那样吓人，你不会那么倚赖一个情人的。跟丈夫则是共享生活中无微不至的亲密关系，这关系紧紧抓住你，一旦分开，这种亲密就撕碎你……但是情人只是偶尔见个面，你的日常生活还是属于你自己的……

"一个情人,或者几个情人……

"有几个情人是最好,几个情人差不多可以让你很安全了!

"但我不希望走到这一步。我还是希望能够学会自己生活,我尽量学。"

好一阵子她没说话。"我尽量。"她说。几个字道尽了一切。

"结果呢?"我终于说。

她缓缓说:"朱迪十五岁的时候,我认识了一个人……他跟彼得·梅特兰为人挺像的……人很好,不是聪明过人的那种。他爱我……

"他对我说,我需要的是温柔体贴,他……他对我很好。他第一个孩子出生时,太太去世了,孩子也死了。所以,你瞧,他也很不幸福,他了解那种感受。

"我们一起享受各种事物……似乎很能彼此分享。他也不在意我做真正的自己。我是说,我大可以说玩得很开心,对什么很兴致勃勃,却不用担心他会认为我很傻……他……这样说也许很奇怪,但他真的……对我来说像个母亲。是像个母亲,不是像个父亲!他这么温柔……"

西莉亚的语气也变得温柔起来,脸孔像个孩子,快乐、充满自信……

"然后呢?"

"他要我嫁给他。我说永远没办法再嫁给任何人……我说已经吓破胆了。他也了解这种感受……

"那是三年以前的事了。他一直是个朋友,非常好的朋友……需要他的时候,他总是会在。我感到被爱……这是很幸福的感觉……

"朱迪举行婚礼之后,他又要我嫁给他,说他认为如今我大可以信得过他了。他想要照顾我,说我们回老家去——我的老家。这些年来房子没人住,交给一个看守人管着。我不忍回到那里,却一直觉得老家在那里等着我……就只是等着我……他说我们回那里去过活,然后所有这一切惨痛回忆都会变成只是一场恶梦……

"而且我……我觉得我也想要……

"但是,不知怎的,我就是没办法。我说,如果他愿意的话,我们可以成为情侣。如今朱迪已经结婚,所以没关系了。以后,要是他想要自由的话,可以随时离开我,我绝不会成为他的阻碍的,这样一来,他若要和别人结婚的话,也绝不会因为有我挡了他的路而恨我……

"他不肯这样做。他很温柔却很坚定。你知道,他以前当过医生,是个外科医生,还挺有名的。他说我得克服这种心理恐惧,说只要我一旦真的嫁给他之后,就没事了……

"最后……我说我愿意……"

❖

我有一两分钟没说话,西莉亚接着说下去。

"我觉得很幸福,真的很幸福……

"心情终于又恢复了平静,仿佛安全了……

"然后,那发生了。就在我们要结婚的前一天,开车出城去吃晚饭。那是个很热的夜晚,我们坐在河边花园里,他吻了我,说我很美丽……我现在三十九岁了,憔悴又疲惫,但是他说我美。

"然后他说了让我害怕的话,把我的梦想打破了。"

"他说了什么?"

"他说:'你要永远这么美……'

"他说这话的语气,完全就跟德莫特当年的语气一样……"

❖

"我想你不明白的,没有人能明白的……

"枪手又冒出来了……

"一切都很幸福又平静,然后你就感到他在那里……

"那种恐惧又回来了……

"我没办法面对又从头来一次。先是幸福几年,然后,病了或什么的,跟着整个悲惨又出现了……

"我不能冒这个又从头来一次的险。

"我想我真正的意思是,没法面对要从头来过的那种恐惧感……害怕同样的经历会逐渐逼近。每一天的幸福快乐只会让它更加令人害怕……我没法面对这种悬疑……

"所以我就一走了之……

"就这样……

"我离开了迈克尔。我想他不知道我为什么走掉,我只是找了些藉口,进了那家小客栈,问了火车站在哪里,大概走十分钟就到,于是我就跳上了一列火车。

"到了伦敦,我回到家里拿了护照就走了,坐在维多利亚妇女候车室里一直到早上。我害怕迈克尔可能会找到我,说服我……我可能会被他说服,因为,你知道,我毕竟是爱他的……他一向都对我那么温柔体贴。

"但我无法面对要再从头经历一次……

"我办不到……

"生活在恐惧中实在太可怕了……

"而且没有了信赖也很糟糕……

"我就是无法信赖任何人……甚至连迈克尔在内。

"这对别人和我都是很惨的……"

❖

"那是一年前的事了……

"我一直没写信给迈克尔……

"一直没有给他任何解释……

"我这样对待他实在很可耻……

"我不在乎,自从德莫特之后,我已经硬起了心肠。不再管我是否伤害到人家。当你受了太多伤害之后,你也不会在乎的……

"我去旅行,尽量让自己对事物感兴趣,建立自己的生活……

"可是我失败了……

"我没法独自生活……我再也无法编造出关于人的故事，灵感似乎就是不来了……

"所以这意味着即使置身在人群之中，也一直是孤独的……

"而我也无法跟人一起生活……我怕得要死……

"我心力交瘁……

"我没办法面对活着的前景，或许，再过个三十年吧。你瞧，我还是不够勇敢……"

西莉亚叹息了，垂下了眼皮……

"我记得这个地方，我是刻意来这里的……这是个很好的地方……"

她补充说："这是个很长的愚蠢故事……我好像说了一大堆话……现在一定已经是早上了……"

西莉亚睡着了……

第四章　从头开始

嗯，你瞧，故事就到这里了，除了这个故事开头我曾提到的那个插曲。

整个重点是，这插曲重要吗？还是不重要？

如果我是对的话，那么西莉亚整个人生都是被引导到这一分钟来的。

这个插曲发生在我送她上船道别的时候。

她睡得很沉，我叫醒了她并要她换衣服，我要尽快送她离开这个岛。

她就像个累坏了的小孩，乖乖听话照做，而且迷迷糊糊的。

我认为——说不定我搞错了——但我认为危险已过去

了……

然后，就在我说"再见"时，她好像突然清醒过来。她，可以说，是第一次看到了我。

她说："我连你的名字都还不知道……"

我说："没关系，你反正也不会知道的。我以前是个有点名气的肖像画家。"

"你现在不是了？"

"不是了。"我说，"战争期间我出了事。"

"怎么了？"

"这个……"

我伸出了本来应该长着手的残肢。

❖

启程钟声响了，我得赶快下船离开了……

所以我只得到了她对于我的印象……

但这印象却很清楚。

惊恐，然后是放松……

说"放松"还不够，其实比这更甚。"解脱"可能是比较贴切的形容。

枪手又出现了，你瞧，她的恐惧感象征……

这些年来，枪手一直追赶着她……

此刻，终于，她面对面见到了他……

而他只不过是个凡人而已。

也就是我……

❖

我是这样看这件事的。

我坚信,西莉亚已回到那个世界开始了新生活……

她在三十九岁回去——去成长……

她留下了她的故事以及她的恐惧——给我……

我不知道她去了哪里,甚至不知道她的姓名。我称她为"西莉亚"是因为觉得这名字跟她挺相称的。想来,我大可以去向旅馆打听她姓名的,但我做不到……我想我永远都不会见到她了……

特别收录

玛丽·韦斯特马科特的秘密

罗莎琳德·希克斯（Rosalind Hicks，1919-2004）

早在一九三〇年，家母便以"玛丽·韦斯特马科特"（Mary Westmacott）之名发表了第一本小说。这六部作品（编注：中文版合称为"心之罪"系列）与"谋杀天后"阿加莎·克里斯蒂的风格截然不同。

"玛丽·韦斯特马科特"是个别出心裁的笔名，"玛丽"是阿加莎的第二个名字，韦斯特马科特则是某位远亲的名字。母亲成功隐匿"玛丽·韦斯特马科特"的真实身份达十五年，小说口碑不错，令她颇为开心。

《撒旦的情歌》于一九三〇年出版，是"心之罪"系列原著小说中最早出版的，写的是男主角弗农·戴尔的童年、家庭、两名所爱的女子和他对音乐的执著。家母对音乐颇多涉猎，年轻时在巴黎曾受过歌唱及钢琴演奏训练。

她对现代音乐极感兴趣，想表达歌者及作曲家的感受与志向，其中有许多取自她童年及一战的亲身经历。

柯林斯出版公司对当时已在侦探小说界闯出名号的母亲改变写作一事，反应十分淡漠。其实他们大可不用担心，因为母亲在一九三〇年同时出版了《神秘的奎因先生》及马普尔探案系列首部作品《寓所谜案》。接下来十年，又陆续出版了十六部神探波洛的长篇小说，包括《东方快车谋杀案》、《ABC谋杀案》、《尼罗河上的惨案》和《死亡约会》。

第二本以"玛丽·韦斯特马科特"笔名发表的作品《未完成的肖像》于一九三四年出版，内容亦取自许多亲身经历及童年记忆。一九四四年，母亲出版了《幸福假面》，她在自传中提到：

"……我写了一本令自己完全满意的书，那是一本新的玛丽·韦斯特马科特作品，一本我一直想写、在脑中构思清楚的作品。一个女子对自己的形象与认知有确切想法，可惜她的认知完全错位。读者读到她的行为、感受和想法，她在书中不断面对自己，却自识不明，徒增不安。当她生平首次独处——彻底独处——约四五天时，才终于看清了自己。

"这本书我写了整整三天……一气呵成……我从未如此拼命过……我一个字都不想改，虽然我并不清楚书到底如何，但它却字字诚恳，无一虚言，这是身为作者的至乐。"

我认为《幸福假面》融合了侦探小说家阿加莎·克里斯蒂的各项天赋，其结构完善，令人爱不释卷。读者从独处沙漠的女子心中，清晰地看到她所有家人，不啻一大成就。

家母于一九四八年出版了《玫瑰与紫杉》，是她跟我都极其喜爱、一部优美而令人回味再三的作品。奇怪的是，柯林斯出版公司并不喜欢，一如他们对玛丽·韦斯特马科特所有作品一样地不捧场。家母把作品交给海涅曼（Heinemann）出版，并由他们出版她最后两部作品：《母亲的女儿》（一九五二）及《爱的重量》（一九五六）。

玛丽·韦斯特马科特的作品被视为浪漫小说，我不认为这种看法公允。它们并非一般认知的"爱情故事"，亦无喜剧收场，我觉得这些作品阐述的是某些破坏力最强、最激烈的爱的形式。

《撒旦的情歌》及《未完成的肖像》写的是母亲对孩子霸占式的爱，或孩子对母亲的独占。《母亲的女儿》则是寡母与成年女儿间的争斗。《爱的重量》写的是一个女孩对妹妹的痴守及由恨转爱——而故事中的"重量"，即指一个人对另一人的爱所造成的负担。

玛丽·韦斯特马科特虽不若阿加莎·克里斯蒂享有盛名，但这批作品仍受到一定程度的认可，看到读者喜欢，母亲很是开心，也圆了她撰写不同风格作品的宿愿。

（柯清心译）

——本文作者为阿加莎·克里斯蒂独生女。原文发表于 *Centenary Celebration Magazine*。